〔韩〕金源一 著 李学堂 译

蝎子

上海译文出版社

一蝎不如一蝎的"下流人生"
——《蝎子》代序

金源一的长篇小说《蝎子》出版于 2007 年。继 2009 年《深院大宅》译成中文版后，《蝎子》是金源一第二部被引进中国的作品。他出生于日本殖民统治朝鲜末期的 1942 年，少年时期又遇上同族相残的朝鲜战争，父亲从韩国跑到朝鲜（俗称"越北"）后，整个家庭被打上"红字"——赤色分子的烙印，而作为儿子，金源一的成长过程饱受歧视与孤立……

《深院大宅》于 1988 年在韩国出版后深受好评，多次重版再印，这部小说以描写朝鲜战争后普通人生活为主要内容，其中有许多情节都与作家本人的生活经历息息相关，1990 年还被 MBC 电视台改编为八集连续剧。金源一的弟弟金源祐也是韩国著名作家，其长篇小说《禽兽的日子》曾被译成中文于 2008 年出版，同样由上海译文出版社出版。该书描述了韩国文化人在 1970 年代"维新时代"朴正熙统治下的苦闷。然而，由于该小说出版于全斗焕统治下的 1986 年，当时的审查制度使作家不能畅所欲言，为避免对大人物点名道姓只能以曲笔来写，当时的中文译本并未交代相关背景，使得包括我在内的 21 世纪的中国读者当时读得一头雾水。未免出现同样的情况，我在此先略为介绍一些《蝎子》中的时代背景和历史人物。

与前作《深院大宅》相比，《蝎子》的时代背景拉得更广阔——它写的是姜氏一家三代人的故事：从 1919 年朝鲜"三一运动"开始，到21世纪初韩国不动产开发重建过程中的有组织暴力活动，几乎跨越了一百年时间。而这种"三代"家族小说在韩国文坛是有渊源的：最著名的便是作家廉想涉于1931年至1932年在《朝鲜日报》上连载的小说《三代》，当时被日本殖民机构朝鲜总督府以"内容不妥"为由禁止出版单行本，因为小说的主要内容是赵氏三代人同情并支持抗日运动的故事，作为封建官僚的祖父、留学美国归来的父亲、留学日本归来后的孙子，这三代人在当时的朝鲜无疑具有鲜明的象征意味。在时间轴上，《蝎子》正好承接了《三代》。而最新的作品则是黄皙暎2020年出版的长篇小说《铁道员三代》，它是李氏一家三代铁路工人及第四代工厂工人的故事，并在地域上跨越了分裂的朝鲜半岛南北双方。

其实《蝎子》涵盖还不止三代，第一人称叙事主人公姜宰弼的儿子姜宗浩也在故事中登场，但宗浩的故事并非叙事的重点之一，书中同样没有"四世同堂"的场面，因为，"我"出生时，爷爷姜致武早已离开人世，而宗浩出生时，他的爷爷姜天动也死了。姜致武的墓碑上刻着"抗日先驱独立军战士"，姜天动则是"蔚山工团建设劳动者"。小说并没有对这三代人平均用力：姜致武占的篇幅最多，因为他是独立军战士，与韩国现代史上的大人物——独立运动家金元凤、洪范图将军等人并肩战斗，既经历了1919年朝鲜"三一运动"、1920年中国东北青山里大捷与凤梧洞战斗这些光荣与胜利的高光时刻，也有在1921年苏俄"自由市惨变"中几乎全军覆没的惨痛经历。这些独立运动史在后来亲历者大多"越北"或者失踪，以及大韩民国成立后肃清左翼的大背景下被严重忽视，以致于像凤梧洞战斗直到2019年才被韩国改编为同名电影搬上大银幕、洪范图的遗骸2021年才从哈萨克斯坦运回韩国安葬。金源一用虚构的小说人物，以史料记载与口述访谈结合的方式，把历史上被湮没的真实人物带回读者身边，仿佛与他们一起出生入死一样。此外，小说中还写了只有奶奶等极少数人知道、墓碑上不曾记载的爷爷的黑历史：他曾在日军731部队基地站岗！在韩国光复后曾参与左翼政党并上山打游击与政府对抗，这样的姜致武会被当成"民族叛徒"和"赤色分子"，自然不能见容于韩国左右翼，所以他晚年只好以缄口不言和垂钓结束余生。如果他身上的"红字"烙印能被掩盖、自己又不会因曾为日军服务而愧疚的话，他大可以向政府申报为"独立运动有功者"，本人和子孙虽不至于大富大贵，但都可以享受养老、医疗、就业、旅游等方面的补贴和优待。但既然暴露了，子孙必受株连。本书叫《蝎子》，大概是以"我"的情人安娜送的蝎子项链为名："我"家三代人身上都有能像蝎子那样杀敌的毒素，但显然一蝎不如一蝎，第三代的"我"竟然以毒自毁，至于最后死了还是幻觉？作家卖了个关子，听凭读者自行解读。当然，小说将这部分黑历史与姜致武曾任朝鲜战争战俘营翻译的经历一笔带过了类似淡化的处理，大概也是因为不想重复他人或自己的前作如《深院大宅》这类"6·25（朝鲜战争）文学"之故。

至于《蝎子》主人公"我"的父亲姜天动，墓碑上的话则是虚张声势：他虽然曾在蔚山市出口创汇企业密集的工业园区（所谓"团地"）打工，但更多时间则是偷狗卖狗、酗酒滋事，被当地的中央情报部人员抓去毒打一顿后，不仅丢了工厂的工作还变成了残废。更可恶的是，他还强奸了一名女工并厚着脸皮上门提亲，婚后更是家暴不断。这样的人物实在是家门不幸。然而，他也的确是韩国工业化进程中出现的城市流氓无赖群体的象征。而与之形成鲜明对比的是姜明姬——"我"同父异母的姐姐，她不仅对"我"和后妈很好，而且是个能干且敢于反抗压迫的女工：金源一让她参与了1979年8月9日至11日YH贸易公司女工占领在野党新民党党舍以抗议老板跑路关厂的事件，结果她被赶来镇压的警察打伤，在逃跑时跳楼摔断了腿而变瘸。她身上分明有该事件中唯一死亡的女工金景淑的影子，不过作家让她在小说中活了下来，而且和当时积极参与反抗社会不义的都市产业宣教会的牧师结婚，虽然描述她的篇幅不多，但她却是书中为数不多的光辉人物之一。读者如果还嫌不过瘾的话，可以找申京淑的长篇小说《单人房》来读读。

如果《蝎子》只是通过"我"寻根回顾老一辈的家国史，那么它很难抓住当时年轻读者的心。所以，作家塑造了与2004年上映的韩国电影《下流人生》男主角曹承佑类似的"我"："我"也是黑帮分子，"我"的基因遗传自无赖父亲，而父亲的基因则遗传自又红又黑的爷爷，所以"我"要探寻家史。尽管金源一2007年3月16日在《蝎子》出版座谈会上说："（当代韩国）小说没有气势，因为跟电视剧风格很像：细心、微观、执着于爱情问题。文学是叙事，小说的史诗文学结构已经倒塌了。"但他自己也不得不借鉴韩国影视作品，毕竟老一辈作家的史诗文学式微也是不争的事实。

学者余世存以前说"历史是中国人的宗教"，但很可能当代中国人对自己的历史不如韩国人那般虔诚，不信的话可以读一读金源一这本《蝎子》。

徐图之
2023年4月

1

出狱的一共有九个人。我跟在其他人后面走出管教所大门，阳光一大早就灼热得很，刺得人睁不开眼睛。面前一切都泛着白光，人们的身影在晃动。看到出狱的人，亲朋们马上拥过来，管教所门前的空地本来寂静得很，这时一下子喧闹起来。鸽子越过管教所的围墙飞向万里晴空，这三年在狱中，总是很羡慕这些鸽子，现在回到外面的世界，仍不免要这样想，它们可以不用担心食宿，自在地飞，我的处境却糟糕透顶。我下定决心在出管教所之前先攒点钱，这样至少在回到社会的最初几个月里，即便不能赚钱也能勉强维持生活，但这些鸽子却打破了我这无稽的设想。"改过自新"这句话三年来早已听得耳朵长茧，也曾下决心照着这话重新出发，然而迈向社会的第一步就如此沉重，心里真不是滋味。

我拖着旅行包往前走，一个年轻人冲我走过来，相貌端正，系着领带，穿着长袖衬衫，看装扮是个公司职员。酷酷的发型是上翘的，很符合年轻人的时髦，脸线很分明。他礼貌地向我行礼：

"您是姜博士吧，您受苦了！"

他用"博士"这个词，让我想起一直叫我"姜博"的罗尚吉社长。

"我是奉会长之命来的。"

"会长?"

"罗尚吉会长。"

在狎鸥亭洞经营名叫"白宫"的房产咨询公司,带着差不多是黑社会分子的手下的罗尚吉社长现在竟成了会长,看来他的事业又扩大了不少。罗尚吉社长开"白宫"还不到四年,之前他控制的组织在狎鸥亭洞叫"大麻派",有这么个外号是因为他在这一带负责毒品的供给。

"我叫金荣甲,在'白宫'任部长。"

三十岁冒头就当了部长,该是深受会长信任的吧。

"会长本想亲自来接您,因为有重要会议,就派我来了。博士,您到这边来一下……"

金部长引我到等在悬铃木树荫下的一辆汽车。

我在寻找安娜的身影,却发现等候在管教所围墙外偏僻地方的明姬姐,眩晕症使她身体有些晃动。金部长打开汽车后门,拿出一个小手提包递给我。

"里面有六百万,会长说给您当零花钱。还给您准备了部手机,里面有录音,是会长的贺词。"

没想到罗社长竟会发此善心,兴许算是我为他老老实实坐了三年牢的补偿吧。我一直认为与罗社长恩怨已了,本应该拒绝这钱,但一时又找不到借口。不!是手比心更快行动了,刚脱掉囚服回到社会上,我现在最需要的就是钱。我怀疑是不是鸽子们事先知道了我的心事,飞过时便扔给我一个钱包,这样的念头在脑中一闪而过。这会不会是一个诱饵来动摇我要改过自新的决心?这么个想法又让我心里很不踏实。

虽然人的脑子里有记忆条,不是想忘就能忘得了的,但在牢里的三年，我一直努力想去忘掉"盆唐老夫妇绑架事件"。我努力去忘却，是为了不去怨恨这个事情中的那些人。绑架住在盆唐的老夫妇并成功勒索两亿之后，我和安娜马上坐飞机逃到沈阳。按事先计划，韩明秀股长这时应该立刻放了老夫妇，撇清跟这个案子的干系，然而我一离开，他就起了贪心，又向担任建设公司会长的老夫妇长子勒索五亿，会长觉得再不能拖下去，向城南警察局举报了一直隐瞒的绑架事件。刑警开始公开搜查，五亿的赎金变作空头支票，韩股长同打手龙崽、鲽鱼一起被捕。韩股长交代说两亿勒索的主谋另有其人，向当事刑警供出了我，我一从中国回来，没出机场就被捕了，旋即作为组织暴力团伙、恐吓胁迫和抢劫钱财的主谋被检方起诉，又因有盗窃服刑的前科，最终判我入狱三年。一个看重义气的圈子里，韩股长的告密是背叛，但无论是韩股长还是罗社长，我都不曾怨恨过，仔细想想，选择到罗社长手下做事是我自己不明智。我本来以为已经与罗社长脱离干系了，但是从他派人送钱来看，背后肯定还有肮脏算计，吃了三年牢饭，区区六百万就想打发我？但为什么要送电话呢？再想下去只会更头疼，收起思绪，我把手提包塞进大包里。

金部长一面说会长希望近期能与博士见个面，一面笔直地向我点头行了个礼，随后坐进汽车后座里。我想安娜许是来晚了，又找了找，还是没有看见。

"宰弼，是我啊。"

明姬姐拖着瘸腿走过来，穿着肥大的裤子，上面套个单背心。她还是老习惯，背着背包，不拎提包。我们姐弟都长得又高又大，姐姐活像个铅球运动员，算是个堂堂的"女丈夫"。

见到姐姐总让我想起小时候在蔚山的日子，这让我心中不怎么快活。服刑三年,姐姐一共探了三次监,都在我生日那天。第一次是跟奶奶一起,"为了跟你小子断绝关系,我才找到这儿的。别再去找宗浩,也别再来密阳!"奶奶丢下这些话就从窗口前消失了。那天我对着姐姐大发脾气,责问她怎么把消息都传到密阳了?

"谁呀这是?大公司职员的样子。"姐姐望着已经驶远的中型黑色轿车问。

"不认识。"

"不认识的人干吗来接你?"

"说是替别人来的。"

"刚才好像给了你什么,你还没有跟那个世界脱离瓜葛啊?"

我懒得再理她。那个叫金荣甲的部长行礼时没有鞠躬,该是罗尚吉社长一当上会长就不让手下再用黑社会的行礼方法了吧。在那个世界长了,即便表面上合法经营,背后肯定也会做些见不得人的勾当。那个世界,现在我是连想都不愿意想了。

"以后不要再和那些流氓来往了。"

"是要有个新起点了,我近期会在图书馆之类的地方窝着的。"

这话从我嘴里说出来,自己听着都有些别扭。

一大早就很闷热。管教所前面宽阔的大路上,偶尔驶过几辆车,看不到行人。路对面就是农田,田里庄稼绿油油的,在火热的太阳下蹿着高,一大片玉米地跟着闯进我的视野。在牢里的时候,一到夏天总想吃蒸玉米。上中学的时候奶奶在魔岩山买了小块地种辣椒和玉米,母亲就蒸玉米拿到市场上卖。奶奶总是一边递给我刚刚出锅的大玉米一边对我说:"就是看在你老子的分儿上，你小子也要出息啊！"

我和姐姐跟着前面那些人，走了很远才看到路旁有住家。路边林荫树上有知了叫个不停，大概是去年晚秋时候吧，夜里蛐蛐在放马桶的阴湿角落里叫得人心烦，我整晚都睡不着，蹲在马桶上，看到一只抓一只，一晚上捏死了几十个。

"包看上去不轻呐，装的什么？"

"在里头读过的书。"

"你还学习啊，我们家要出学者啦。"

听上去有些讽刺，姐姐却是愉快着说出来的。她来探监的时候，我从没告诉她我在管教所里自学而且还通过了高考。从密阳中学毕业上京之后，足足有一年时间，我才在富川工业园的制鞋厂里看到做着缝纫活的姐姐。

"你在狱里待得成了白人，我成了个东南亚女工，我脸黑了不少吧？"姐夫是改信新教的牧师，在安山一带为保护外国劳动者的人权忙碌，一边经营着教会，那是用租的商场地下室办的。姐姐帮姐夫探访非法居留的打工者住的棚屋，扮演着教母的角色。

"那边有个咖啡馆，走，咱们进去凉快凉快。"姐姐拐着腿快走过去，推开咖啡馆的门。

昨晚上没睡好，现在又见着姐姐，头越发地疼。胸口再疼得厉害些的话，体内的血清素浓度就会下降，难以自持的焦躁紧接着便会引起头疼和胸口痛，我知道这是狂躁型抑郁症的前兆，马上吃了常备的氟西汀，这才镇定下来。牢里有个家伙的口头禅是"事事都烦"，对于现在精神委顿的我，才真是诸事不顺，心情不知不觉间就落入了低谷。得了行动上的自由，再加上口袋里的钱，服刑期压抑的欲望行将满足的期待感与我此刻的感情状态相互背离，这样的背离正是我的病根所在，我常常不免怀疑到我的基因和染色体。

跟着姐姐进了咖啡馆，里面开着冷气，很凉快。狗鼻子正用手机和什么人聊天，传达着获释的喜悦，看到我后为表示认识皱了皱眉头。我点了冰咖啡，姐姐瞪了我一眼，说干吗点那么贵的东西。我决定从罗尚吉会长给我的钱中拿出一百万给姐姐，就当作给姐夫教会的捐款。姐姐有三个孩子，全在交学费的年纪，生活困窘不想也知道。

"你都三十五了，也该收收心稳定下来。"

"也就监狱能让我稳定下来，我过不了安定生活。"

"看在宗浩的分上也要安顿下来啊，去年春天参加釜山总会的集会，返程顺道去了趟密阳，这孩子兴许随父辈，比同龄孩子高不少。我以为他已经上学了，问是几年级，说来年才上学。"

"死婆娘！"我随口骂了句。

"你说的是宗浩他妈？你把老婆孩子扔在一边还有脸说这话！"

"不提这个了。"

我不想再说下去。

两年监狱生活，刑满出狱六个月后接着又是三年管教所，足足有五年时间我是与社会隔离着度过的。并不是我抛弃妻儿，是人类的法则拆散了我的家庭。可若是要我以模范市民的身份在社会上生活，再问我这样能否照顾好家人，我确实也做不到理直气壮地回答。我从没爱过宗浩妈妈，虽然曾经瞎了眼叫她牵着鼻子走过，但我也敢保证，我既没有爱过谁也没得到过谁的爱。

在牢里待了有一个月，传话说有人来看我，来到窗口一看是宗浩妈妈。她把头发染成了棕色，耳廓上戴着镶宝石的耳环，实在不像个醒酒汤店的老板，我都不敢相信自己的眼睛。"我不干醒酒汤店了，你的孩子我养不了，交托给密阳老太婆那边了。你和孩子跟我以后就别再联系了，我们就从这儿断了吧。离婚材料我放在庶务科了，你盖个手印就行了。"宗浩妈妈是有备而来，连珠炮一样说完话便离开了窗口，离婚的过程实在令人难以置信。一直像是怕别人怀疑"有其父必有其子"，但我自己却实实在在是用这种方式重蹈了我父亲的覆辙。一回到牢房，愤怒立即涌上，像化脓的肿瘤爆裂了一样，潜伏在我体内的病也将毒素释放了出来。就算越狱我也要杀了那个女的，这想法让我发了狂。乱捶拳头，用头撞墙，我浑身沾满了血。没有一个同监敢来阻止我的自残，几个狱警一上来就用棍子闷倒我，给我戴上手铐转移到惩戒房，在那里我还是水米不进继续发狂，最后狱医下了诊断书，我被移送到专管精神病人的公州管教所。按照《精神保健法》第24条对精神病患者第一次入院时间的规定，我在特殊牢房里住了五个月，其中三个月还要接受手脚和胸口交叉十字式捆绑地躺着的"强迫措施"（RT）。被电击治疗和心理治疗折磨后躺在单间监室里，我疲惫不堪到仿佛变成了无根的野草，最后送回到安养管教所的普通牢房。虽然靠服用镇静剂渐渐平复了心情，却紧接着又得了一个月的厌食症和失语症，身子瘦得像个竹竿。我要不是回转了心意，肯定还会发狂的。收起对宗浩妈妈的憎恶，我开始读安娜给我借来的书还有管教所里的备用书，每周随便地读两三本，读书可以让我消除杂念，到那时候才终于鼓起一丝要到外面世界去的勇气。我慢慢适应牢里的生活，有了新想法，觉得既然学了就不如考个资格证，于是参加了入学考试班。但是我从未对来探监的姐姐提起过这样的监狱生活。

"上个星期奶奶打了个电话,说是堂叔母给做的生日宴,奶奶说吃了几口。你也知道奶奶多大岁数了,现在你要自己养宗浩啊!"姐姐见我不说话,气炸肺似的问我,"就算不管奶奶,也得想想宗浩吧?"

"我现在没有能力抚养他。"

"你不是说要有个新起点吗?"

"这跟宗浩的问题无关。"

"你是要只顾你自己吗?哪有说养不起孩子就不养的父亲?"

"姐姐你不是知道吗,我是个病人,我没有信心抚养他。"

比我大九岁,同父异母的姐姐不知道什么时候起担起了父母的角色,成了我的监护人。不过从姐姐这边看,这也不难理解。她原来有个亲弟弟,也就是我同父异母的哥哥,刚两岁的时候生母就过世了,父亲把哥哥交给釜山一个专门机构领养。后来姐姐建立了自己的家庭,生活稳定了就开始寻找哥哥。从釜山的领养机构,姐姐打听到长弼哥养父母在美国新泽西州的地址。哥哥的养父母因工作需要频繁变动居所,过了好几年姐姐才与在阿拉斯加居住的他们取得联系,收到的答复却只是英文名叫爱德华·姜的哥哥在十五岁离家出走之后就再也没有了消息。又不曾从哥哥那边过来寻找领养前亲属的消息,他们姊弟俩就在将近四十年的时间里互无音信。对此耿耿于心的姐姐对我倾注的感情就显得更为特别,找不到不知生活在世界哪个角落的哥哥,姐姐像呵护天使一般照料我。但让我最反感的是,像怕别人说她不是牧师夫人一样,她总说什么要把我从罪恶的深渊中解救出来的话,这让我心里很不快活,我们一见面就得吵架。对自己的异母弟弟,她也说过如果我抛下年幼的孩子出走,那以后孩子大了也不要来认的狠话,过后却看着我的背影像钉子钉在手心一样痛苦,甚至水米不进,彻夜祈祷了一个礼拜。这是她后来告诉我的,一边说一边不停地哭。

"这世上哪有不认祖宗的子孙啊!你再怎么不肖,宗浩毕竟是家里的长孙啊。教友们都叫我'铁石心肠的女人',可是我看到那孩子就止不住掉眼泪。"

"就是为了跟我说这些才大热天来接我?"

"我就是为宗浩来的,不行吗?"

姐姐说出这话来,我再也忍不住,起身踢开椅子。我最反感受别人干涉,刚刚平静的头痛又发作开来。

"再说这样的话就别在我面前出现了,当我死在牢房里好了,以后也不会再去找姐姐你了。"

"不找我也行,先坐下再说。"姐姐扯了扯我的衬衣角。

我们姐弟的口角惹来咖啡馆里客人的目光,旁边座位上的狗鼻子吐着烟圈转过头来看了我一眼,我突然意识到现在可以吸烟了,起身去柜台要了烟和打火机。

"不是三年都没抽了吗,趁这个机会戒了吧。"

"不是说了别管我吗!"

我一提嗓门姐姐就不再说话,低下头吸了口插在咖啡杯里的吸管,好大一会儿才低声说,

"奶奶今年已经八十五岁了,这个年纪怎么能照顾曾孙子?上学每天都要接送,奶奶走了谁照顾宗浩?你不晓得没有爹妈自己长大的孩子多么可怜么?"

"要不让别人领养了吧。"我故意要惹姐姐生气。

"我知道你长大了我就不该再干涉你,但是宰弼啊,算我求求你了,我不知道你有什么打算,但是先去趟密阳再说吧,祖坟不也在那儿嘛。"姐姐近乎恳求地说。

"奶奶愿意见我吗?"我的声音软了下来。

"对你抱的希望太大所以才会那么失望的,都是太宠你啊。一打电话,奶奶总先问你过得好不好。"

"我知道。"

"奶奶跟宗浩我也可以照顾,别的人我都照顾得了怎么照顾不了他们呢?但是有你这个四肢健全的人,我再这样出来多管闲事……我想,要过正常人的生活先得保护照顾好自己的家人吧。"

如果在监狱的三年里奶奶去世了,宗浩可能就给送进孤儿院或是通过保育机构叫外国人领养了,密阳虽然有几家亲戚,但年纪都大了,没有能够抚养宗浩的。坐牢的时候总因为想到奶奶和宗浩的脸而心情沮丧,可是自己又无法解决这个问题,我也就死心了,不再想什么解决的办法,再过一段时间就自然而然淡忘了。我从没想过出狱之后还要照顾他们两个,我曾想应该忘掉他们,就像他们本来就不存在一样。对我来说家人不仅不是热爱的对象,还是憎恶和悲伤的所在。除去初中在金川少管所待的五个月,我还前后两次在管教所里一共待了五年,两次吸毒就关了超过一年。总共七年的牢狱生活,我仿佛是挂在肉铺铁钩上的一头整猪,一整块肥肉挂这么长时间水分脂肪也会蒸发变成干肉,我变成了冷酷无情的人。我于是坚定了这样的想法,不管有没有血缘关系,身子不管是人类还是其他生物,不管是谁给予保护,都逃脱不了自己的命运,时候到了不免一死。像我这样的人怎么会变得像冷血动物一样?这个问题我反复琢磨也不曾琢磨透。我曾经怀疑是不是我从父母那里遗传的基因出了问题,但是 DNA 检查证明了这是个无聊的想法。我遗传的是父母的染色体,而父亲遗传的应该是爷爷的染色体。

看家里逢冠婚丧祭时照的相片,爷爷总是在最后一排的角落里,除了这几张相片,我从没见过爷爷。长得有些像山贼头目的他老人家对我来说是个谜一样的人,不知从什么时候开始我对他产生了各种疑问,也许是从毒品上瘾带给我迷茫的时候开始的吧。如果能了解爷爷,即便不再向上追究,我也能对自己有个更深的了解。我是听着奶奶和父亲这些密阳的亲属说爷爷的故事长大的。独立军出身的爷爷开始被人们夸耀着他的勇武事迹,到后来又被人们在背后贬斥成是口吃和赤色分子,对爷爷的评判前后大相径庭。这样看来,我去中国东北边境和俄罗斯远东的沿海州大约就是为了亲眼看看爷爷当年所至之处。在监狱整理记录有爷爷生涯的笔记时,我还思考了家人的含义。在前程似锦的年纪里却和家人结下了怨恨——虽然这不像我这个年纪该说的话——但是家人对我来说就是怨恨。然而追随着爷爷的足迹,我的想法渐渐改变,我知道自己正在改变并且明显地感受到了那些变化,我下定决心出狱后要到母亲的坟还有密阳看看。蔚山和密阳是我成长的地方,也是我不愿想起的地方,让我倒胃口。蔚山是母亲的故乡也是我的出生地,密阳是爷爷的故乡也是祖先们生活过的地方。母亲的孕育让我想去她的坟上看看,去密阳则是因为想要更深入地了解爷爷的经历,这需要奶奶和亲戚们更多的证言,所以无论如何也要去一趟,但是说实话,我还从没有过把放在密阳的宗浩带回来一起生活的念头。

"没多少钱。"姐姐从背包里拿出一个信封。

"我不需要，拿回去吧。"

"要是去了密阳，就到爷爷坟上简单祭拜一下吧，"姐姐看了看我的眼色，补充说，"你再怎么否定，父亲不还是我们的父亲吗，你也替我去父亲坟上看看吧。这点钱是我的心意。"

姐姐将其时右手还健全的父亲在蔚山当建筑工照料家里的那段日子看成她人生中第一段珍贵记忆，所以她眼里的父亲同我眼里的截然不同。我每次说父亲坏话的时候，姐姐总是说"那是在你出生之前，所以你才不知道，爸爸原来不是那种人"，试图竭力地袒护他。

"不是让你收起来吗，我有钱。"

"回去的时候也顺便去蔚山妈妈的坟上看看。"

"我也是这么想的。"

"真是可怜啊，她对我那么好……"沉浸在悲伤之中的姐姐突然变了口气，"这钱你一定要拿着！"

姐姐的命令果断有力，我也不想再固执下去，将信封装进裤子口袋。我将烟深深吸进肺里，第一口的时候有些眩晕，想吐出来，继续抽几口才找到原来的感觉，昏迷感击退了激烈的情感，充满了我的胸口和脑袋。曾经有段时间，我因吸毒而中毒，那时候如果不是依靠毒品，我也许已经不在这个世上了，许多次我试图自杀，都没有成功。

姐姐说要去卫生间，离开了座位。趁这工夫我从旅行包里拿出金部长给的小包，里面是绑好的五沓钱、一个手机和一个充电器。手机装进裤子口袋，我拿出一百万的一沓放进旅行包的暗兜里。

"难道是我听错了，你是说暂时要窝在图书馆是吧？那是不是要住在考试院里？"姐姐从卫生间回来问。

姐姐露出了微笑，好像从没吵架这回事一样，我心情也舒缓下来。我俩的关系一直就这样，即便吵了架，火气一消就连刚刚吵了架也会忘掉。香烟也使我镇定下来。

"我想是不是应该把爷爷的生涯做个整理。"

"爸爸一直怨爷爷，你也骂过爷爷，怎么会有这想法？"

"我也不知道，也不知道中了什么邪，打我从中国东北和俄罗斯沿海州回来，爷爷的影子总是出现，像是要留给我什么话的样子。"

"那包里装的书是跟研究爷爷有关吗？"

"也有那种书。"

"要出版吗？"

"出版给谁看？再说也达不到出版的分量。"

"那整理干吗？"

"就是想做个整理，一开始总觉得我的精神病是遗传导致的，所以才想挖掘挖掘，后来发觉是老人家指引我，好像是说为了你自己来记录我吧。"

"说得像个哲学家似的。"

"总之我是自己喜欢才开始做的。"

我追随爷爷的足迹在二十天里游览了中国吉林省和俄罗斯沿海州，结束旅行回国，在仁川机场被等候在那里的两名城南警察局警察逮捕了。

"你来得正好，把那个包给我，你拿这个大包，从东北拿来的包我看着就觉得难受。"

我把旅行包竖在走廊，里面的东西都拿了出来，出狱时领到的身份证、私人物品和常备药品放进小包，从准备考试做的笔记中挑出一本关于爷爷的笔记，另有几本整理爷爷生涯时参考过的书，我拉上塞有一百万的暗兜。不作声的姐姐这时才反应过来，把包里装的《圣经》和一些杂物倒在膝盖上。我把我的东西装进姐姐的背包，她的杂物一股脑儿全塞进了旅行包。

"里面的东西都扔了吧，包是新的，应该还能用。"

"这个包跟了我有六七年了吧，看看也真是很旧了。"

"用久了就有感情。"姐姐身材高大但还是比不过我，我使劲松了松背包带。

"你再戴上个登山帽背这包也很合适。"姐姐笑着说。

虽然是我的主意，包换过来之后，我仿佛觉得联系我们的纽带巩固了。

"不管怎么样，竟然说要整理爷爷生前的事，了不起！"姐姐的声音有些颤抖。

爷爷是1958年去世的，在我出生前十年。

爷爷坎坷的一生被归结为失败的一生，我仿佛又听到父亲在数落自己的老子。我是在1987年那年初春的一天上京的，如田鼠一般住在隔壁房里不出门的父亲忽然挥着橡皮手胡言乱语："那老不死的就爱说自己是独立军出身，在哈尔滨挎着日本刀穿着小日本的衣裳耀武扬威。要不是有这个当倭寇兵的老子，我咋会成这模样！小子，去南川江（密阳江）看看，要是在那儿钓鱼的话，把他给我拖回来，我咬断他脖子。"

父亲精神恍惚，说话云山雾罩，叫人摸不着头脑。那时候奶奶常会不经意提几句那十来年在哈尔滨的事。"家是什么？老头子不是护得了家的人。护得了家的人得要吃着老婆给做的热饭到时候就往家拿钱才是,他可从来没这样,总在外面混日子,我忙着在食堂做女佣,俩孩子没有管自己就长大了。"奶奶这样说。

奶奶曾经附在姐姐耳边,说爷爷当过关东军731部队值班室的哨兵,她还说这是从没跟人说过的秘密,而姐姐七八年前就把这事告诉了我。

"海参崴不就是符拉迪沃斯托克吗?应该也看过日本宪兵队的地方了吧?没留下什么痕迹吗?"姐姐很关注家里的事,对爷爷的事她大概也有了解,所以才会这么问。

"已经过去七十来年了,怎么会留下呢。"

"那哈尔滨呢?"

"回国之前去过。"

"做人体试验的关东军驻地也去看过?"

"中国在那儿建了个纪念馆。"

奶奶出生在咸镜北道会宁附近的一个小山村,父亲则出生在哈尔滨。到1945年日本败亡为止他们一直生活在哈尔滨。

*

姐姐让我在她安山的家住一晚再走,我没有理,直接去了市里的公交站,安山与去首尔的方向正相反。

"奶奶说要守着老房子,死了以后跟爷爷合葬,这我也没办法了,实在不行把宗浩交给我吧,和我的孩子一起上学,来安山就来实老庵教会或是实老庵联会来找我。"姐姐说。

我什么话也没说。

姐姐提着包拐着腿走过人行道。在我眼里,姐姐再怎么坚强，再怎么倔强都是一个可怜人。1979年"YH事件"①的时候，姐姐从抗议示威的新民党舍的四层跳了下来，命是保住了，但膝盖骨和小腿骨碎裂，做了三四次手术最后还是残废了。姐姐遇到当时是城市产业传道会传教士的姐夫，不知是不是有神的点化，一个正常人选了个残疾女人。

我本来期待出狱那天安娜能来接我，我决定即便她不来，一出狱我也要去她工作的地方找她。本来法务部饭店里赏给的一点烂钱撑不过十天，正缺钱的时候意外收到这笔钱，这样我就不用向安娜说难以启齿的话了。这是我在出狱前就决定了的事，原本打算见完安娜以后再离开首尔，安娜去中国东北之前和罗尚吉会长见过面，现在应该在"白宫"直营的"黑口红"店里上班。

怀着重履爷爷历程的心情，我们来到了国境边的虎林市，但是在乌苏里江洗过手的那天晚上，安娜说厌倦了游览吉林延边一带的九天旅行，说再也受不了了，吵着非要回国。昼暖夜寒巨大的温差、不干净的饮食、成群的蚊蝇，脏劣的住处甚至还有蟑螂出没，特别是肮脏的农村厕所。游程确实没什么好看的，安娜来了五天便开始抱怨。她知道我最受不了女人唠叨，但她也不是没主见的人，凡事要由着自己的性子，又得了热伤风，鼻子直吸溜，"要是不马上订机票我就自己回国，让我听你的也有个度吧，我再也忍不了了。"安娜收拾了自己的行李，我一生气动手打了她几下。她不是老老实实挨打的人，转过来砸了旅馆的保温瓶。我趁酒劲抓起她的领子推她到床上。"打死也不和你个神经病来往

---

① YH事件亦称作"YH贸易女工抗议事件"，指发生在1979年的抗议YH假发贸易公司倒闭，女工们聚集在在野党新民党党舍前抗议示威的事件。本书中的注释均为译者注。

了。"说完拉起旅行包离开了旅馆，就这样自己回了国，没同我一起走反倒安然逃过了仁川机场的检查，也算是因祸得福吧。身份查询的名单中漏掉她，大概也因为安娜只是艺名，她的本名是安玉娜。安娜一走，我就在虎林市的朝鲜族导游的帮助下越过国境，进入俄罗斯沿海州的达利涅列琴斯克，从社会主义转向市场经济，虽然中国也是如此，但是在俄罗斯，护照只不过是个形式，只要有钱什么事都能解决。

兴许还记着点露水夫妻之情，我入狱一个月后，安娜来管教所探视过我，之后又来过三四次。安娜送来我拜托她借的书。监狱图书馆里有大学入学考试的教材，所以拜托她借的主要是为了解爷爷生涯必需的书，还有一些关于精神疾患的书。去年晚春她最后一次来看我的时候说："像夜猫子一样整天窝在房子里，白天睡觉晚上看录像，不知不觉就成了信用不良。我也不愿意回家，靠家里的年纪也过了……我现在在新村的'黑口红'当老板娘，是'白宫'的直营店，出去了来看看吧……"

我坐车到首尔的江南站，车在江南站转了个U形弯，我下了车。现在虽然想好好吃一顿想了很久的牛蹄肉，但一时又找不到这样的饭馆。突如其来的饥饿感让人烦躁，看到一家参鸡汤店就走了进去，又叫了一碗饭才勉强填饱饿瘪的肚子。和这些食客们一起填饱肚子的时候，我才真切感觉到自己从犯人到一般人的改变。如果是酒吧的话，安娜的上班时间应该是职场的下班时间，我决定先去洗个澡。

"体形真好，您是运动员吧？"搓背的问。

"原来做过。"

我身高一米九，虽然在牢里稍稍减了些体重，但也维持在九十公斤左右，快三十岁的时候还一度超过一百二十公斤。

在牢里不能经常洗澡，搓下来的泥足足有一瓢。光头再加上身材高大，搓背的大概把我当成了黑社会，一句话也不说只是卖力地搓。

洗掉了三年积攒的污垢，在休息室里一合眼就睡了足足五个小时。更衣室的柜台上有卖内裤、背心和袜子，我就把一直穿着早已沤坏的内衣处理掉了。我穿着长袖T恤和牛仔裤来到街上的时候，太阳已经落到了建筑物的中间。不知是不是因为睡足了觉，头不怎么疼了，心情也稳定下来。

我把新村的娱乐场所都转了一圈才找到"黑口红"。一层是啤酒大厅，大概一百平方米左右，舞台上安装了大屏幕和练歌房机器，卫生间的后面还有几个房间，全黑的室内设计让人联想起牢房。小的时候总是怕黑，但是不知从什么时候起，我开始相信只有黑暗才能保护我。

安娜还没上班。我决定先不喝酒，服务员把冷水杯放到桌上，问我需要点什么，我一开口就问是不是必须要喝点什么，服务员就离开了。我的嗓音厚重而低沉，人们总是先被我的身材和声音镇住。

我焦急地抽着烟，心想要不要到车站去看看，这时候安娜出现了。她穿着无袖的露脐花纹衬衣，见到我先是吃了一惊，然后走过来，问我是什么时候出来的。她还保持着苗条的身材，睫毛长长的，眼睛依旧很有神。

"我还以为你得等到光复节特赦才能出来。"

"刑满出狱。"

"你脸色苍白了不少啊，都变成傻大个儿了，受了不少苦吧，先歇歇。"

"谁给口饭吃啊?"

安娜不再开口。她也知道我现在没有去处,如果硬要在一起的话会很伤脑筋。我要是假装不知道非要住进去,她也没理由拒绝我,以前她在我的小屋里和我挤着过了几个月,我坐牢后她就独占了我的小屋,甚至还从保证金里取了两百万花掉了,她现在是欠我的人情。

"还在那个小屋住?"

"凑合,保证金一百,月租六十。"

我们俩同时陷入了沉默。坐牢的时候羡慕鸽子的自由自在,没想到出狱了情况也还是一样,看到安娜让我觉得活腻了。不论是对于因为奔走于花街柳巷和酒精中毒而从脖子到眼角都开始长细纹的安娜,还是对于因为从金川少管所到管教所的七年而使青春变得一塌糊涂的我来说,生活都是一样的。

"这个店,罗会长常来吗?"

"最近根本就不来,这个店是秘书部直管的。"

"秘书部的部长是不是金荣甲?"

"在牢里消息也灵通得很呐。据说那个帅哥是学军团出身的,老婆比演员还漂亮,还有俩聪明的儿子,是个新式的家长。你入狱后他才来的公司,因为是会长的心腹,一步就登了天。"安娜换了个话题,"会长来过,说因为盆唐的事让姜博受苦了,很对不住你。过去三年公司壮大了不少,现在一组搞金融,二组担当建设,三组开了个成人游戏厅……"

说是金融业,其实不过是靠放高利贷滚钱的机器,建设也只不过是介入再开发利权或楼标买卖而已,所谓的成人游戏厅其实就是掠夺民众小钱的赌场。

"要不要见个面?我能联系上他。"

"我也能。只是问问。"

手机里有会长的留言,电话号码应该也存成了快速拨号。

"会长见到你会很高兴的。"

"我已经打定主意跟原来的生活划清界限,还见什么见。"

"那你打算去哪?"

"过蔚山去密阳。"

"奶奶是说要抚养你儿子吧?要在密阳长住下去吗?"

"还不知道。"

"不是说什么时候要到灵兴岛开个生鱼片店吗?"

"不愿意再看见人,所以才会有那样的想法。"

"我一看K-1和格斗比赛就会想起你,你要是干这个肯定能干得很好。"

"别开玩笑了,我都多大岁数了。"

"大家都因运动不足得了肥胖病,体育器材和健身房也就越来越多,听说健身教练现在很火。"

安娜说让我等一会儿,自己提着包离开了,过了好大一会才回来。

"我想你该很缺钱,就从卡里取了一百万。"

给的钱先收下再说。我还没提房子保证金的事,安娜就说要把债还了,提前发了善心。

按原来打算,要是罗会长没给这六百万,我无论如何要先向安娜要个两三百万用用。

我起身要走。

"哥，吃了饭再走吧，我知道个很好的绿色饭店。"

"再磨蹭就赶不上夜车了，既然决定了就回吧。"

我和安娜只有在那方面才合得来，虎狼年纪的男女没有不喜欢干那事的，我们也有折腾一整夜的时候，男欢女爱总叫人上瘾。

我背起包离开"黑口红"，外面夜幕已经降下，气温却依旧很高，一丝风都没有。人行道上青年男女比肩接踵，露腰的女人们扭动着丰满的胸部和鼓胀的屁股从我面前闪过。我在管教所期间举行过总统选举，进步主义者当选了总统，宣称要用富人的财产来救济穷人。叫他的平等改革政策吓到的富人们都收紧钱包不再投资了，经济停滞随之而来。即便是在牢里，外面的消息也很灵通，常常听到由于经济不景气，个体户纷纷倒闭，街上到处都是年轻的失业者的消息。但真到外面世界看看，新村这个能享父母之福的人们的消费场所依旧繁华热闹。大城市的红灯区就像有毒的章鱼类生物的身体，让爱慕虚荣的年轻人魂销骨蚀，但是我在监狱里已经彻底锈掉了，懒得再去挖掘这些大城市里的阴暗面。对我来说今后的日子真的是要改过自新了。

*

首尔站让我想起了曾经身无分文上京的日子，那是在疗养院的母亲去世，而我也从中学毕业的 1987 年。开始我在首尔站和南大门市场招揽客人，后来在明洞做过专门恐吓威胁别人的小痞子，在进出乙支路三街的拳击练习场时还当过小偷。那段时间除了在牢里过的日子外，我在首尔的时光溜得飞快。

在站里转了一圈，有种叫 KTX 的高速火车不用三个小时就能到釜山，我发觉这三年世上确实又变了许多。我决定就坐 KTX，买了20:00出发21:40到大邱的车票,我的座位与火车开的方向相反。上车还有一会儿,就买了打卤面和紫菜包饭充作晚饭。我想起姐姐的话,便走进一家体育用品店,买了顶黑帽子戴在光头上,果然与背包很配。

正点出发的火车刚刚驶离首尔站,我裤兜里的手机便响起来。

"我是白天那个金荣甲,您稍等,我把电话交给会长。"

"这三年你受苦了,听过我的留言了吗?"

"还没来得及听。"

"为什么也不来公司一趟?"

我说我现在在坐火车,在回老家的路上。

"老家是在密阳吧,那什么时候回来?"

"还没想过。"

"受了不少苦在家好好保养保养。回首尔的话就来一趟办公室,我知道你是个重义气的汉子,我需要你,懂我的意思吧。"

我一时没回话,电话就挂断了。我想起父亲动不动就叫自己"男子汉",还有唠叨的那些废话。不知道是不是还担心我会告密,罗社长总在嘴上说要再帮我一把。我没什么兴趣,我不想再插手这种事,在监狱里也从未想过。

车窗外建筑物的灯光飞快闪过。一进隧道,现实便开始褪色,过去的回忆在黑暗中若隐若现。

第一次见到宗浩妈妈虽然是在日式餐厅,但我对她开始有印象是在医院里。恢复意识的一刹那,我眼前隐隐约约有个人影在晃动,我还以为是个黄泉路上的引路人。隐隐约约出现在我眼前的身影并不是人的样子,猩红的嘴唇苍白的脸。后来宗浩妈妈还说曾问过我意识恢复了没有，但我那时看了眼死神就又失去了意识。

那一天，我从白天起就独自在日式餐厅的榻榻米房间里喝酒。好像喝到烂醉，在烫过的日本清酒里掺上足够致死的咖啡因一口气喝下去，自己却不知道自己在干什么。抑郁症患者自杀是一瞬间的事，很多情况下说不清有什么动机，要是非得说个什么理由，那大概是想要消失到另一个世界的诱惑吧。女服务员看客房里没有动静便推开了房门，发现倒在桌上呻吟着口吐白沫的我，她叫来救护车把我送到医院，我四天之后才醒过来。"看你过得应该还不错，怎么会自杀呢？"来探望躺在病床上的我时这女服务员问道。那时的我钱包里塞着二十几张十万元的支票和一些现金，在钱包满满、花钱大手大脚的时候，挤进这个缝隙的就是自杀的诱惑，自杀的诱惑与随便向人挥刀子的精神病人很相似。但是在女服务员背后还站着两个眼神凶恶的年轻人，我很快便明白，他们是专门负责缉毒的刑警。主治医师向警察举报我服用了大量烈性药物企图自杀，而那药物的主要成分是咖啡因，于是我一出院就被当成毒品惯犯逮捕了。在拘留所关了二十天后又在单独管理毒犯的管教所里待了五个月。自杀没成功，反而让我戒了毒，结果是因祸得福了。

一出狱我便找回日式餐厅，见到了把我送到医院的女服务员。她的相貌几乎没有缺点，但她那仿若死神的身影折磨着我的心。她性子急，雷厉风行到有些病态，体质好到一点儿也闲不下来。她和我没有一点合拍的地方，但我却实实在在被电到了，为她大把大把花钱，给她在百货店里买衣服，带她到宾馆的饭店吃饭。她一怀上孩子就辞了服务员的工作，我们一起过日子，这是我有生以来第一次毫无主见地盲从别人的意见，我像是被套上鼻环的牲口，叫她施展的法术迷住了。直到那时候，她还是没有看出来没有固定职业的我是怎么赚钱的。她只知道我花的是存入银行的父母遗产，一有孩子她就说不会打掉，要让孩子入我家的户籍，我也就随她去。因为需要钱，我又做回了小偷。我因为"城北洞盗窃案"被捕，戴上了手铐，和她同居了一年的日子也就结束了。

我和罗尚吉社长是在永登浦管教所的监狱见的面，那还是在四年前。罗社长比我大十七岁，算是我的父辈。他因为渎职罪和文书伪造罪判了三年，当时正是一年六个月的服刑中。放高利贷给小建筑公司的老板又派手下绑架监禁了那老板，然后强行抢走超过贷款金额二十倍的一山商业街，这背后主使就是罗社长。大楼抛售过程中，一个叫崔部长的人觉得分赃不均，背叛了罗社长，崔部长向警察告发了罗社长之后就带着家小逃到了美国。罗社长在监狱里咬牙切齿地说即使翻遍了美国也要把崔部长找出来毁了。

罗尚吉社长相貌平平，声音却很温善，不苟言笑，偶尔说起话来却很幽默，自个儿掏钱买东西给大家吃，犯人都尊他为老大。不知他是不是买通了狱警，每次叫出去后回来总说跟女儿通过话了，"四个女儿都是如花的年纪，这是受的什么罪！"不知是作为"大麻派"头领的罗社长从对毒品流通渠道和幻觉中毒症都很了解的我的身上感受到了共犯的感觉，还是喜欢上了我的贼性和沉默寡言的性格，他说我"能成气候"。我总直挺挺地坐在那里看书，他于是叫我"姜博"，认定我很博学。如果说我来到世上学到了什么，那也是通过读书学到的。

我因为"城北洞盗窃案"被判了两年，正在服刑的第五个月。"你自己翻墙过去？偷再高级的房子也是小里小气的，堂堂一个博士不能降了身价做这些小勾当。来找我吧，我会让你在好地方尽情玩儿。"罗社长看着因为抑郁症发作而坐立不安的我说。我们是拴在一根绳上的蚂蚱，互相说着心里话打发在狱中的日子，"虽然进了这里面还说这话有点那啥，不过也确实，五十年代的时候我们家就有了私家车，有专门的司机，想象不到当时有私家车的家庭是什么样的吧？就是那种门第家庭，我父亲在自由党的时候虽然是个小混混但也算参与了政治，不分昼夜在饭店、妓院里鬼混，把那么多家产都吃光了。军人掌握政权后把他当作政治流氓抓进了监狱，出来后一病不起，不久便去世了。长安①响当当的富人一夜之间就倾家荡产了……财产要是不好好计算的话，就会像手指缝间的水一样一下子全流走了。我一进大学就遇见了一个女的，她很快就怀孕了，我们离开家过起了自己的日子。母亲不知怎么就知道了，找了来，说是家里的耻辱，把孩子他妈赶跑了，没办法我也回了家。学业上也就偃旗息鼓了，从那时候起就跟着父亲管辖下的明洞小混混们一起，下决心无论如何也要赚钱重振破败的家，就是要重振名门之家。资本主义说的无非是资本，不就是钱吗？"我本想问，所谓的名门之家是不是指要不择手段地致富，但没有说出口。

我和罗尚吉社长差不多同时出狱，出狱那天妻子带着跟跄学步的儿子来接我。妻子在永登浦市场口开了家醒酒汤店，人长得标致，手艺也不错，客人总是很多。她总是在结束一天营业后解下围裙整理堆成一堆的营业额的时候，才会露出点被钱驯服的样

---

① 指现在的首尔。

子。像是不愿再接受我，从第一天起她就另铺了被子，还让宗浩睡在我们中间，忙着的时候根本就不把我放在眼里。她算是看清了我从前的一切，决心无论如何也要和我撇清关系。吃饭高峰时段客人们很多，我这么高却没有位子可以坐，只好带着宗浩到街上，窝在半地下室里，日子像在牢里时的游手好闲一样难熬。我们吵得越来越频繁，我开始摔东西，有时也动手打她，最后终于从地下室里跑了出来。无论她带着宗浩过什么样的日子，我都决定再也不去找他们。我既不想成为他们的负担，也想摆脱他们这个负担，于是上京在首尔站开始干起生意，顺走那些心不在焉的旅客的包，出狱的时候本想金盆洗手，现在走投无路又要干这勾当，我讨厌这样的自己。

那时候想起罗社长，找到了罗社长在狎鸥亭洞的办公室。罗社长摘掉了"大麻派"的标签忙起新业务，开了家叫"白宫"的房产咨询公司。他很高兴见到同期在监狱服刑的我，还没开口，罗社长就猜出了我的处境，在办公室附近的驿三洞为我找了一间保证金三百万月租五十万的小房子。我便开始在他手底下干起游手好闲的小混混，白天在健身房里打发时间，晚上就去混酒场。就像他说的，"姜博你只要挺起胸站到我后面就行了"，罗社长每次把债户叫到办公室装出一副债主架势的时候都会让我站在他后面，他插手再开发事业的同时也用高利贷聚敛资金。

"你也三十多了吧，树还有个年轮呢，姜博不能总跟下边的人混在一起啊，我们是新公司，很需要骨干。"罗社长迅速提拔我当了部长，部长就是组长级别，"白宫"的组织体系包括职员、股长、部长、理事，公司里都是黑社会，服从命令的规矩自然很严格。我并不擅组织，正要从中抽身，这时候遇见了安娜。安娜说她上过大学但不知为什么走上了下坡路,当起了"白宫"经常光顾的一个成人酒吧的老板娘。我们第三次见面的时候就睡在了一起,她并没有怎么引诱我,平时我并不擅长同女人交往,虽然沾上了毒品,我对那种事却不怎么感兴趣,但是那天却并不觉得讨厌。十天之后安娜就收拾东西住进了我的一室一厅。我开始在迷乱中颓废,常常因为鸡毛蒜皮的小事神经过敏,从前这种时候我都需要毒品,但这次我狠狠心忍住了。不知是不是因此而太过压抑,我开始酗酒,说话也变得粗暴,有一次发火掀翻了桌子,把朴部长摁倒揍了,当时罗社长不在场。罗社长不怎么参加酒席,太阳一落山就直接回家,他是个恋家的人,喜欢陪着四个女儿玩耍。

"姜博,玩得没意思就砸场子?我找点事给你干吧,"第二天罗社长说,"从企划室打听来的,这种案子成过两次,你研究研究,做个计划。这事别跟安娜说,女人知道得越少越好。"罗社长把材料袋递给我。里面是两张 A4 纸,一张上面清楚罗列着有千亿资产的建筑公司在龙仁地区建公寓的土地购入价、出售运作和龙仁地区的其他建筑公司暗箱操作地价的情况,以及相关的公务员收受贿赂的详情,另一张纸上是建筑公司会长的父母在盆唐的私人别墅的简图。计划就是绑架住在盆唐的老夫妇,再威胁要揭露建筑公司的非法行径,向建筑公司会长也就是老夫妇的长子索要巨款。罗社长征求我的意见,"怎么样?不用投资就能赚两个亿,我给你换个职位,这个案子姜博接了吧。不愿干就别干,我不会强迫你干你不喜欢的事,强迫人家做事会连看热闹的人也连累到。"罗社长看得很透,知道我是不会就此抽身的。能揣度别人的心理,这是罗社长最奸猾的地方。虽然之前后悔在"白宫"游手好闲地混日子而没有及时抽身,但是这次又不想退出了。"虽然没干过，接下来试试也无妨。"这期间一直闲着，能接下这么一个能解除钱的后顾之忧的事儿也不错。另外要还罗社长人情的负担感也在推波助澜。我打算着这件事结束之后拿到应得的钱就离开"白宫"，跑到以前遭通缉时躲过几个月的灵兴岛，不管生意好孬开一家生鱼片店过与世隔绝的日子，如果安娜想跟着我就带着她。

我做了绑架盆唐老夫妇计划的组长，企划室派给我三个手下：韩股长、龙崽和鲽鱼。外号叫"生鲜烩"的刀客韩股长比我小三岁，有三次暴力前科，龙崽和鲽鱼进入组织两年了，四个人几天就完成了计划。七十多岁的老夫妇上了年纪便把会长的位子和经营权移交给长子，之后在盆唐的私人别墅里跟保姆和一个司机兼园林师一起过起了晚年生活。别墅式豪华二层住宅里装有保安系统，想要入室绑架很有困难，他们每天早上七点左右在后山散步的一小时是绑架的最好时机。绑架他们那天，龙崽假装成快递员，在装咸鱼干的箱子里装上要投到税务厅、检察院、青瓦台信访室的恐吓信，里面写的是建筑公司的不法行径，要送到会长在江南瑞草洞的高级住宅里。原计划是如果绑架老夫妇成功，就以揭露建筑公司的不法行径为诱饵勒索两亿元，然后以交换老夫妇为条件再勒索五亿元。其实就是利用被害者一面想要掩盖公司不法行径一面又急于救出父母，所以会接受勒索而又不向警察报案的心理。

按计划第一次勒索一成功就马上放了人质，第二次的那五亿元压根儿就没想拿到，只不过是恐吓罢了。我没有直接参与绑架，只是在背后指挥，韩股长和鲽鱼绑架了早上在山路散步的老夫妇，龙崽用准备好的车把老夫妇送到仁川松岛的一个汽车旅馆后，韩股长在首尔郊区的咖啡山庄开始同建筑公司会长"协商"。

韩股长让他听了录有老人声音的磁带，老夫妇在里面说不要报警私下解决，要会长在两天之内拿出两亿现金。我在协商中并没有露脸，那边过于顺从地答应了韩股长的要求，这反倒弄得我们都有些不好意思。一收到两亿现金汇入了用无家可归的人的身份证开户的指定存折的通报，我就拿着准备好的护照带着安娜从仁川机场脱身了。安娜并没察觉这期间的事。我已经在吉林省的时候，不知是韩股长对那五亿起了贪念还是有罗社长的指示，原来的计划做了变更，只放了老太太，留着老头子当人质。我和安娜在游览独立军和日本军激战的战场时，韩股长正在谈判桌上就五亿这个数目与对方进行拉锯协商，并最终把断了一个手指的老人照片送到了他长子面前。感觉到父亲生死受到威胁，会长急忙向警局说明了整个事件的始末并委托搜查。韩股长和龙崽、鲽鱼被捕，老人被安全解救，指定存折里剩下的一亿五千万也被没收。如果这钱经过洗钱被存到最后存折里的话，罗社长也会露出马脚的，但在铜臭味消去之前罗社长并没有插手这笔钱。

*

KTX列车速度快得感觉不到颠簸地穿梭在黑暗中，很快抵达大邱站，二十分钟后就有去蔚山的最后一班火车，到蔚山已经是晚上十一点多了。许多年在外漂泊让我已经想不起最后一次来蔚山是什么时候了。居民区的低矮房屋到处都在拆迁，高层新建筑原地拔起，蔚山的站前广场也和我八十年代初看到的截然不同，站前高楼的屋顶上装着大型多媒体天线和形形色色的霓虹灯。

白天的热气稍稍退去，站前广场吹着凉爽的风。从海上吹来掺杂着盐分的海风穿过太和江，清爽的感觉转瞬即逝，海风中掺杂的刺鼻气味带我回到小时候。在蔚山看到的陌生景象背后有我不愿重历的回忆。正是这下水道的气味勾起了我的那些记忆，这气味是父亲身上的恶臭。

拉客的紧跟着我，说给我找个服务好的年轻小姐，我甩开他，穿过站前广场进入眼帘的是写着"温泉"的红色霓虹灯，这是车站附近地面的四五层建筑里二十四小时营业的桑拿房，这种地方对我来说比一般的旅馆更熟悉。

我躺在床上辗转反侧，想着小时候在蔚山的模糊的记忆，好不容易才睡着，可又因为噩梦睡不香，不断做着可怕的梦：桑拿房起了火，火大到应急灯也灭了，漆黑的走廊很快充满化学装修材料放出的毒气。喧闹的悲鸣声中，失魂落魄的住客光着身子跑到了大道上。我在火光中隐约见到了父亲的影子，高大的父亲只穿着内裤从窗户跳出去。火焰涌进了屋子，我也开始着急，只能拿出记录着关于爷爷事情的笔记本。我背上行囊的那一瞬间毒气钻进了我的鼻子让我不能呼吸……我吓得打了个冷战，睁开眼睛，身上都湿透了，看了一眼挂钟，已经是天亮时分。

上班时段，我来到街上，天气晴朗但心情却很郁闷，早饭也不想吃。去便利店看看祭祀母亲需要的东西，祭奠完反正是我自己吃掉，就买了一些米饭、袋装泡菜和矿泉水，然后到大路上拦了一辆出租车。

"去烽台山东边的公墓。"

司机从后视镜里瞥了我一眼，仿佛在说一大早怎么就拉了去公墓的客人，然后问我是现代重工前面那个吧。

"您听说了迁公墓的事儿了吗？"司机一边开着车一边问。

"第一次听说，搬到哪儿了？"

"好像正在物色北区色库山沟的什么地方,但因为是遭忌讳的设施,那地方的居民极力反对,现在就左右为难。烽台山是市民公园,有公墓的话确实不怎么吉利。"

烽台山公墓是在我出生前的60年代中期建成的。1962年第一个经济开发五年计划时,指定作为国策产业的蔚山为工业特区,郡政府迎来天翻地覆的变革,郡升格为市,原来属于蔚山郡的东海岸江东面和清凉面一带也划入了市。被大家称为"硬壳虫军团"的推土机推平了太和江流域河岸平原的农耕地,形成了棋盘似的工业道路和大规模的工厂园区。建设长生浦一带的蔚山港填平作业开始后,运送石块和砾石的翻斗车在扬起的尘土中排成一行。半失业状态下游手好闲的青壮年为了找工作涌进了蔚山,即便不是熟练工,只要有力气,工程、港口、建设到处都有工作机会。卖水和卖饭的小商贩也像苍蝇一样聚到一起,为在荒凉的田野上搭建临时窝棚的临时工提供宿食,日复一日地在工地忙碌,渐渐地到处都建起了窝棚。挖掘机挖开土地,推平了小山,利用杠杆转移挖掘出来的大石头,爆破作业使得爆炸声四起,劳工们踩着稀松的土路运送沙子和碎石,大家都说这是自檀君①以来最大的工程。但不论是在哪个施工现场,都没有安全措施。不熟

---

① 檀君,名王俭,传说是檀君朝鲜的开国国君。据《三国遗事》记载,王俭乃天神桓雄与熊女结合而生。相传檀君于公元前2333年建立古"朝鲜国"——檀君朝鲜,意思是"宁静晨曦之国"。定都平壤,所以平壤有王俭城的别称。檀君在位1500年,后隐居阿斯达为山神,活到1908岁。朝鲜人的祖先崇拜檀君为神的存在,把他建立国家的10月3日定为开天节,祭檀君。尤其在江东的檀君陵,政府专派官员或以国王名义,举行盛大的开天节活动。檀君是朝鲜民族的始祖,据说是建立了"东方的第二十七个国家古朝鲜"的建国始祖。到了现代,为提高民族意识和爱国心,檀君建朝鲜的传说同时被写进朝鲜和韩国的历史教科书中。

练的工人死伤的事件时有发生，那个时候，死者家属只能拿到少得可怜的抚恤金，在对经济建设已经红了眼的军事政权下，他们连哭的地方都没有。因工伤死去的人们被迅速埋进烽台山的国有土地里，连棺材都没有，尸体堆在推车里，也用不着丧葬程序就那么埋了。烽台山开始建墓地之后，当初跟随壮丁儿子来到蔚山、这时已经过世了的老人也被一起埋进去。一直到20世纪80年代中期，烽台山墓地因饱和而禁止埋葬为止，数千具草芥平民的尸体变成了无助的孤魂。

出租车穿过太和江上的明村大桥，顺着沿江路向左转。河坝被装饰得像路边花园，草地上种满了蝴蝶花，粉红色、深紫色、淡青色、白色的花在清晨的阳光下摇曳，沾满露水的叶子反射着阳光。我漫不经心地将视线转移到只有在蔚山河道才变宽的太和江，太和江载着我幼年的恐惧和悲伤流逝。江对面，渔川洞和梅岩洞一带石油化工园区的烟囱密密麻麻，一大早就吐着煤烟，这是从1975年就开始建设的温山工业园区。

"您什么时候来过蔚山，这是第一次来吗？"不知是不是因为无聊，司机跟我搭起话。

"上一次是中学毕业的时候，已经二十多年了。"

"那样的话您光去东部洞看一看就得吓一跳，周转岭前面很早就变成一大片公寓，从安义浦到朱田洞海岸到处是生鱼片店，变成了不夜城，您在盐浦洞或朱田洞住过吗？"

"烽台山下的难民村，我是在那儿出生的。"

"说的是那个山区的难民村？90年代末再开发的时候就变成公寓了，山上的房子都划入了烽台山公园。"

"那什么痕迹都没了吧。"像是卡在喉咙里的东西下去了一样，我心里一下轻松不少。"虽然是我出生之前的事，蔚山一被指定成工业特区，一大批来找工作的难民们都涌了过来，慢慢建了许多不良住宅，每天都要盖好几间没有下水道和便池的房子。"

"那都是原来穷的时候，过去的事了。"

司机说得对，沿盐浦洞的山脚拔起的高层公寓形成了大面积的公寓，西部洞的交叉路一点原来的影子都没有了，这是一个高层建筑鳞次栉比的陌生城市的风景。一大早就开始交通堵塞，司机嘟囔说人们嘴里喊着经济萧条却拒绝公共交通工具而开着私家车，我听着，闭上了眼睛。头又一阵一阵地疼，所有的事都在随着世俗改变，无论是原来还是现在，不变的只有我。

住在兄弟岛前沙边茅屋的舅舅如果现在还活着的话，一定会像土地爷一样打开生鱼片店的店门，一边说"活久了还能听到你叫我会长啊"一边出来迎接我。这只是无用的设想罢了，他在很久以前就去世了。大概还是在母亲去世的时候，靠大海吃饭的姥姥家就快要完蛋了。蔚山变为工业城市之前，在安静的沙边当渔夫的舅舅总是说工厂的废水毁了近海，鱼苗都烧死了，他每次看到新冒出来的工厂烟筒都很不高兴。海藻、鱼贝都死光了，牡蛎养殖场也荒废了，母亲说就是死也要将骨头埋在故乡的海边。回到故乡之后，舅舅不再拉驳船，整天泡在酒里成了废人，舅母在鱼市上打短工维持生计。就像年轻时的母亲一样，姥姥家的外甥们中学一毕业就在工厂找好了活，纷纷离开了家。

出租车司机说声好好扫墓便把车停在了长满杂草的公墓入口空地上。我沿着洋槐树林慢慢走上去，树林的尽头是个斜坡，草皮已经秃了，到处都是露着黄土的墓地。矮松、野蔷薇、毛柴沿着斜坡爬上来，葛藤很有气势地缠绕着坟场边蔓生开去。我想起那年春天，我实在是肚子饿就跟着姐姐到烽台山上挖葛藤吃。葛藤的藤虽然很细根却很粗，不知是不是腐烂了的尸体做了它的养分。姐姐曾经用锄头挖葛藤，不知挖到了什么，也不是石头，还以为是棺材，吓了一大跳。不知是哪年冬天，我一觉醒来姐姐就消失了，没有留一句话，姐姐离家出走后从此就再也没有回来。

俯视大海边的山脚下，公墓的一边有母亲的坟。碑上的墓志铭都已经模糊，也只有我才能认得出来，不，除我之外也根本不会有人到这坟上来。坟头的草皮已经脱落，土也蚀掉了不少，整个坟像是被削去了一半。

我打开塑料袋摆上祭祀用的东西。母亲是在我从金川管教所放出来后的第二年二月去世的。但母亲即使活到了现在，也不会愿意正眼看我这个没有尽到做人本分的人。"每次都跟要豁出去似的，你怎么就跟你父亲那么像？"母亲气得咋舌的样子我还记忆犹新。我在幼年里没有得过母亲的爱，虽说天下哪里有不爱子女的母亲，但母亲的心却连爱一个孩子的空余都没有，站稳身子都很费力的母亲没有余力去照顾孩子。"如果没有你就好了"，母亲有几次哭着对我说这样的话。家就像是海上狂风中的小船一样摇摆不定。

向母亲的坟行礼，我不愿说原谅我这个不孝儿子一类的话，也许母亲没有看到我这副样子就去世了也是好事。在母亲坟上行完礼，我拔去坟头的杂草。家人这个词虽然是让我联想到悲伤和愤怒的东西，但母亲的坟也太过寒酸了，同她生前的样子一样寒酸透了。虽然我有给母亲坟竖一块好墓碑的心，却又不知道可以委托哪里帮我管理墓地，下出租车的地方甚至连个墓地管理办公室的小屋都没看见。即使去沙边的姥姥家找也不会找到能够交托的亲人。城市工业化使他们都失去了生计背井离乡，那些厚脸皮的商人随后涌进来，开了这些生鱼片店。这时我才想起出租车司机说的不久公墓就要搬迁的事。

我在坟边蹲着，抽了一根烟。大蓟菜的枝杈在风中颤抖，半圆形的东海豁然展现在我眼前，耀眼的阳光下广阔的大海很平静，细小的浪花反射着阳光很是耀眼。沼泽、兄弟岛、花石都看不到，我把视线投到了北边海岸，使劲张望建在巴岩湫灯塔附近悬崖边上的"天国疗养院"，却怎么也看不到。1987年母亲被关到那个疗养院，最终在那里结束了惨痛的一生。

我在这里的生活只是从出生到小学入学前的七岁，所以除了几个鲜明的画面外我幼年的记忆很是模糊。"我要回老家，我跟你爸爸过不下去了，我不能跟他在一个屋檐底下过日子，把我送到老家的海边去！"在密阳那段度日如年每日以泪洗面的日子里，母亲渐渐变得精神失常，即使偶尔恢复正常，也还是失魂落魄的样子，常常会独自跑出去坐到河坝上一直到太阳落山。盐水煮饭的事做过几次之后，奶奶终于无法再忍受，只好按她的愿望送她回了蔚山沙边的舅舅家。当时我被关在金川少年管教所，姥姥已去世多年，生计维艰的舅舅每天把自己泡在酒里无力照顾自己的妹妹，每天到鱼市打工的舅妈也照料不了母亲，对疯妹妹实在没办法的舅舅只好把母亲送进了悬崖边上的天国疗养院。这个三间房是战争时美国宗教团体为了收容战争孤儿盖的，后来一个基督教教团接手改成了疗养院，主要收容的是老年痴呆、精神异常或是得了重病却无人照顾的人。中学毕业之前我去疗养院看母亲，探望她的时候她已经认不出自己的儿子了，瘦得像一具骷髅。母亲一看到我，脸上就露出了慌张的神色，像逃一样蜷坐在房间角落里哭了起来,"走啊!我不会见你的!我让你走!把那个人给我赶出去!"不知是不是父亲的恶灵缠住了母亲,她把儿子错认成了儿子的父亲。母亲住进疗养院刚刚三个月就如她所希望的那样离开了人世,那时候她刚刚过四十岁,死因是厌食症导致的营养失调。

2

1968年初，三十一名身负特殊任务的武装人员以袭击青瓦台为目标潜入了首尔心脏地带。之后，为了防止武装人员渗透，政府从安全保障的角度考虑加强了东海岸的海岸警备。在从东海岸停战线到釜山之间这段长长的海岸线上加置了双重铁丝网，并在每个要塞区部署了东海岸警备司令部的直属部队，负责监视海岸线。东南海岸的蔚山市重工业园区密布，它们都是国家发展的动力，从保护工业设施的角度出发，则必须加强该地区的海岸线警备。

美浦港到浦项沿线现代重工业林立，即便如此也都设置了铁丝网，而且日落之后海边禁止平民通行。在海水沙滩相接的地方，用两人高的铁丝网架起了长长的护栏。海岸碉堡发出的探照灯灯光来回扫过这空旷的大海。即使是在深夜，未铺缮的产业公路上也会间或出现来往的行人。在紧靠大海的村口一带，从工厂下了夜班急着赶回烽台山难民村或海边村落的工人、小摊贩、流动商人们络绎不绝。偶尔有卡车亮着前灯疯狂驶过来，担心受伤的夜班族们便赶紧朝路边靠去。路的一侧因为紧挨着挂了铁丝网的大海视野十分开阔，而靠里的一侧则是小块的梯田或长满垂腰海松的山丘。因为产业公路要尽量取直，所以有的路段要偏离海边取道山坡。

1969年5月上旬，路边的沟渠和水坑里青蛙的叫声杂乱刺耳。那是一个美丽的日子，草木润泽，尽情舒展着身躯，洒下浓浓的绿荫,果园里海棠花、梨花和花园里山踯躅、野蔷薇妖娆盛开,微风中隐隐飘来乡野间淡淡的花香。那天,中部地区雨注倾盆,广播新闻说仅在首尔就有十一人死亡,另有多人受伤。蔚山地区也是如此,白天就像黄昏一样阴沉沉的,瓢泼的阵雨倾泻而下,两个来小时降水量就超过了一百五十毫米,近年来实属罕见。傍晚时分彩云飘动,白天的倾盆大雨就好像未曾发生过似的,星光点点缀满了朗朗夜空。连接浦项的产业公路上,白天的暴雨使得雨水溢出流向海边,疾驶的大汽车轧过水坑,泥水争先恐后地向四方溅去。

夜深了,姜天动又尾随着那个女子,之前他已跟踪过她多次,不过往常她都是跟同伴一起,这次好像是落单了。姑娘穿着长袖的衬衫和裙子,姜天动穿着胶靴紧紧尾随其后。从朱田洞加油站开始姑娘就察觉到有一个穿着野战夹克的大块头一直跟在自己后面,听着后面像踢打地面似的令人不安的脚步声,女孩子吓得心脏怦怦直跳。

过了围着铁丝网的大海走到寂静的小山岔路时,姑娘开始小跑。疾行时胳膊上挎着的白色塑料袋里,铁质饭盒和空菜盒不停地啪嗒啪嗒响。"走夜路时遇到的男人比禽兽更可怕。"想起母亲的这句话女子的胸脯激烈地起伏着,连呼吸也不顺畅了。姜天动迈着大步赶上了女子。

"你是哪个工厂的?一个月上几次夜班?"姜天动故意问道。

吓傻了的女子嘴唇僵硬得什么话也说不出来。

"这么害怕做什么?我又不是武装分子。"

闻到男人身上散发出的汗臭味,女子掩住了鼻子。

"一看就知道你不是难民村的,你是哪儿的呀?"

传闻只要去蔚山就能找到工作并拿到丰厚的薪金，随之各地的劳务者和短工们蜂拥而来，他们在烽台山南边的缓坡上搭建临时住所，不知不觉中就成了个小村庄。起初只有四五户人家，他们用木板东一户西一户地架起简易房，几年后便像疗疮蔓延似的增加到四五十家。也就是从那时开始东区厅才派出不良住宅管制班的人来检查以遏制不断扩大的势头。人们称这个没电没上下水也没有邮政地址的村庄为烽台山难民村，而姜天动就是第一批定居者中的一个。

"原来是海边村的姑娘啊。一进入蔚山工团，就连村里的小丫头都可以到工厂上班，真是好时候来了。就这么认识到钱味儿的话也会沉迷于酒精，用筷子打着拍子哼唱《秃头小伙》……"姜天动继续纠缠道。

"你到底想干什么？"鼓起勇气开口的女子用蚊子哼似的声音说道。

"大人说话你顶什么嘴？"经姜天动一吓女子又缩了回去，"难民村的女工们都得站墙根儿老老实实跟我打招呼，看来你是河边的村姑——瞧不起土地爷啊。"

察看了一下四周，黑夜寂寥举目无人。女子急促的呼吸声冲击着他的耳膜。

"不行，你得尝一下我的厉害。"

姜天动不容分说就用铁饼铛似的右手抽打女孩的脸颊，女孩惨叫一声身体一个趔趄，胳膊上挎的塑料袋被撂到了地上，铁质饭盒发出金属的撞击声。

"别挣扎了，没用的，现在你是我的了！"

姜天动边奚落边抓住了女子的后颈，女子躲闪不及，加之脖子被抓，连喊叫声也发不出来。姜天动抓着女孩的脖子像搬尸体般拖着女子迈过水流不断的污水沟，钻进了杂树茂盛的林子。草丛里叶子上的雨水打湿了女子的衣服和姜天动的裤子。男子在湿湿的草丛里玩弄着姑娘，姑娘因为痛苦和惊吓昏了过去。

任丝丝寒气沁入身体，过了好一会儿姑娘才清醒过来，她的裙子被翻到了腰上，底裤和内裤在一只脚腕上挂着。在这凄寒的夜晚，连藏身在洋槐树叶之间的草虫的鸣咽都那么单薄无力。女孩低声抽泣，她整理好衣物站起来又坐下捂着脸呜咽不止。女子并不认识玷污自己身子的男人，只是有几次夜间同行，连脸都没有记住，他的工作服和胶靴也没有什么特别之处，只不过又高又壮的身体简直是个大力士。男子右手打她的那一下手劲儿又大又粗鲁，她只觉得脸上火辣辣的就像被煎锅打了似的。那女子仿佛还能闻到男子身上散发出的恶臭，就像地沟的味儿令人恶心。她不停地抽泣颤抖着身子，鼻涕和眼泪都分不清了。一想起那种恶心的气味，整个人像被点燃了似的开始呕吐，连宵夜吃的方便面也吐了出来。女孩儿陷入了错觉，感觉自己的身体也开始散发地沟的气味，仿佛恶臭都流入了下腹，全身变得像蝌蚪一样胀鼓鼓的。

"醒了？刚才的事情很抱歉。"黑暗中透露出香烟的红光，"我是难民村的男子汉姜天动。"

姜天动蹲坐在女子旁边。女子使劲儿蜷缩着的身体还在不停抽搐，什么话也说不出来。

"别看我这样，我可是个有着体面的工作、在这个年纪连房子都置备好了的单身汉。"姜天动轻拍着依旧呜咽不止的女子的背。"刚才很抱歉，我本不想这样的，但想要把中意的人变成自己的人不就得这样吗？不是说'闪电能烤大豆吃'嘛，你要知道男女关系都是这样建立的。虽然你不认识我，但我看上你好久了，而且一直想娶你这样的人做老婆。这不就是缘分天定嘛，现在成了一家人了。现在还很疼吗？"姜天动朝女孩脸上吐着烟，又打起了坏主意。

女子这才开始嚎啕大哭，姜天动立刻用手堵住了这满是委屈和羞耻的哭声。他猛然抱起女子向丛林的更深处走去。因为晕眩，这时的女子就连动动手指头的力气也没了，更别说是叫喊了，而尝到了甜头就一发不可收拾的姜天动再次解开了腰带。

姜天动在中国东北哈尔滨出生，在即将解放的那年的冬天回到了祖祖辈辈居住的地方——密阳。姜天动从小就只会动嘴皮子，直到长大成人从未做过一件令人满意的事。虽然块头挺大，但对学习没一点兴趣，成绩总是在倒数几名徘徊，整日地和流氓混在一起，初中毕业后就不上学了。礼林里出了名精明的"哈尔滨家的"唯一的儿子居然连高中都没进就自动退学了，虽然妈妈焦急地责备和劝说过，但姜天动一点儿都听不进去。他的父亲只关心钓鱼，对家里的一切事情都不理不睬的。看着姜天动吸烟喝酒，像流氓一样整日里游手好闲，"哈尔滨家的"委托道："这孩子论力气不是壮士吗？请一定要收留我们孩子好叫他成人啊。"然后就把儿子留在了大侄子经营的磨坊里。正缺零用钱的姜天动就在入伍前在磨坊里做起了帮工，每天骑着自行车驶过密阳江到镇上的集市上班。但因为嗜酒，常常是头一天喝多了第二天就会不停呕吐就不去上班了。姜天动参军后成了一名步枪兵。在前方岗位工作时，父亲姜致武去世了。按照军队能够磨炼人的说法，服役回来的姜天动的确有了点威严的样子。他又回到了磨坊做帮工，因为块头大力气也大，搬米袋谁也比不上他。姜天动到了该成婚的年龄就和加山里的姑娘相亲结婚了。

1963年，也就是蔚山被指定为特别工业区的第二年，密阳邑里到处流传着迦智山另一边的河畔一带遍地都是好工作的消息。于是邑里一直碌碌度日的年轻人都争先恐后踏上了通往表忠祠的路，去了迦智山的另一边。那时姜天动的妻子在有了两岁的妞妞后，又怀上了第二个孩子。"要是一辈子在磨坊，最多也只不过是吃糠咽菜。我也要去蔚山干活了，讲力气我的体格可是最棒的。"姜天动信誓旦旦地对家人说只要在蔚山找到稳定的工作就把她们都叫过来，之后就留下了母亲和妻儿只身奔赴蔚山工业区。

临时帐篷为姜天动解决了食宿方面的后顾之忧，然后就在土木工程的工地上干起了杂活儿，其实就是往工业区的下水道里埋混凝土管。虽然只是个挖土的打杂小工，他天生体格好，干起活儿来也是一个顶俩。卖了一段时间的苦力，姜天动资历有所增长，短短一年半他就由一个短工升为拿固定工资的工厂工人，在生产建筑材料的压力机工厂工作。那期间妻子生了个儿子，他就在蔚山的太和江河口上的莲延洞租了一间屋子，把在密阳的妻子儿女叫了过来，而把平时就有诸多不满的母亲留在了密阳。姜天动经常絮叨："在哈尔滨的时候妈妈整天把我扔在路边不管不问，我和弟弟是靠翻垃圾桶找东西吃长大的，那生活简直猪狗不如。"只留他母亲独居密阳礼林，在密阳江边的蔬菜大棚打短工。

当时，连下班路上和同事凑份子喝碗稠酒都要犹豫一下的姜天动，对工作和家庭却都很忠实。他的女儿正值可爱的年龄，他经常买零食回家逗女儿开心，那时的生活充满了乐趣。"我也能过体面的日子了，等明姬上三四年学，我们就能有自己的房子了。"姜天动对着成天只知道做家务事、一出村子集市就连东西南北都分不清的妻子吹嘘道。

姜天动到蔚山后的第三年，好日子结束了。压力喷射机把他的右手从手腕处齐齐截断，这一次失误把他整个人生都毁掉了。虽然曾试图进行过缝合手术，但是以失败告终，最后他装了橡胶假肢，工作就这样丢掉了。之后他们生计维艰，连交房租都很吃力，经过与公司八个月的拉锯战，姜天动最终拿到七十万韩元的工伤补偿金。他搬进了原来看都懒得看一眼的烽台山，未被许可就建了个带铁皮屋顶的棚户，搭屋子的材料是用背架背到山里的，仅仅两天时间这个带厨房尚能凑合过日子的小房子就盖完了，算是有了可以遮风避雨的栖身之处。但作为一个没有右手的残疾人，工地上几乎没有姜天动能干的活。于是他到处寻找只用左手凭体力能干的活计，但对那些除了劳动力一无所有的底层难民尤其是残疾人来说，在城市讨生活是何等残酷而艰难啊。为了找工作，姜天动见谁都得点头哈腰的，可谓阅尽了人间冷暖。一天天辗转奔波于各个工地的姜天动，渐渐地身心俱疲，变得颓废起来。

在异乡生活，钱不够只能向邻居借钱，如果别人不借，要不想饿死就只能上街做乞丐。若想免于沦为乞丐，就只能当小偷或让妻子到大街上去拉客。说起姜天动的妻子，那可真是一个对社会一无所知的农村妇女，除了闷在家看孩子做饭洗衣服就没有其他本事了。一家四口举步维艰，姜天动都有了和家人一起跳海的冲动，但他又不甘心就这样结束自己的人生。

姜天动就一直这样，一事无成，酗酒越来越凶而且天天后悔当初离开密阳，此时已身无分文的他更不能领着妻儿回连块地都没有的密阳靠着别人过日子。姜天动总认为这世上容不下自己，耍酒疯的日子也日渐增多，甚至动手打老婆孩子。儿子长弼刚断奶还在蹒跚学步的时候，一直倍受胀肚和肠胃痛折磨的妻子不知道是吃错了什么药上吐下泻，最终一命呜呼了。医生的诊断结果显示明姬妈妈死于心脏麻痹。邻居们依然议论纷纷，说他妻子死前的晚上听到姜天动耍酒疯的声音，说力气大的姜天动发起酒疯来谁都碰不得。失去了妻子的姜天动的性情变得愈加乖戾。

*

仿佛蚂蚁奔向蜜罐，无计划的流入人口使得蔚山市的住房十分紧张，但无论怎么紧张，能拿到工资的工人都不会带着家人去烽台山难民村。那里没有电和自来水，离市场、医院、药店这些地方都很远。而且家里孩子上学要走读的话也要走很远的路，因为连接烽台山和东部洞小学半山腰的小路有将近两千米。因此人们都忍痛在西部洞、东部洞的筒子楼或者平房区租房子过活。平房区一般五六个家庭合租一间大房子，共用自来水和厕所，在门前搭块木板就将就着开灶了，也有的在房檐下接上一块或另打出一间，慢慢地就形成一个院子里住十几个家庭的拥挤的四合院。严重的供不应求导致的住房紧缺已经成为蔚山市向工业城市转变的最紧迫的问题。

尽管家里家外生活都很艰辛，那些外地劳务工人只要看到自己存折上的钱累月增加，就满心期待，觉得早晚有一天会有属于自己的房子的。即便如此还是会有成群的难民涌向烽台山难民村，企望在那里寻得栖身之地，因此那儿也能收取到低廉的租金。即使那钱只能挣一个花一个，他们还是紧握住理想的缰绳，坚信总有一天会摆脱难民村。蔚山市工厂数量不断增加，外包企业也纷纷涌现，由于人口聚居区总会带动其他各行业的产生和发展，所以只要身体健全就会有大把大把的工作机会。在蔚山市被指定为特别工业区后的六七年的光景里，他们亲眼看见或亲耳听说了老百姓的梦想和希望变为现实的例证，然后认定自己也能把梦想实现。

烽台山难民村村口的路边大排档里，手推车上的煤油灯还在发着光，里面只剩下几个酩酊大醉的醉汉：两个外包企业的临时工和在一个工业区周边流浪的短工脚夫。姜天动叫了一升米酒放在大排档的案板上，打算和醉客面对面打趣卖嘴。按姜天动的话来说，只靠蛮干不计较学历的时代已经完蛋了，最少也得喝过点高中的墨水，才能成为所谓的工薪阶层。他独自叹息，不知道勉强才达到初中水平的自己什么时候才能够摆脱城市难民的身份。

"……更何况我是连方向盘都没有办法抓住的废人呀。在蔚山这片土地上摸爬滚打了七年之后最终成了废人，除了虚长的年纪外还留下了什么？本应卖力工作的三十四岁的我已经到了人生的终点站。没本事的人在农村出生就该老老实实地在出生的地方待着，在磨坊干活或者是看磨坊过活就行了！真后悔离开故乡啊！对于我这样的废人来说是没有明天的，也就是想着第二天醒来还活着就算赚了一天的命。"

姜天动喝光了杯子里的米酒，把杯子递给了旁边位上的人。

"产业化可真好啊，既有富得流油的，也有像我这样整天只为填饱肚子奔劳的。我这种身体在别人手下做事就是白费力，还不如物色物色干点不用看别人的眼色、不用听别人摆布、属于自己的小生意。"才干设备工不久的李氏说道。

"即使是这种酒家生意也要有老婆才能行呀。我如果在后面主事,有谁肯搭理啊!"说到兴头上的姜天动哈哈大笑地看着老板娘,"九浦家的,难道不是这样吗?"

"看到你姜氏先怕得发抖,还能卖出酒去吗?"

姜天动在烽台山是有名的泼皮,精神清醒的时候是温顺的活宝,喝醉耍酒疯的时候就是个疯狗兔崽子,块头大力气也大,酒劲儿一上来怎么劝都是无济于事,酒友们只有等待时机顺势溜走才是上策;出入美浦洞派出所就像出入自己家,区上指派的大力管制取缔不良住宅的官员在他面前都得躲着。

"九浦家的,我现在可不再是光棍了呀,我钓到了个黄花大闺女!"

"就算你抱个钱柜也不会有人把女儿嫁给你的。"

"你等着瞧吧,看我说的是不是空话。"姜天动喝光了李氏递过来的酒。

"李氏赶快喝两口就回家吧,听说白天那场大雨把很多房子都淋坏了。"九浦家的打着哈欠说道。

"姜氏,我们村子终于要通电了的消息是真的吗?什么时候才能在电灯下吃饭,什么时候能听收音机呢?"脚夫千氏问道。

"在梅雨来之前每个胡同都会立起电线杆,不信你等着看,你没看见那些测量师拿着卷尺和小旗走动么?可别小瞧我这个难民村住宅改善对策委员的功劳。"

"我的房子要是有了明亮的电灯房价就会上涨了吧,我们的处境比起现在来就会好多了。"靠着房租养活妻儿的设备工李氏说道。

"说的什么屁话呀？就这样的棚户也算是房子？多亏了我刚来烽台山时划了这块房地，没有经过许可就一下子盖上了这棚户。"

"那就很不错了，即使是那样的房子交钱也租不来，还得排队等呢！"

"如果不想像我这样用杆子捅比屎汤更恶心的废水，就好好练练技术，浑浑噩噩地混日子可就完蛋了。"

"赚钱的门路有的是，但得有启动资金呀！要是去西部洞开个金属门窗店的话就发财了。木头门扇已经过时了，哪里还有不装金属门扇和金属窗户的人家呀？听说缺货想买也买不了了呢。"

"虽然钱不长眼，但是也不会贴到像我们这样地位低贱的人身上来的，钱也是挑人来依附的，金属商店的事就别提了。我是在机床工厂被切断手腕的人呀，即使是金属商店听说也是先向代理店交保证金再提货的。"李氏没有作答。姜天动提着一口气："对于乡下佬来说，讹诈这一类的坏事是更不能做的，我前天看过织染工厂招工人，去面试结果一下子被拒绝了，即使不讲学历，也不招没有右手的废人呀。我再也称不上是个男子汉了……"

如果说农村单调的生活条件像是植物性的话，那么蠢蠢欲动的都市生活条件就是动物性的。到目前为止，农村的溪水还是很清冽，鲦鱼在里面游玩，但城市下水盖下面的臭水沟却寄居着以老鼠为代表的腥臭生物。即便如此人们也要想办法混入城市，而且人们一旦进入城市，就很难再返回家乡了。姜天动生活在污水横流的地下世界，忙于糊口是对那个世界的人的最好的描述。他在荣进工业找到一份外勤工作，专门处理工序流程中所必须的工业用水处理线产生的废弃物。荣进工业虽然有废弃物净化设施和烧毁处理设施,但那都只是些为了糊弄管制的官员而弄的摆设。荣进工业经营的化学工厂、印刷工厂、镀金工厂、染色工厂每天都要倾倒数十桶罐装重金属废弃物,或是倒到本公司的大型化粪池填埋,或是偷偷地通过下水道排放。

姜天动今天就是利用暴雨瓢泼的时机,把三号化粪池的重金属废弃物通过下水道偷偷排放了。完成工作之后,他坐在载着硕大桶罐的卡车的屁股后面,冒着倾盆大雨向彦阳方向驶去。荣进工业在彦阳那边的上北乡拥有一万多坪①的林野,在那里挖了巨型大坑用来临时贮存废弃物。说是临时贮存,实际上是就那样荒置着等待废弃物蒸发或者沉淀。如果像今天一样下大雨的话,坑里的废弃物就会冲溢出来流向附近的河流。仅仅让废弃物溢流出来就算了,他们还打开埋在地下的秘密下水管故意排放。

下游村庄的河流污染严重,导致鱼儿死亡漂在水面上、农作物不能正常生长甚至慢慢腐烂,农民们把原因归咎于荣进工业的废弃物流水和沉淀上,虽然没有追查处理废弃物的秘密渠道,但因此频频抗议。公司方面的对策就是把姜天动作为责任者首当其冲地推出去,在利用与被利用的食物链中姜天动成了炮灰。他认识到光靠着假肢是没有办法在这片土地上生存的。为了生活,他谎话说得越来越牛气,他说自己已经不是镇子上的小劳工了,作为产业化的主力军自己不分昼夜地在劳动场地奔波,直至失去右手变成了残废,他用自己的处境来说服他们。他挽起胳膊袖子说道:"祖国近代化经济的发展消除了农村的春荒,但你们知道这是谁的功劳吗?""敢说亲戚或者孩子中都没有在蔚山工团工作的人

---

① 韩国的面积计量单位,1坪约为3.3平方米。

站出来！"他随着吹牛胆子也变得越来越大，甚至毫不犹豫地凭借着权力来胁迫他人。"这样的抗议背后一定另有鼓动者。抓住国策支柱产业的漏洞来抗议，对于时局来说是多么不像话啊！我倒要看看阻挡祖国实现近代化的家伙长得啥样子。在哪儿呢，站出来呀！这样的挑事儿人就是赤色分子。知道中央情报部蔚山分部是什么样的地方吗？你们知道吗！荣进工业就要拜托他们进行调查了。"他身材高大说起大话来正合适，也正如此姜天动才能在这份工作中坚持下来。说起中央情报部，那可是个一句话就能解决问题的可怕机关。

夜色深了，水沟里的水流淌的声音很是有力。烽台山难民村中，几乎没有人家亮着灯。四面漆黑得伸手不见五指。喝晕了的姜天动嘴里嘟嘟囔囔，心情很好，一边走一边嗤嗤地笑，"绝对是那个住在沙边的女孩子，怀上了孩子的话能怎么办啊，就不得不嫁给我了……"他跟跟跄跄地走进泥泞的胡同，为了保持平衡不停地挥舞着假肢。

"充满怨恨的世界呀，冷酷无情的世界呀，没有感情的身体，眼泪流了出来。 是这样，就是这样……"心情好的时候或者是悲伤涌出的时候，他经常哼唱的就是这首叫《恨五百年》①的歌。

在黑夜里晃动着手电筒往回走。 在难民村大米和蜂窝煤都能向邻居借，但是没有长筒靴和田地的话就没有办法过活了。

---

① 《恨五百年》，江原道民谣。作为阿里郎系民谣中的一种变形，吟唱这一地区特有的哀愁。与慢调拍子配合歌唱，拍子是以咪、来、哆为重音的回声调。辞说中的以长节形式出现的副歌部分"是啊是啊当然是那样，恨五百年都活了，有啥想不开……"十分哀伤。曲名《恨五百年》正是来源于副歌部分。

"父亲，是我呀。"

是明姬。明姬上个月去了东部洞小学上学，却比那些即使是三年级了也还像个跟屁虫一样的同龄孩子们都早熟。像没有妈妈而在父亲的责骂中长大的孩子们一样懂事、有眼力见。

"不睡觉出来迎接爸爸来了呀！"姜天动停住了跟跄的脚步。

明姬扶不住魁梧的爸爸，就抓住爸爸的腰，领着爸爸走在手电筒照亮的泥泞的路上。明姬看爸爸今天心情很好，没有挑无谓的刺儿，很快就睡着了。

无论夜有多深，明姬都要带着手电筒出去接爸爸，既是因为天色暗，更是因为烂醉的姜天动如果找不到自己的家就会在胡同里随便找个地儿伸开腿坐下，吵死人地喊着自己女儿的名字，在被吵醒的邻居的搀扶下才能勉强钻回家中。去年冬天烂醉的姜天动曾有一次晕倒在胡同里，幸好被晚归的张氏小炉匠看到，要不就差点被冻死了。因此明姬无论有多困，只要是爸爸到深夜还没回来的话，就会到胡同口去接爸爸，甚至还有一次去了大排档，催促父亲别再喝酒了回家吧。但自从被爸爸抓着领口问小丫头还来这儿干涉起老子来了，明姬就再也没有在大排档附近出现过。

姜天动的家虽然用板子搭起了围墙，但是没有大门，充其量只是有两间住房，一间厨房。姜天动坐在屋子前面的小板凳上，明姬给爸爸脱下被泥包着的长靴。明姬把就要晕倒的爸爸拖进屋里，姜天动跪着爬进屋里就晕倒了。明姬给爸爸脑袋下枕上枕头，又盖上被子，姜天动就立刻打着呼噜睡着了。躺在床上的明姬知道这一天一如往常又静悄悄地过去了，就闭上了眼睛，在等待爸爸的时候不断地犯困，现在真想睡觉的时候精神却很清醒了。

明姬很想念和妈妈弟弟一起住的时候。那时候爸爸的右手还是好好的，在下班路上爸爸买回来的整鸡、鲫鱼饼、薄荷糖，都是明姬珍藏的幼年的记忆。那时人们还将身材魁梧的父亲称作"姜将军"，父亲还生活在人们的羡慕之中，即使对爸爸的无端指责妈妈也毫无顶嘴地老实听着。妈妈还不知从哪儿找来了旧毛线，给父亲织了袜子和手套。自从爸爸没了右手，生活愈加失意，家里的气氛就冷冰冰的了。明姬六岁那年夏天，妈妈就去世了。妈妈去世后爸爸就像变了个人似的，没有一天不喝酒，动不动就感叹着自己是孤单地生活在底层的老鼠，总是哼唱着《恨五百年》睡去。

虽然隔壁的黄奶奶在去年春节的时候因为肺炎去世了，但是她活着的时候一直照料着在石砚工厂当工人的孙子。"年龄太小肯定会想念妈妈的，但是随着日子慢慢过去，大概到长出咪咪的时候就会连妈妈都忘了的，时间就是良药呀。"黄奶奶这样说道。黄奶奶说代替妈妈做家务事的明姬很乖巧，所以她不干家务的话就过去照料一下。黄奶奶也曾说过"你们爸爸不是'姜将军'而是'屎将军'"。爸爸精神正常的时候仅仅是个嘴松的杂嘴子，但是烂醉的话就会不分青红皂白地找碴，除了埋怨这世上的报复心外就什么也没有。谁都不去沾惹爸爸的火爆脾气，如果不想成为被报复的对象的话，人们除了躲避别无他法。

被领养到美国的弟弟的脸和妈妈的脸一样清晰地印在明姬的脑海里。一天傍晚，在房间里的明姬听到蹲坐在小板廊的爸爸和黄奶奶说的话："再养活两年的话，就能让闺女做厨房里面的事情了，但是那小的该怎么养呀？虽然还有在密阳的奶奶，可是这么小也不能托付给她呀！"长弼呼吸柔和，在明姬旁边安静地睡着。"也有能制服你的小家伙了呀！那么你想把长弼怎么样呢？"

黄奶奶问道。"我想还是托付给领养机关是上策，还能得到点钱，利用这些钱还能稍微修理下房子。"第二天早上，连奶都没有吃上，腿瘦得像蜘蛛脚一样的长弼就被爸爸拉出了家。带着长弼离开时，爸爸对明姬说："你今天先睡吧，爸爸要很晚才能回来。黄奶奶给你做饭。"那天天空是蓝色的，早春的海风冷飕飕的咆哮不已，像是要把铁皮屋顶吹走一样。长弼穿着救济的毛衣，围着死去的妈妈织的毛线围巾，一边说着"妈妈，我走了！妈妈，我走了！"一边挥舞着软乎乎的小手，被爸爸拉着离开了。长弼总是管姐姐叫妈妈，那都是因为爸爸出去干活的时候明姬就背着弟弟、照顾弟弟的缘故。在妈妈去世后的第二年，明姬就这样与相差三岁的弟弟分开了，那天明姬哭了一整天，眼睛都哭肿了。想起以前，爸爸出去干活的话，明姬就背着弟弟登上烽台山，望着遥远的大海，边哭边喊妈妈妈妈。每到吃饭的时候，把饭煮成浆糊喂养大的弟弟呀，现在去海对面的美国了，心头肉一样的弟弟离开后，明姬就再也见不到他了。

第二天早上，明姬去了厨房，厨房在两间屋子中间。因为在厨房旁边又接了一间房子向外出租，每个房子都有煤炉和放锅碗瓢盆的灶台，厨房是和旁边交租金的房子一起使用的。

"明姬起得很早啊，昨天晚上你爸爸好像是很晚才回来呀。"先来到厨房拌豆芽的新媳妇说道。

"我昨天也买了豆芽，正好想要煮豆芽汤呢。"

"太好了，我给你煮吧。"

黄奶奶去世后，石砚工厂的工人除了隔壁那家，又新来了一对年轻夫妇，也是租房住。男的是一家中小建设企业在东部洞建设的联立住宅工地里的工人，他和在餐馆里做饭的新娘情投意合，就过起了这种保证金三千元，月租七百元的生活。新娘子带着身孕，仍然出去到餐馆当服务员。

明姬走到学习时用的饭桌前，看着早饭，桌上只有两碗米饭和说是小菜其实只是爸爸从野战夹克的口袋里翻出来的用塑料袋包起来的泡菜，还有豆芽汤。自从妻子去世以后，姜天动就总是把在饭馆吃午饭剩下的小菜用塑料袋装回来。明姬太小，还做不了小菜。直到明姬端着饭桌进到房间为止，姜天动还在睡着。

"爸爸，要出去上班啦。"

明姬把姜天动晃醒，他懒懒地睁开了眼。

"嗯，该出去了，干活才能赚钱啊。"

姜天动踢开被子，起身走到院子里。他从铁桶里舀出水，倒在水盆里洗了把脸。难民村的水管还没修好，村民们就喝从烽台山半山腰的一处山泉中打来的泉水，并把溪水收集到水坑里，用来洗洗涮涮做些杂务。

姜天动靠左手用勺子把米饭泡在豆芽汤里，看着女儿。

"爸给你找了个新妈。"

"新妈？"明姬停下吃饭问道。

"你今年就要到学校学习了，也应该再找一个人来操持家务才行啊。"

明姬没有作声。她从没想过新妈来的话家里会变成什么样，自己会怎么样。

"今天是公休日，爸爸要穿上西服去沙边接你的新妈。新妈要是进了咱家，洗衣做饭之类的她都会做，也会好好疼你的。"姜天动悄悄瞟了女儿一眼，"那样的话，这间房理所当然的就是结婚新房了，和你一块儿住就有点……"

明姬的耳朵没有听进爸爸说的话，心里只想着赶紧收拾书包和同村一起入学的玉子一块儿上学去。

*

时值公休日，姜天动特地换上西服、打上领带去了沙边的村子。这是他第二次到李民久家求婚了。姜天动在乡间小路上向自己认识不认识的村民们打着招呼，向海堤那边走去。海鸥正在黄昏时分的海上盘旋着寻觅食物。他来到村头李民久家，大声咳嗽了一下，走进院子。低矮的泥围墙里是三间房门紧闭的铁皮屋，厨房门口有一只大黄狗，慢悠悠地溜达着，一看见他就赶紧夹着尾巴钻进地板下面去了。姜天动初次到李民久家的时候，大黄狗看见陌生人就大声吠叫，嘴被踢了以后，房前木板下就只传来大黄狗痛苦的呻吟声。厨房旁边的土墙前面长着一棵石榴树，红色的花瓣正在凋谢。

"您还好吗？姜天动来了。"

厨房里正在做晚饭，顶棚上弥漫着烟气。姜天动往厨房里张望，蹲坐在厨房前的是弼顺的母亲笃澜家的。她装作没听见姜天动的寒暄，只是用火棍把松针往火炉里乱推。

"现在还没有烧蜂窝煤啊，不久我就会给您安上煤灶的。安上煤灶的话，炕头不仅二十四个小时都是热乎乎的，白天还能热汤呢。要是安上煤灶，臭虫之类的东西一股脑儿就都不见了。"

姜天动说得天花乱坠，笃澜家的却装作没听见。

"没腿的鱼肉虽然能咬着吃，但长着四条腿的肉吃起来就要下番功夫了。岳母大人煮肉汤吃吧，我买来了一块牛肉。"说着就把用报纸裹着的牛臀肉放在了地板上。

"嗯,请受小婿一拜!"

姜天动双膝跪地恭敬地行了个大礼。他起身拍拍西服裤子上沾的泥,这时内屋房门开了,一个身材消瘦的男人从宽敞的南房屋走出来,身后还跟着两个孩子,他披着坎肩儿穿着军绿色裤子,正是弼顺的哥哥李民久。

"大哥,你好啊!今天终于想来认真谈谈了。"姜天动为了让围墙那边的邻居听见,大声说道。

"谈谈?我绝不会和你来往,上次不是说过了嘛。"

"即使擦肩而过那也是缘分啊,大哥说话怎么杀气腾腾的啊!我究竟哪点做的不好,让您一看到我就这么冷漠,连座儿也不让?至少应该告诉我理由吧。"姜天动蜷腿坐在地板的一头,"不知道大哥知不知道荣进工业,我是蔚山区著名设备企业堂堂的正式员工,又是身强力壮的壮汉,虽是这个年纪,但已经买了房,这种条件,即使算不上是一等女婿,也算是二等女婿啊。"

"谁要听你的来历!怎么没完没了的啊,要讹诈呀!"

"看样子弼顺在屋里,就让我见她一面吧。不管怎么说,首先要看看当事人的想法啊。"

房檐下的石阶上的那双女式运动鞋映入眼帘,因此姜天动没有理会李民久的话。笃澜家的尴尬地走到院子里。

"你这个人耳朵是不是让木塞给堵了,没听懂刚才的话吗?"

"怎么没听懂呢?不管别人说什么,这门亲事一定要办成。就算刀架在脖子上,我也不会把李弼顺让给别人的。"刚才还态度温和的姜天动一下子发起火来。他看着笃澜家的:"母亲,我说错了吗?我要对您女儿负责啊。骗了别人家的闺女不负责任还撒手不管的家伙在这个世上多得是，像我这样要对您女儿负责的女婿您即使不疼也不能不要我啊！"

"弄得全村沸沸扬扬的，还这样强词夺理！弼顺不在家，还没从工厂回来。"笃澜家的说。

许多村里的老娘们儿和孩子都在胡同里看热闹，都往家里看。李民久穿上长靴，走到院子里。

"太丢人了，别这样！出去！出去说！"

"不管怎样，你妹妹是我的人了。要到我家里过日子。"姜天动对着巷子里大声喊道。

李民久拉着姜天动的衣袖朝鱼市走去，碰到了刚剥完鱿鱼肚回家的妻子。妻子虽然认出了姜天动，却只是避开目光让开了路。

李民久和姜天动在还没到鱼市的一家酒馆的长凳上对面而坐。

"第一次和大哥喝酒啊，老板娘，来盘儿凉拌菜。"

"姜先生，你看看吧。妹妹现在也不能去工厂上班了，两天不吃不喝，一直哭到天亮，还要悬梁自尽，好不容易才救过来，她说宁可去死也不愿见你，也许她是鬼上身不愿见你，我们能怎么办啊？妹妹和你一点也不般配，就看这年龄差距……"

不能把妹妹嫁给个还带着孩子的橡胶手残疾人，李民久实在不忍心说出这样的话。

"因为我是个有残疾的光棍吗？因为这只手是橡胶手吗？"

姜天动打断李民久的话，把橡胶手一下子推到了眼前。"说有别的缺点我还承认，要是因为这只手就那样想的话，我可真的受不了。对这只手说三道四的家伙，我真忍不住想把他的脖子拧断。我虽然被别人说是好人，可忍耐也总有个底线啊。"

姜天动说着说着就来气了，松了松领带的结口，碰巧服务员端上酒壶和酱汤，姜天动给李民久倒了杯酒。

"大哥，我太激动，说话声音太高了，请您见谅。"姜天动马上抑制住自己的脾气，"我这么向您求情、纠缠，就让弼顺嫁给我吧？不带结婚彩礼也行，只要她嫁给我，我就负责养活她。"

"不知好歹，你这人听不懂人话啊！一句话，你和我妹妹不般配！结婚是人生大事，是不能强求的。"

"还有比我更般配的人吗？出生的时候就选定般配的人了吗？虽然不想说这种话，但村子里不是都知道那件事吗？就让媒婆站出来给我看看，这人不通情理吗？难道不知道沙边对弼顺说长道短的传闻？说句不该说的话，她要是怀了孕要怎么处理啊？"姜天动端起碗一饮而尽，提高了嗓门，"我姜天动是个敢作敢当的人，大丈夫拔了剑，就是萝卜也要切一切，不能一直插在剑鞘里。"

李民久像是被姜天动的大喊大叫气坏了，许久才呼出一口气，看着酒杯缄默不语，老板娘端来了凉拌菜，他也没有心情拿起筷子吃。

"大哥，看看这个橡胶手。翻过密阳的迦智山进到蔚山工业区的时候，我心里还是满怀希望。蔚山工业区建设初期时，为了妻儿我大把地流汗比谁都能干，有一年半的时间是睡在集装箱宿舍里。我在土木工程的工地里干杂活，因为有个强壮的身体，也不嫌干夜班，一人做两个人的活。一年半过去了，我不再按周领工资，而是成为一个有固定工资的正式工人，体会到诚实劳动拿到工资的滋味。"他自斟自饮地喝了杯酒，然后和他那大块头不相称地开始哭起来，"来到蔚山第三年的时候，不知被什么厄运缠着,右手一下子被机床打飞了,连妻子也失去了。我现在在这个世上没有什么可害怕的。在这个有钱就可以买到处女卵子的肮脏社会里生存下来,除了拼命还能干什么。我在密阳的时候,别人都说我是勤劳的年轻人。但是变成这个样子以后,别人歧视我是个废物,我实在受不了!我死了也就死了,但只要活着就不管三七二十一了。"

说完这些悲壮的话,姜天动挥起左手拳头捶打着酒桌,壶都翘起来了。

"你疯了吗,在谁面前耍酒疯啊!"

"我太激动了,很抱歉!"他对李民久耍起伎俩,"大哥,我姜天动也是个比谁都努力生活、比谁都勤劳的人。杂草即便被拔出来,被使劲碾踏过,但只要还剩下一缕草根,就会长出叶子来的。我就是棵那样的杂草。求您别赶我,就把我当成家里的一分子吧?这样,舅哥得了个好妹夫的事会在沙边传开,我一定会和弼顺好好过日子,我这人是个说话算话、言出必行的男子汉!"

*

姜天动每周都会去遥远的沙边闹腾一番,让李民久和笃澜家的交出李弼顺,说好话不听的话,就直接面对面地恐吓。李民久的家人都到了羞于见村里人,在村里抬不起头来的境地。在沙边甚至连小孩都知道笃澜家的的女儿在工厂里上班被一个像大猩猩似的男子强暴的传闻。

坐落在鲂鱼洞的那家化学纤维工厂就是弼顺原先工作的地方,她在里面的汉城聚酯纺织部门做"去线头"的工作,现在也不得不辞职了。姜天动在上班时间段一定会来，下班的时候，他就在工厂门前等着。弱顺有好几次虽然从后门出去了，但总是在快回到沙边的家的胡同里被他截住。如果遇见的话，不管有没有一块回家的工友，姜天动就上前拽住弱顺的胳膊。在一旁看不下去的工友仅仅说一句："弱顺讨厌你，你这是干吗呀！"姜天动就威胁说："撕烂你的嘴！"吓得她们都赶紧躲到一旁。姜天动把吓得脸色发青的弱顺按坐在路边，请求她接受自己的求婚，威胁说如果听到她和其他男人结婚的传闻，会毫不犹豫地把那个家伙的腿打瘸。

弱顺如果去上班，除了害怕遇到姜天动，还得忍受着失眠、头痛、心悸、食欲不振等病痛。上班时，眩晕症一发作就根本干不了活儿；保安和主任乘着工厂的作业监督车巡视时，只要一叫到她的名字，她就会吓得跟抽风似的。恐慌症越来越严重，她更加无法工作了，只好辞职闷在家里。

弱顺精神恍惚地在对面房里坐了一天，不吃不喝。听到女儿不停地哽咽抽泣，笃澜家的心如火燎。好在女儿没有像开始那样一味地要死要活，但就这么听任她不吃不喝的话，时间一长饿也饿死了，笃澜家的只好早晚熬上米汤和鱼粥，放到她房间里去。毕竟这件事在村子里实在太丢人了，也想过搬家，但一想到要离开世代生活过的沙边去一个姜天动找不到的地方生活就感到很迷茫。李民久也是如此，全家的活路都在这条再熟悉不过的驳船上了，要离开这沙边前海也不是一件简单的事，想到这他也焦虑不安。

李民久忍无可忍，想去东部洞警察署或者盐浦洞支署提交诉状，控告姜天动强奸、行凶、恐吓威胁、私闯民宅等罪行，但说起来容易，做起来就犹豫了。曾是宁静的乡村小镇的蔚山在不到十年的时间里就扩展为一个工业城市，人口像蚂蚁一样聚集增加的同时事故案件也频频发生。不仅抢劫、盗窃、诈骗之类等都市型犯罪时有发生，企业单位的劳动争议和安全事故也急剧增加，导致行政治安工作不能及时进行。由于人手不够，每个警察厅都堆积着不少行凶案、强奸案的卷宗，光没解决的都顾不上更别说翻看案件了。

村长和村民还有家人都劝李民久不要太轻率地去起诉，弼顺给家里丢了脸，想让她嫁到别家已经很困难了，就算是再起诉又有什么用呢？况且当事人还站出来振振有词地想要结婚，强奸罪能不能成立也不好说。即使姜天动受到审判，坐牢再出来的话，还会到沙边来撒野，到那时还有什么办法呢？大家都这么劝着李民久。

丰富的经验使李民久对海洋生态系统颇有见解，但他对世事人情却像可怜的鱼儿一样渺小无力，一想起妹妹的凄惨遭遇，就只觉得妹妹的命苦。从小在一个村里长大的男孩儿长成小伙子后，文静的妹妹就再没敢直视过他们，为什么偏偏会遭此横祸，真是天有不测风云啊！他酒越喝越多，即使到了早上也不能起来活动，休养的日子也越来越多。

5月下旬是捕获秋刀鱼和鲂鱼的好时候，每逢这时沙边的渔民们就纷纷开始海带垂下培植。天然的海带都是按照时令收获的，而近几年开始兴起的人工培植海带，在当年腊月就能收获。人工培植的海带是在盛夏时节先人工放养海带产生游孢子，然后培育其配偶体，以此进行繁殖。原本抱有很大期望的丰收，最终还是泡汤了。本来近几年兴起的海带培植成果还不错，但蔚山工厂的废水流到这里，去年的收成就不是很好。李民久编完海带田上要用的筏子，回来吃完晚饭就走了出来，弼顺说想见一下哥哥李民久，笃澜家的于是就叫他到对面房来。

一直守在对面房的李弼顺在母亲和哥哥面前单膝直起坐着，艰难地开了口。

"牺牲了我一个人，家里不就太平了嘛。我已经被强暴了，就自己找到姜氏家里去住吧。以后您就当把我这个女儿丢了吧！"弼顺泪流满面，瘦削的脸上没半点血色。李民久和笃澜家的只是长长地叹了一口气，说不出是酸还是甜。如果这就是弼顺的命，不同意也没办法，只能怪她命苦了。

几天后，为了怕被村里人看见，早早地吃过早饭，李民久走在前面，弼顺拎着装衣服的包袱跟在后面，逃出了沙边。

"虽然姜天动脾气不好，但还是顺着他的脾气好好过日子吧。即使是陌生人成了夫妇，生了孩子，日子久了也会有感情的。"

笃澜家的一直跟着他们到了松树林山坡，轻轻拍着女儿为她送行，满腹的委屈堵住了她的喉咙："再怎么忍气吞声过日子，如果真跟那个家伙过不下去，就再回沙边吧。"这些话她怎么也不忍心说出口。

从沙边到烽台山入口的路程大约有一马场[①]，兄妹俩到达烽台山难民村的时候，太阳已经越过东海升起来有一拃多了。李民久拦住一个正赶去上学的孩子，向他打听身材魁梧的姜天动家在什么地方，小学生毫不犹豫地告诉了他。姜天动要上班，兄妹俩也

[①] 马场，韩国传统的距离单位之一，表示五里到十里的距离。

是为了能赶在上班之前见到他,凌晨就往这儿赶。

"姜氏在家吗?"

李民久透过开着的铁皮大门斜身往里探。

"这是谁呀?"

姜天动笑嘻嘻地问着走出来。由于穿着背心,他用沾着泥的左手掸了掸裤子,看到站在李民久后面埋着头的李弼顺,他兴高采烈。

"早点儿告诉我的话,我就亲自去沙边迎接新娘了,还让您亲自跑一趟真是惶恐万分。赶快到寒舍里来坐。"

姜天动激动地把李民久兄妹引到房子里。明姬一吃完早饭就上学去了,所以没在家。房子里饭桌也没收拾,角落里是团成一团的被子和堆放的该换洗的衣物,简直像个垃圾场。比光棍的生活气味更令人厌恶的是房子里到处弥漫着渗沟的气味。房里面的墙上凿开一个很大的窟窿,用草袋子堵着,看着黑漆漆的,不知道后面是不是仓库。李民久想,这可能是那个大猩猩在喝醉酒后往墙上扔什么东西砸出的洞吧。

房间里堆满了杂物,姜天动把东西大致往角落里堆了堆,房门开着,屋里亮堂堂的,姜天动还是打开了电灯。十天前电灯刚进入烽台山难民村,他是想炫耀一下才这么做的。姜天动穿上工作服上衣,连扣子都没扣,"请受我一拜!"说着一下子跪下来给李民久行了一个大礼。

"现在才真成了我大哥啊。可是也没啥好招待的,这可怎么办啊。要是早跟我说一声说你们要来,我也能准备一下,客人来了可得要好好迎接,我也是懂礼节的人呐!"

"算了,知道就行了。"李民久大声咳嗽了一下,"我把我们家弼顺带来，你千万要好好待她。虽然是沙边渔夫家的闺女，我们家可是一直供她上到中学，很疼爱她。没什么大毛病，就是身子弱，心眼软，姜先生可要好好护着她！"

"我不是向大哥保证过了嘛，肯定会照做的，放心好了！您一定会觉得得了个好小舅子的！"

"弼顺啊，从现在开始你就是这个家的人了。好好侍奉你男人，别再对以前的事有怨恨，要好好过日子啊。"

李民久凄然地回过头来，看着在身后直膝而坐的妹妹。埋着头的弼顺没有应声。

"大哥，还有疑问吗？我也少喝点酒，从今天开始早点回家。既然娶了媳妇就要踏踏实实地过日子嘛。"说着，姜天动回头看着用草袋遮掩的后墙，"因为想要娶弼顺，我也有打算，在后面再盖一间房，正在施工，房顶都已经放上了。我上班的话，就打算让泥水匠过来把墙和地板垒起来。既然是新婚的房子，墙也要粉刷成新的一样。"

姜天动看着墙上挂着的钟表，面露难色地对李民久说："还要上班，这可怎么办啊。"李民久也一起从座位上起身站起来。

"弼顺，那我就去上班了。晚上我会早点回来，回来的路上顺便买盒蛋糕。"

姜天动找出掖在被子下面的袜子，袜子散发出的臭味传到弼顺的鼻子里。姜天动戴上放在门边的满是泥的棒球帽跟着李民久出去，坐在地板廊子上穿好靴子，一边商量着是不是该赶日子办个简单的婚礼一边离开了家。

弼顺很长时间都魂不守舍只是呆呆地看着外面。绕过前面房子的屋顶，可以远远看到会社的烟囱，初夏的云在天空中悠闲地飘着。眼泪汪汪的弼顺瞥见提着饭盒的隔壁夫妇抄近路走过院子时瞟了她一眼，那对年轻的夫妇好像正要去上班，他们大概也知道了要成为这家女主人的这个女子是谁。姜天动早就在难民村嚷嚷着要摆脱光棍，早晚都会带个姑娘回来的。

一时不知从哪着手的弼顺守着空房子怅然若失地坐着。村里的泥水匠安氏家的带着工具箱进了门。

"知道新娘子不久就要来，没想到还没给家里女儿收拾完房间就过来了。我是这个村子里的泥水匠安氏家的。"

"他女儿去哪了？几岁了？"

"好像去学校了，今年刚入学。是个很有眼力见儿很懂事的孩子，就当是自己亲生孩子好好抚养吧。"

安氏家的说的话让弼顺忽然意识到自己已经是这个家的女主人了，现在她才回过神儿来，打开带来的包袱，换上了旧衣服。她开始收拾凌乱的房间、开始干家务后才知道活儿多得连直腰的时间都没有。大体整理过房间后，洗衣盆里也塞满了要洗的衣物。安氏家的说难民村的人们都到山间的小溪洗衣服，女人便找到洗衣皂和洗衣棒放在洗衣盆里，来到了烽台山山谷的小溪边。之前在家的时候都是把内衣先用碱水煮过再洗的，现在没时间了，她直接把衣服放在石头上捶打起来。哥哥在娶媳妇之前内裤都是妈妈给洗，她还是第一次给男人洗内裤。姜氏一边洗内裤一边无可奈何地在心里刻上已经成为那个人的妻子的事实。想到仅仅一个早上自己的身份就发生这么大变化，她感到十分委屈。

李弼顺顶着洗衣盆回到家，把洗好的衣服晾在晾衣绳上，不知不觉晌午就过去了。因为没有食欲，没吃午饭就来到厨房将成堆的沾满污垢的碗用炊帚刷出了光泽。

　　李弼顺觉得反正死了也是姜家的鬼，索性堵住耳朵紧闭嘴不去管邻居的闲言碎语，避开别人苛责的目光，决心带着他前妻的孩子，克服三重苦过自己的生活。

3

按照预想，我去拜祭妈妈墓地之后离开蔚山去密阳，在密阳最多待一周，目前我的容身之处只能是像魔窟一样的首尔。我打算在进京路上，到南山国立图书馆下面的南大门市场附近找个小民房或者考试院住下，然后每天走在图书馆与宿所之间，将笔记本上凌乱记载着的爷爷的生平充实一下，再整理得条理清晰些。

不光是因为时间太紧，现在我不得不在蔚山住一晚上。如何解释耽误了我一天时间的这件事儿呢，似乎可以解释为三年之后走出监狱，就要回到那充满不幸回忆的故乡，使我情绪十分低落，而实际上是内心深处的抗拒在阻挡着我，我不想再踏入密阳一步了。但是这还不足以表达我的心理，刚要愈合的伤口再次发痒，无论怎么抓化脓的伤口，仍旧是越来越痒，我的心好像坠落到了深渊。追根到底，所有的事情只能看作是已经去世的爸爸妈妈留下来的，脑子里像松脂一样紧贴的记忆引起了连锁反应。为了摆脱那些记忆，我使出了吃奶的力气，反而翻出了更多小时候的记忆，三十五年的生涯杂乱无章地搅在一起，诱发了分裂症。找不到痛苦和愤怒的发泄口，精疲力竭的我连走路都很吃力。人们常说贫困会诱发忧郁症，充满贫困和恐怖的小时候的记忆亦使我迷失了自己。

从烽台山墓地下山的时候我陷入无力之中，腿好像踩在棉花上，暑气蒸出来的汗和回忆激起的汗水在皮肤上混合、摩擦。下到有联合住宅的地方时我一下子蹲坐在路边，像犯了毒瘾的人一样颤抖，便赶紧吃了氟西汀镇定一下。除了抗抑郁剂没别的办法可以战胜无力症，因此我常备着提高体内血清素浓度的氟西汀和去甲替林。我心力交瘁，一动都不想动，现在出发去密阳的想法也随之消失了，觉得应该先休息一晚上，于是就来到了沙边。

外婆家是个清闲安静的小渔村，环抱着有防波堤的大海，一面向内陆伸展开，行政上属于蔚山广域市东区盐浦洞。小时候常随母亲来海边，但那种熟悉的感觉如今再也找不到了。

我走进防波堤前面一家面朝大海的二层小旅馆，打开空调后倒卧在地板上，阵阵疼痛袭向心脏，就像被板子压着似的。我调整了下呼吸，闭上双眼，药劲上来后就昏昏沉沉地睡着了。过了一会儿，睁开眼睛望见窗外的天空泛着乌紫的霞光。我又睡着了，但一整晚都似睡非睡的，精神分裂症使各种幻觉在我脑海翻跹不绝。幻想中有小时候爸爸用扫帚狠狠打我的样子，小时候的记忆里总是有铁皮屋顶的家，四处也泛着乌紫的霞光；也看到了藏在后屋喊我赶紧逃跑的明姬姐姐；也闪过了嘴里喊着"不要打孩子，让我死都行"的妈妈的样子。这时候潜意识让我知道我并没有从禁锢中解脱出来。

第二天早上还是一动不动地躺着，感情调节功能恢复的同时仍旧倦意绵绵，就像经过一夜的宿醉刚睁开眼睛时一样。看独自投宿的客人睡了一天也没有要出房间的意思，正午时分，房门外面传来动手开门的声音，一个大肚汉将房门打开带着疑心在房里巡视了一会儿，问我早饭没吃中午饭是不是也不吃了。好像因为神经的传导功能下降，肠胃的蠕动也跟着减缓，我一点食欲都没有。我说我的状态不好，大肚汉又问道是不是还要续住一天，我回答一会儿就要离开。

一会儿,裤子口袋里的手机响了起来。

"是宰弼哥的手机吧?我是安娜。"

连回答的力气都没了。

"哥哥,那边是密阳吗?现在干什么呢?其实没什么事儿,就是……"

不知道是不是手机电池没电了,电话断了。安娜应该是通过金荣甲部长知道的我的手机号码。我觉得暂时没有必要跟那个女人见面了,以我现在的心情来说,就算不见面也没关系了。我从手提包掏出充电器,连接到手机上,插上电源,开始充电。过了一会儿电话又来了,我还是没接。

安娜的话一直在我耳边回荡,这样看来今天我应该在密阳才对。我强打起精神坐了起来,走到窗边站着,我想应该去密阳了。我眺望着夏日午时的海,虽然有风但海水纹丝不动。阳光与蒸腾的水汽相遇,经水汽反射后的阳光使得远处的海面灰蒙蒙的一片。天海相交处朦朦胧胧的,海平面也变得迷离起来。防潮堤边上有几只海鸥在高空飞翔,透过窗户的边角,远处的巴岩湫灯塔若隐若现。我想起了小时候和姐姐一起到灯塔周边的小丘上拔兔子草的情形。那时候姐姐从用手推车收旧货的吉氏家的那里得了两只小兔子,并把它们养在了苹果箱里。姐姐一边摘掉兔子草的茎秆并装进网袋,一边对我说:"宰弼啊,咱们找找有没有四片叶子的兔子草,要是找到的话说不定爸爸会打起精神不再喝酒呢!"但是不管我们怎么找也找不到四片叶子的兔子草。那年冬天兔子长得胖嘟嘟的时候,一直觊觎着兔子的爸爸抓住了它们,叫来了邻居酒鬼亲戚一起吃了。

我全然打不起精神，想起了在牢里每天以做俯卧撑来消耗体力的日子。不光做俯卧撑一百下，仰卧起坐、高抬腿也从不落下。虽然体能锻炼利于身体健康，就我的情况而言对精神健康更为重要。在有限的监狱空间里，要克服无力症除了运动外别无他法。早饭之前做俯卧撑和腰部运动，就寝前，倒立和腿部运动都是不会省去的。运动对睡眠和克服无力症都有帮助，我就跟是有自虐倾向似的，总是用运动来克服无力症。

在旅馆做运动虽然有点奇怪，但我还是做完简单的徒手体操，又开始做俯卧撑。一边做俯卧撑一边数数，做了二十下额头便开始冒汗，做了四十下全身就被汗水浸湿，数到五十时胳膊就开始发起颤来，强忍着做下去便觉得关节疼痛，数到八十胳膊直接支撑不住趴倒在地上了。大概因为用力过度睡意很快袭来，我就那样在地上趴了好大一会儿。

戴着斗笠背起行囊走在路上，太阳向海那边轻轻倾斜。火辣辣的太阳下吹来的阵阵海风令人心旷神怡。我把昨天准备的那些祭奠母亲用的食物吃了以后，就一点儿吃的也没有了，肚子饿得难受。海岸路遍布着卖生鱼片的食堂兼饭馆，不管走进哪个饭店都行，但我就是没有食欲。

走出旅馆的时候决定打的去密阳，于是截了一辆出租车。那司机把手搭在窗框上正在打盹，一听我说去密阳就仿佛是捡了大便宜似的，说虽然出了市但也要打表收费。我靠在后座的靠背上闭上了眼睛。司机关上窗子打开了空调。我知道不管这地方怎么变我都能看出到了外婆家附近的，但我没有睁开眼。

我打了一会儿盹，到了商业地带堵车了。我问司机是不是到了蔚山市里，司机说过了这里一直到彦阳都是四车道，很好走。

我问司机"彦阳烤肉"是不是现在还很有名,司机回答道虽然不如从前名声大但还是留存了下来。我突然决定在彦阳填饱肚子后徒步越过迦智山。

"在烤肉店前面下车。"

"不是说到密阳吗?"

"到现在我连早饭都还没吃呢。"

从彦阳到密阳得翻过一千四百米高的迦智山环山公路,得有一百多里地。要顶着八月的艳阳爬过这么远的山路的话,或许明天早上才能到达密阳。但我还是想徒步走从石南寺到山内面①南明里四五十里地的路程。我曾经冒着严寒徒步走过这段山路,那时候接到舅舅的来信说已经把精神异常的妈妈送往疗养院了,我便徒步去蔚山看望妈妈。正值年轻气盛的年龄,那点严寒不算什么,从石南岭开始的那段下坡路,我是迈着大步跑下去的,就像急行军一样。

街道两旁的烤肉店比比皆是,家家都挂着正宗老店的牌匾,而且每家的匾都差不多。失去了一个到密阳的长途客人,司机惋惜着调头返回了。我进了其中一家饭店,只有几张桌子上有客人,炭火上烤肉佐料散发的味道刺激着我的食欲,所以就点了三人份的烤肉。

"再来一瓶烧酒。"

很自然地冒出的这句话,一时间使不再沾酒的约定成了空话。

"看您体格高大,您一进门的时候我就猜到您要点三人

---

① 面,韩国的行政区域单位,比郡小,比里要大。

份了。"

一位粗腰大妈过来添火,一边用夹子夹着通红的木炭往桌子上的小坑里填,一边说得天花乱坠。我点着一支烟叼在嘴里。

"不是有过一部金斗汉出演的电视剧吗?看您真像那个演员。"

"出去的时候请帮我叫一下出租车。到石南寺。"

果然名不虚传,烤肉的肉质鲜嫩口感也不错。三年来第一次喝酒,只喝了一瓶烧酒,醉意就马上袭来。一种异样的感觉充满大脑,跟躺在汽车旅馆房间时的感觉完全不同。在公州管教所的时候,担任心理治疗的医务官曾劝告我:"不戒酒的话,总有一天你会因酒丧命。如果想要活长一点就记住我的话。"那话没错,所谓的共同体社会就是上紧发条,强制性地顺应组织。一旦酒精充满血管发条就会松动,酒的麻醉使人放任自流,像畜生一般,爸爸就是很好的事例。而爸爸的血也在我的体内流淌,酒精的麻醉能激发出潜在的暴力性,而不断诱惑我的就是自杀。

老板娘帮忙叫住的司机正在外面等着,还没动碗里的饭我就走出饭店上了出租车,跟司机说到石南寺。现在大约是下午三点多,出租车沿着满堂谷村驶入整修好的24国道,开始北上了,估计在太阳落山之前能到密阳市里。

一到石南寺我就下了出租车,海拔五六百米的地方连空气都是凉丝丝的,为避暑而来到寺庙的人很多。这儿四面环山,树木葱葱郁郁,遮天蔽日。沿着倾斜的上坡路,我迈开脚步,三年后重又踏上这片山野,阔步前进的满足感使我充满力量。心情乘着气流上升,酒意增加了力量,选择徒步越过迦智山是个明智的决定。

刚一走上山路，腿就抖得厉害，越走腿就跟灌了铅似的。有时会有长途汽车、个人私用车、货车等上山，没有独自走山路的行人，和我同行的只有那些穿过树林向苍穹飞去的各种鸟儿。山麻雀和大山雀、长尾巴的眉姬鹟从眼前掠过，松鼠、青鼠、野鸡跑着从前面路上穿过。外衣也被汗水浸湿了，皮肤下面贮存了三年的发酵腐烂的水分通过汗水散发出去了，感觉十分爽快！松树、橡树、古栎树、红松、江户樱、牵牛花和山踯躅竞相开放，红色的合欢树花和黄色的忽地笑也都展露着风姿，夏天的湛蓝一下子沁入心头。我对我们国家的树和草，昆虫和鸟的大致了解还得益于在金川少年管教所图书馆翻阅的《原色自然图谱》。

走了大约一个小时到了石南岭山脊、石南隧道，大概算是爬到了迦智山的"下巴"。蔚山广域市和庆尚南道的密阳市交界处的牌子前停着很多等待拉客的车。前面乘私家车来的客人们则有的喝着咖啡，有的在为路旁卖的用野菜和山果泡成的民俗酒而讨价还价。我喝着冰镇矿泉水解渴，酒意都散尽了。四下眺望，温带密林覆盖下的群山峰峦叠嶂，绵延不绝，蔚为壮观。俗话说朱木生一千年，死一千年，眼下白云山方向的山梁上，枯死的朱木连成了茫茫一片。想起了生长着大片柳树的中国东北和沿海州的大平原，我深切地感受到了祖国大地的绚丽。数亿万年前的某个瞬间，沸腾的熔岩从满族大地的大平原深处奔涌而出，长白山就是在这时形成的，继续向南流动形成了半岛的脊柱——长白山山脉。在形成金刚山、雪岳山的同时向下延伸，在密阳和蔚山的边界隆起了超过一千米的山。迦智山、云门山、神佛山、天皇山和载药山群峰是在陆地变成海洋之前最后才形成的。

1950年战争爆发前的一段时间，每到晚上所有山峰都会点起烽火。"左翼"扫荡令一经下达,就有许多人逃进幽深的山林中,一到晚上他们就下到村庄里调拨粮食,并在山寨点起烽火,当时密阳郡丹场面和山外面的居民都可以作证。南韩境内的人叫他们"野山队",爷爷就是像野兽一样行事的野山队中的一员。

进入密阳丹场面以后,在下坡路上走了一个小时,海拔七百米处的大型停车场上挂着第一观光休息所的牌子,里面有各种车辆和蜂拥而至的人们。这里就是白云山和陵洞山山谷中的"南瓜所"溪谷,由九龙瀑布的激流冲击形成的南瓜形深水坑而得名。

想坐车一直进入密阳市里,但又决定再多走一会。走了好一会儿才到了在夏天结冰而在冬天却能热气腾腾的山谷——诗礼山谷。驱车而来的人们使这儿变得很热闹,他们都是来这避暑的游客。

走了大约二十里,到了面所在地的山内,我坐上了在面事务所前面等待的出租车。到密阳市里有二十五千米,出租车一刻也不停疾驰在沿着东川开凿出的道路上。阳光离开了山谷,水边的芦苇地里几只白鹭自在地飞着。

"去哪里?"出租车司机问道。

"魔岩山下面的礼林里。"

出租车进入了校洞。宽阔的沿街路上三四层的商业楼鳞次栉比,为人们提供各种便利,废矿旧址上也建起了高楼大厦。十八年前我离开密阳时还没有人行道,沿街的店铺也都是平房。出租车横穿市中心时,众多的高层建筑给这小城平添了一种现代化的商业气息。升格为市之前密阳只是个小镇,作为当地的农产品集散地,只有表忠祠、岭南楼、《密阳阿里郎》还算有点名气。

自从1987年春天离开密阳后，我只回来过一次。那还是1994年秋天，有一天姐姐告诉我爸爸去世的消息，说还好能用电话联系上我，让我跟她一起乘坐夜班车回密阳。听到姐姐哭的那一瞬，我反而一下子轻松了许多，就像一直卡在我喉咙里的大鱼刺一下子被拔出来了一样，当时的第一感觉就是那个人终于死了。由于当时我游手好闲处境艰难，也就拒绝了与姐姐同行。那天晚上，我喝得酩酊大醉，也在手臂上注射了冰毒。接下来就像梦游病患者似的，发生了奇怪的事。"密阳到了，请问办丧事的那家在哪里？"听到这话，我睁开眼睛发现自己坐在出租车里，时间已然是正午。上了年纪的出租车司机说，我作为凌晨第一个顾客，一屁股坐在出租车后座，一边说着给全天的工钱去庆南密阳，一边把厚实的钱包扔到了副驾驶座上，一边哭一边说着父亲去世的消息，哭着哭着就睡着了。司机说道："我也很后悔没有奉养好父母，但没像你似的睡着了还在哭呢。"还说车费算他的，就又把钱包扔给了我。我对自己决定去密阳的行为简直不能理解，但是他却说我在无意识中因父亲的过世悲痛。那天的事实在是令人难以置信，如果我真的在睡梦间哭了，那么就是在感伤和父亲一起度过的时光，而不是哀痛父亲的过世。不管怎么说那天的事情是个谜。

"这里是礼林吧？"

我观察着车窗外的风景，陌生的城市的一角。

"看来您好久没来了吧。这里已经变成了新城镇，密阳警察署搬到这里已经有几年了。"

我付了车钱下了出租车。条条公路纵横交错，公路两边一排排崭新的楼房拔地而起。楼房后面是苍翠的树林，只有四周的魔岩山还有点儿眼熟。如果是在这个时间，从这个位置向西南望去，淡蓝色的原野与村中点点灯火交相辉映，愈发美丽。然而现在出租车却把我扔到了城市中心地带。为了参加父亲的葬礼而回到礼林里已经是十一年前的事了，那时的事也只是一闪而过，没有多大印象。看来变化的不只是蔚山，这边的变化也相当大啊！原来村子前面有一条双行车道，沿着那条路一直走就可以看到与洛东江接壤的河南。我从路边的便利店买了一盒烟，并和老板谈了谈礼林的变化。

"现在密阳开通了横跨礼林桥的KTX，这边再也不是以前的样子了。"

"礼林小学还在吗？"

"当然，下面又建了一所农业协作行会。"

出了便利店，我就顺着礼林小学的方向一直走到密阳江。经过车水马龙的礼林里时发现彼时芦苇荡漾、水草兴茂的河堤现在已整改成了灯火通明的步行街，许多出来避暑乘凉的人漫步在江边。

步行街尽头人烟渐渐稀少，夜色朦胧中我依稀看到密阳江原来的样子，沿江山脉起起伏伏的线条依旧和缓，依旧那么熟悉。沿着人烟稀少的江边走了好一会儿，突然发现魔岩山角一座低矮的小山丘下仍有六七户人家，几乎所有的事物都在变化，但那儿就像铁栅栏里的非武装保留地，至今仍未被开发，很是神奇。浪子归乡的我，缓慢地挪着步子，沿着村庄小径走进村子，村头第一户就是我的家了。我情绪低落，步伐沉重，脚底好像被磁铁吸附住了走得非常慢。杜丽雀鸟在树枝头啼叫，村前的水田一边被翻耕成宅地，另一边杂乱无章地堆积着建筑材料和废车轮。

1945年日本败亡的那年冬天，在哈尔滨的爷爷带着一家老小返回了故乡，在礼林里买了土地盖了间草房，奶奶现在仍住在那儿。那院子很宽敞，铁皮屋顶，大厅两侧是里屋，里屋里有传统的厨房。

我走进家门，打开半掩着的铁门，大铁门两边的那两棵柿子树依然枝繁叶茂，还坚守着原来的"阵地"。记得小时候树上会结许多的柿子，每到秋末奶奶和妈妈总是会做柿饼，深秋骄阳下一排排红柿子悬挂在对面房屋檐下的场景又浮现在眼前。

里屋的房门敞开着，屋里亮着白炽灯。新建了一间带有厨房的下房，几个四五岁的小兄妹盘坐在地板上闲谈着。

"奶奶！"

听到我的话，厢房的一个男孩儿朝着正房大喊客人来了。我穿过院子站到了檐下石阶上，一个孩子从里屋里跑出来到大厅。

"奶奶在吗？"

就像姐姐说的一样，个儿高的这个孩子分明是宗浩。儿子站在面前，让我解释自己是谁还是非常难为情。虽然是自己的孩子，但就像看着别人的孩子一样生疏，更别提什么特殊的感情了。他和我一样有着浓眉大眼，和母亲一样有着尖尖的下巴。

"太奶奶，来客人了。"宗浩对着里屋喊道。

儿子认不出我来，一个"客人"着实伤透了我的心。奶奶穿着背心、短裤走出房来，这段时间奶奶日益衰老，头发也更稀更白了，背也更驼了。

"您的宰弼回来了。"

奶奶看了看我，什么话也没有。我摘下了帽子。

"我是宰弼。"

"你不用说我也知道。"奶奶表情麻木,声音冰冷,"你来这里做什么?我不是说不让你来了吗?"

从奶奶冷淡的话语中可以看出奶奶的神志仍旧清醒。八十多岁的人了,声音依旧洪亮有力,发音清楚分明。

"难道我来了不该来的地方吗?"

"一看就知道你刚从监狱里出来。就在首尔打架混日子吧,还有什么脸回密阳?"

奶奶上下打量了我一番,最后目光落在我的光头上,我无言以对。奶奶好像想起了父亲的葬礼,那天喝醉了的我非常失态,在亲戚面前像疯狗一样搞砸了葬礼。当父亲的棺材从院子里被抬出来的时候,醉酒的我睁大眼死盯着父亲的尸体,说只有砍了他才能一解心头之恨。我挥舞着从厨房里拿出的菜刀,要不是姐姐冒险拦住我,我可能就会因为毁坏亲属尸体的罪名而入狱了。后来我扔掉了菜刀,立刻离开了密阳。

"难道你知道自己是当父亲的?来看儿子?你别想把这孩子带走!孩子在你这家伙身边能学到什么?"奶奶用胳膊环抱站在身边的宗浩的肩膀,"孩子啊,看清楚了,这个家伙就是你的父亲。"

宗浩站在那儿,耷拉着眼,默不作声。果真是在儿子面前没话说,脑袋像被迎头一棒,晕晕乎乎的,此刻我想起了自己的父亲。我竟和父亲如此相像,羞愧冲上大脑,悲伤涌上心头。情感突然迸发,我有种强烈的预感,自己不知道又要做出什么错事来。这时我浑身都在颤抖,又一次强烈地感觉到密阳绝对不是我该来的地方。

"活了一辈子,世上没有比我经受过更多风雨的老人了,连生死关头都经历过了。"

奶奶蹲坐在地板上，悄悄用手背抹着眼泪。她这一生啊，可谓是历尽苦楚！她可以说是我们国家近代受难女性的典型，像她这种人真是屈指可数啊。我在监狱整理爷爷的生涯时，像影子般在爷爷背后默默付出的奶奶的生活也渐渐清晰。

"让您伤心我感到非常抱歉。"我好不容易才挤出一句话来。

"只要一想起你爸爸和你，我心都碎了。托你们的福，我至今神志还算清醒，活得还算长。"

奶奶话的意思是，平生遭受的苦难不算什么，只要能在晚年看到孙子顺利地长大成人就可以安心地合眼了，我能理解上了年纪的老人这种简单的想法。

"还记得中学时代医生诊断我为精神病的事情吗？"我不得不再挤出一句话来。

爷爷的精子和奶奶的卵子结合生出了父亲，父亲的精子和母亲的卵子结合生出了我，那么就是说四个人的基因在我身体里混合。

"到现在精神病还没好，把监狱当成自己的家进进出出？"

"我去首尔之前不就跟奶奶说过吗，把我当成已经死了的孙子。说过要死，连药都吃了，只是没有死成又活了过来。"奶奶的话像匕首一样深深地刺伤了我的心，受伤的我把话一股脑儿全吐了出来，"我现在还是精神病患者，所以请奶奶在去世之前一直抚养宗浩。"

虽然预料到会这样，但是奶奶的埋怨和冷漠还是深深地伤透了我的心。要是一直这样忍着说不定又会做出什么过分的举动，于是我放下背包从地板上站了起来。

"你早就打算好了是吧？"

"出去一会儿就回来！"

"真让人难受，我宁愿再也不见你这家伙！"

最后还是自己抚慰那颗受伤的心，我没有地方倾诉，冤枉和委屈相互碰撞，心里像有团火在燃烧。我戴上帽子走出了院子，下房的小孩子们坐在地板上向屋里探头，他们一无所知只是一个劲儿盯着我看。我走出院子，心里火冒三丈，就点上了一支烟。

这时一辆四吨半的卡车亮起车前灯，驶入院子里的一片空地。卡车司机按了按喇叭，下房的小孩子们大喊着爸爸妈妈，都一溜烟地抢在我前面跑了出来。从卡车上下来的妇女抱住了他们，边轻拍着他们的背边问着："和宗浩哥玩得好吗？午饭吃了吗？"卡车用布棚罩着，里面装着冷冻鱼箱子。妇女们打开大铁门，散发着鱼腥味的卡车就从我旁边驶过，进了院子。下房的小两口是贩鱼进城的商贩。

时隔十一年，我再一次穿过礼林桥前繁荣的大街，两手空空地回来看奶奶。周围大概有些商场或超市可以买到礼物，但是我却再也不想踏入家门，因为不想再见到奶奶和宗浩。我就坐上出租车去了市内，想着等他们睡着了再回家。现在只有去酒吧打发时间了，因为台球厅、成人娱乐室、夜总会、卡拉OK等现在都不太适合我。

我在市中心的百货商店前下车，推开面前餐厅的门进去，这是一家酒鬼们聚集的吵吵嚷嚷的牛小肠烧烤店。大型电风扇吹来的风、空调的冷气与支在架子上烧烤内脏的烟气混杂在一起，简直就是一片乌烟瘴气。我选了一张用空油桶做成的酒桌坐下，点了一瓶烧酒和两人份的大肠。我曾在明宝剧场后面的体育馆干过一段时间，在去首尔找工作的途中，有很多密阳的朋友和学校后辈来找我。虽然他们在找到自己的出路后大家就分开了,但两年后,原本在一家沙龙做领班的昌秀又回到了密阳,因为实在忍受不了客人总让他找小姐。现在把他叫出来打发时间最合适不过了,但是我又不知道他的号码,我习惯独来独往。

"这不是宰弼吗?"

我因为烧酒杯不合心意正要将酒杯换成水杯时,听到有人叫我的名字。抬头一看,是一张熟悉的面孔,原来是中学同学兴规。

"虽然戴着登山帽,打你一进门我就在想是不是你,而且你怎么会出现在这儿啊?"兴规坐到了我对面的砧板椅子上。

兴规在上高中时非常擅长开玩笑,被同学们戏称为"调皮鬼"。

"你的身材比普通人健壮许多呢!我真不敢认了,就过来看了一眼,还真的是你呢!你是自己来的吗?这一眨眼已经过了多少年了啊!"

"真是好久不见了。来,喝一杯!"

我将酒杯递给了兴规,并满上了酒。在小城市的市中心只要留意总是会碰到认识的人。

"宰弼你的消息我多少也听说过。最近在首尔过得怎么样?对了,听说奶奶现在还住在这里。难道是奶奶……?"

"现在还很健朗。"我一口气喝光了杯里的酒。

兴规咋呼着说喝酒怎么能像喝水一样,又问我活得是不是太冒失了。我苦笑着摘下帽子给他看我的光头。我在出狱的前一天,干脆把栗子头给剃光了。

不知兴规是怎么想的,总之他不再提我的近况,我们就暂时沉默了一会儿。

"你是怎么过的？家里开着纸店？孩子们都长大了吧。"

"我退伍之后整天游手好闲，就在爸爸的店铺里打下手。今年接手了纸店，老大已经上中学二年级了。我还经常和根兆、学九见面，要是你能在密阳多待几天的话就把同学们都叫来聚一聚吧！大家一听到宰弼你回来的话会一下子聚起来的，你现在可还是我们的英雄！'天使会'会长的故事至今还是我们的老话题呢！"

"那边不是有客人嘛。"我对于什么都追问的朋友感到不耐烦。"天使会"的时候，这位朋友只要一听到比试一下总是咋咋呼呼地到处鼓动人，真正开始比试的时候又早不见了人影儿。

"那些人？他们只是新建的公寓的监督的人，房产买卖时就算只分个三分之一，也得不少钱呢。接待的时候要价很便宜，出去的时候还要再给客户塞一个礼包。你也知道，吃了咸的东西会找水喝的。"穿着短袖衫的营业主好像是把我当成了小刑警，一直朝这边看。兴规低声说："我得过去一会儿陪那些人喝杯酒，过了这么长时间又见到那时的风云人物真是高兴啊！这一眨眼已经过去多少年了！"

兴规跨过自己的座位，不知在跟谁通话，只听到他用他那干哑的嗓音说"宰弼终于又在密阳出现了"。估计会见到几个老同学了。不知道是不是因为兴规提到了以前的时光，短袖衫就又朝我这边瞟了几眼。尽管周围喧哗吵闹，还是隐约听到了他们之间的几句谈话。"论拳头，在首尔都是出了名的。性子又硬，别名'密阳痞子'。""不是膨化洋葱片儿而是密阳痞子[①]？那么就是黑社会了？""他有毒品前科，听说也当过竞技格斗的教练……"我

---

① 在韩国语里，"膨化洋葱片儿"和"密阳痞子"的发音近似，故有此话。

的出现成了酒桌上闲谈的话题。在兴规嘴上,我作为一个有前科的人到处辗转,悲惨的生活从各个城市的阴暗的下水道里渐渐浮了上来。不安像是几滴剧毒在悲哀中渐渐溶解,我那悲伤的情绪也在慢慢扩散。我环视四周,浓浓酒意使得周围吃喝玩乐的客人们的样子愈渐迷离。谁也不会注意到我,眼前的一切朦朦胧胧,似真似幻。从医学上讲这种现象就是抑郁症,悲伤唤起失望,我的心里突然翻江倒海的。若是吃了药症状就会减轻,但是背包放在了家里。吃进去的食物一直往外涌,不得已我起身去了洗手间。在洗手间的化妆镜前,想要吐又吐不出来,只得又出了洗手间。

"真的是姜宰弼不假!"

"唉,这有多久不见了。"

两个同学你一句我一句地说着走过来,是根兆和学九。根兆穿着黑色的衬衣,系着白色的领带,留着刺猬头。学九穿着紧身T恤,显出结实的胸膛和充满肌肉的手臂。两个人都是典型的乡下流氓的样子。

根兆挤到我们桌上坐了下来,自己吩咐着伙计拿酒,换烧烤箅子,并要求重新上五人份的大肠。陪完业主的兴规也一同入座。

学九问了我的近况,我说在新村当健身房教练。根兆管我要名片,我应付说自己身体不好暂且休息一下。根兆在酒类代理店里经营音乐茶座,学九经营练歌房和网吧。在"天使会"时他俩人的成绩就一直在后面,高中毕业后参军回来就靠耍嘴皮子维持生计。

"在宰弼面前谦虚吗?谁不知道你们天天在密阳的花街酒巷混

日子。"兴规不满地说了句。

　　酒过一巡，话题就转到了二十年前的中学时代。他们争抢着讲当年的趣事，气氛渐渐活跃起来。说着说着，酒杯都集中朝向我了。我去首尔后，他们只是通过传言听到过关于我的经历，现在他们急切地想从本人这儿打听些可靠情况。但是因为我决定和过去断绝关系，不想再纠缠于过去的话题，所以话很少。

　　"什么时候来的密阳？"学九问到。

　　"今天刚来的，密阳也变化很大。"

　　"我们上中学的时候这儿还是个小镇呢。"

　　"昌秀最近在干什么？"

　　"晚我们一年的后辈昌秀？你还是在他家租房的常客呢。他带着老婆移民到加拿大了。"根兆说道。

　　"连首尔都搁不住，还要移民？"

　　"人生不就是这样嘛。我们谁也不能预料以后会怎么样。"

　　"打算在密阳待到什么时候？"兴规问道。

　　"说不准，待个几天。"

　　"不是说身体不好嘛。就好好休息几天再回去吧。在密阳的这段时间我们还可以经常见面。虽然同学们都已经各奔东西了，但是其中的三分之一至今仍留在密阳。"

　　"同学中有当老师的或是在图书馆工作的吗？"我问道。

　　"老师？在密阳有谁呢？"根兆、学九和兴规相互对视着。

　　"永培不是在市立图书馆工作嘛。把他叫来吧。"

　　学九说完又望向我："但是为什么是在图书馆工作的呢？"

　　"就是想查一些东西。"

　　"这可不像你的风格了，有点学者的架势了！"兴规边说着，

083

边掏出手机。

永培在家，听兴规说我来了，说立刻从家里赶过来，学九说永培是同期会的干事，要是发生什么吉凶事，都会最先通知他，永培虽然不是"天使会"的会员，但是在中学三年级的时候却是我的同桌，在我被关进金川少年管教所的时候还给我写过问候信，我去首尔后就失去了联系。

"那朋友很诚实啊。"学九说几天前永培和图书馆的职员一起去过他的练歌房。

过了一会儿，学九对着门口招了招手说"书库"来了。是永培。

他握住我的手，一边说好久不见一边腼腆地笑着。我们又让伙计重新上了酒和下酒菜，酒席又扩大了。先前来的三个人用筷子夹起烤肉盘里烤得干瘪的大肠，相互碰杯。他们像咀嚼大肠一样慢慢回味着"天使会"时代的愁绪。

"宰弼在的时候正值'天使会'的全盛期，从他进了少年管教所就开始走下坡路了。"根兆说道。

"宰弼之后的领导人马鼻儿将社团的名字改为'白蛇会'，结果弄得一塌糊涂。还说要从密阳各中学的游手好闲的孩子们中召集一百零四名学生壮大声势……没有后劲儿在那瞎神气，最后反倒暴露了自己的弱点。"学九愤愤地说道。

"在这个世界浑水蹚多了，下场就是完蛋。即使不成残废也得进监狱或是挨刀子。"根兆说道。

"根兆真是懂事不少。那马鼻儿近来在干什么？"我问道。

"一直跛着脚招摇撞骗，四处躲藏，最终跳进了密阳江。那也已经是很久以前的事了。"

学九叼着一根烟说道:"所以我们都说宰弼的离开就意味着'天使会'时代的结束。"

听了学九的话我不禁笑起来。回想起那个时代真是感触颇多。现在再也回不到那个时候了,我的精神病也是从那个时候开始的。

"为了姜宰弼会长归乡干杯!"根兆叫喊着。

永培已经吃了晚饭,不想喝酒,所以只喝了一小口就放下了酒杯。永培和我都沉默着。兴规、根兆、学九也差不多把"天使会"的事情说腻了,就开始抱怨经济不景气,三年里生意一直在走下坡路,并且一致声讨"参与政府"的经济政策。"国民政府"时期解除了禁止酒商通行的限制,激活了私营企业主,花街酒巷的经济也有所好转,但好的时光不复重来。

"市立图书馆大约有多少本藏书?"我问永培。

"大约有十万册吧。图书馆有几个读者啊。也就是为入学考试的孩子们准备的学习室。"

"日本侵略时期,密阳的独立运动和民族运动比其他地区更高涨,这方面的研究资料大致有一些吧?"

"我只是个管理员,不是很清楚,但这毕竟是乡土图书馆,应该会有这方面的资料。你去我们图书馆的主页查询一下可能会找到。如果我们这边也没有的话,你再去密阳图书馆找一下应该能找到。你要这玩意儿干吗呢?"

图书馆简直和我不沾边,永培这样问也理所应当。

"最近想研究一下这些东西。"

"是吗?"永培很吃惊,分贝一下子提高了,"那么来图书馆吧,我帮你。"说着永培抽出一张名片递给我。

"政府严格控制房价,建设经济乱得就像一锅粥。"兴规说道。根兆接着反驳道："能煮粥已经是万幸了，水贩们现在都只能喝白开水了。"学九说："就算去歌厅的人少了，网吧还是会爆满的。网吧跟吸烟室没什么两样，穿校服的学生们甚至一些小女孩儿都在那儿吸烟，反正谁也不会责备你，问你是不是堕落了。"

"我们中学不吸烟啊？"兴规放下空杯。

我十分厌恶这种无聊的对话，便一杯接一杯地喝酒，一会儿就露出醉意。这时口袋里的手机响了起来。

"是我，你在密阳？既然见了儿子，现在还没走吗？"

我喝醉了，似乎安娜醉意更浓，舌头都打结了，话也说不清楚。由于周围太过嘈杂，我起身离开了座位。

"这又不是牢房，我很好奇，如果发情的话怎么解决呢？"烂醉如泥的安娜极具挑逗性地说。

"我和音乐茶座的朋友在一起，这儿的货色挺不错的呢。"借着酒劲我也回了她一句。

"只要你回首尔，金荣甲部长说房子已经给你准备好了，我们在那重新开始吧，怎么样？我有信心会做得很好，到现在都还精力充沛呢！对了，你看我这脑子，'白宫'说交给你个活啊什么的……"

我挂断电话。突然发现我拼命想远离那个世界，但它的诱惑又无时无处不在。如果我不接受这不义之财，只消一瞬就会变成穷光蛋，甜蜜的召唤与现实的感受相互交叠压迫着我。

"走什么呀，不是说身体很强嘛。"我回到座位上说。

"我那儿有炮弹酒①，还有一喝就醉的女人。你要想解决的话

---

① 首先在一个大杯子注入七成左右的啤酒，然后用小杯子盛满烧酒后倒入大杯子后混合，即成"炮弹酒"，还可以加入洋酒，这样的酒喝了很容易醉。

随便拉个女的出去就行。"根兆说道。

"不管怎么样都应该休息下,下次我请你喝一杯。"

"下次再多联系几个同学,今天就当见见宰弼吧。"永培说。

根兆和学九从后兜里掏出钱包,争着要结账。

走出烧烤店,晚风阵阵吹来,周围的百货商店也都关门了,看来今天只能空手而归了。我悄悄告诉永培我有话要对他说。兴规问奶奶现在是否还住在礼林洞魔岩山脚下,我说是。永培说他家就在那边的大同公寓,一起过去吧。

"那么今天'书库干事'送会长就行了。"学九说。

兴规来到路上拦住一辆出租车,我和永培上了车,根兆挥挥手说去首尔之前再见一面吧,他们三个貌似又去喝第二轮了。

我和永培在礼林桥对面下了车。永培问道:"你好像醉了,还能不能再喝一杯?"我虽然醉了,但没失去意识。我们看到一家扎啤店就走了进去。永培要了两杯五百毫升扎啤,又点了些下酒菜。

"你什么时候开始对密阳地区的独立运动感兴趣的?"

这正是我留住他的理由。

"我坐了三年牢,几天前刚出来。"我顿了顿,既然开了口就决定全部告诉他。"在里面多少也得有点进步吧。我要说的是,我爷爷参加了密阳'三一运动'[①]示威活动,之后逃到中国东北,经过新兴武官学校,后来以独立军的身份进行活动,这个你知道吗?"

[①] 三一运动,朝鲜在日朝并合之后发起的独立运动,由于发起日为1919年3月1日而得名,也被称为"独立万岁运动""三一独立运动"等。

"第一次听说呢。"

"我想调查一下这个。"

"你要申请独立功臣?"

"没想过。"

"宰弼你变了好多。"永培笑着说。

"明天顺便去下你那儿,你帮我准备下密阳地区这方面的资料吧。"我端起酒杯说,"再干一杯!"

永培问我电话号码,可我现在都不知道自己的电话号码是多少。我说这手机是我出狱时来接我的姐姐给我用的,永培一边说着是应该开始新生活的时候了,一边把手机拿了过去。他说这东西很贵,用拇指乱摁了一阵,一会儿就知道手机号了。他说号码很好记,尾号是0007。

"调查一下爷爷的事也不错。我会在图书馆单独给你留个位。故乡好在哪里?当生活让你疲惫的时候,除了故乡你还能去哪里?既然来了就好好歇歇。"

"首尔不是流浪汉聚集的地方吗,所有人都想趁年轻捞一笔,再回故乡养老,所以没日没夜地干活儿。我的世界就是这个样子,能捞到一大笔就金盆洗手,然后回到家乡过悠然见南山式的田园生活。"

"不管你是在外飞黄腾达了,还是默默无闻平平庸庸,她都会一视同仁地向你张开双臂,这就是故乡。""说得好!但我不知道哪儿才是故乡。我在蔚山出生,在那儿生活到七岁,但现在与我有血缘关系的人都没有了。后来到先辈故乡读小学,那十年的生活给我留下许许多多美好的回忆,而蔚山的生活简直就是一场噩梦。但是永培,或许你没听说过,从去少年管教所开始我一共在管教所呆了七年。我在蔚山、密阳、首尔、管教所流浪。"

"严格地说,你的故乡应该是蔚山。"永培放下啤酒杯表情黯然地说。

4

起初难民村的人都叫李弼顺"姜氏婆娘"或是"沙边家的",过了一段时间就被发音较容易的"狗毛家的"代替了,后来就这么定下来了。弼顺很讨厌这个称呼,只有小炉匠的妻子江东家的喊她明姬妈妈,因此她和江东家的最亲密了。每次把心里话一股脑儿全说给江东家的后,心里就会觉得非常舒服。

狗毛家的就要生孩子了,肚子就像小山一样前凸着,这天傍晚她正在房间里躺着,轻抚着肚子以减轻痛苦。荣进工业的一位年轻职员一路打听着找到这里,送来一箱橘子。

"姜先生发生了什么事吗?他已经四天没来上班了,公司让我来打听一下,毕竟以前从来没有过这种事儿。"

这也是狗毛家的百思不得其解的,以前丈夫从不外宿,即使在外喝得烂醉如泥也会在禁止通行之前赶回来。在过去的十个月里只有两次,一次是公司为了敦睦凝聚力组织去"闲丽水道"[①],那算不上外宿;还有一次说是公司同事死于交通事故,在医院的太平间里过了一夜。

新婚之初,丈夫一直遵守约定,对工作和家庭都还算忠实。喝得烂醉的丈夫,好像完全不担心自己会吵醒睡在后房的明姬,回到家就急不可耐地脱掉散发着臭水沟气味的衣服,然后就将他那像麻袋一样笨重的身体扑向她。每当这时她总会想起当年被强奸的那些瞬间,以至于痛苦得无法呼吸。第二天早上醒来,丈夫都会像什么事都没发生过一样,嚷嚷着上班要迟到了,然后在那一阵忙乱。

狗毛家的怀孕之后,姜天动就嚷嚷着说把前妻所生的长孙送人是他一辈子的失误,并说一定要再生个儿子,连名字都起好了。有时他会在回家的路上买只烤全鸡,他还发现害喜严重的妻子会在拌菜中放上食醋,因此也还给妻子买回过一包杏儿。

"他从来没有不回家过……就算您没来,今天我也打算给公司打个电话。"腹部的疼痛使狗毛家的深呼了一口气说。

"已经外宿两天了?家里有什么事吗?"

好像是在问她是不是由于夫妻吵架他才离家出走的。狗毛家的说前天吃过早饭后丈夫还说会早点回来的,然后才去上班的。

对狗毛家的而言,上了年纪的丈夫就像恐怖的野兽,这十个月的生活对她来说简直就是如履薄冰。丈夫责备她,她都不会顶嘴,更别说跟丈夫吵架了,她把所有的事情都放在心里从不外露,每天都遵循着丈夫的意愿,过着行尸走肉般的生活。"你害喜不能吃肉,但我跟你不一样,我这么大块头,还要干重活,饭桌上怎么也得有点儿猪肉啊!"虽然姜天动的工资只能勉强填饱肚子,但他却这样磨人。为了能使早饭中的泡菜汤里有猪肉,她只好把自己原来工作时攒的陪嫁钱拿了出来。她原本想把那钱作为在婆家的私房钱存起来的。

"姜先生回来的话请让他与公司联系。"

说完那个职员就走了。

过去的四天狗毛家的一直在打听丈夫的消息,但所有的人都

---

① "闲丽水道",位于庆尚南道和全罗南道之间的一处海上乐园。

说没见过他。狗毛家的又强忍着阵痛，步履蹒跚地围着难民村转了一圈，恰好遇到了江东家的，由于临产在即，不便长时间走动，就拜托她把丈夫的失踪申请交到盐浦洞分署。到了晚上，姜天动还是没有回来，明姬一写完作业就去了村口的大排档，在那儿等到快要禁止通行的时间才回到家。她告诉狗毛家的，九浦家的说四天了连姜先生的影子都没能见到。另外碰到泥水匠安氏家的、补锅匠张氏、脚夫千氏，她们的话也都如出一辙。狗毛家的午饭晚饭都没吃，阵痛痛得厉害，浑身直冒冷汗，明姬的话回荡在她耳边，仿佛一切都即将结束，一股绝望涌上心头。本来以为这段时间丈夫已经定下心了，现在他吹牛大王的浪子真面目完全暴露出来了，果然是戴着面具的伪君子！狗毛家的甚至都产生了等孩子一出生就一把掐死他的想法，兴许送他去那个世界对他的未来会更好。其实，在遭到强奸后，她就曾下定决心：如果怀孕就把那个肮脏的种打掉！

第二天正午时分，经过产妇三个小时的痛苦、用尽气力甚至昏厥之后，一个新生命出世了。由于是难产儿，婴儿出生的时候并没有哭。担任产婆的设备工李氏母亲又是摇晃，又是打孩子的屁股，但他还是像无脑婴儿一样一声不出。江东家的站在旁边，边摇晃着早已昏厥过去的狗毛家的，边说孩子死了无所谓，但一定要把大人救活。李氏母亲用针扎婴儿的手指，婴儿这才放声大哭起来。这哭声使狗毛家的清醒了过来，她一把将满身是血的孩子搂在了怀里。

1970年5月初，烽台山上漫山遍野的山踯躅正开得烂漫，也就是这个时候姜宰弼来到了这个世界。按家谱他应该是"宰"字辈，又从妈妈的名字中取一个字，姜天动说如果生儿子的话就这样取名，这是他提前选好的。

"我接生过很多孩子，但没见过像这次这么费劲的。这孩子比一般的孩子大一倍半，这么大的婴儿在子宫里，才会阵痛得厉害，婴儿也很难喘第一口气。"李氏母亲说道。

"怎么说呢，如果产妇身子柔弱胎儿又很大的话，应该去妇产科剖腹产才好吧。说句不该说的，还以为孕妇和孩子都不行了呢。"江东家的说道。

明姬中午放学回来，一听说后妈生了弟弟，高兴得就像看到了被领养到美国的长弼一样。她轻轻地摸着婴儿的小脸，一边说如果爸爸知道该有多高兴啊！这婴儿体重超过四公斤，除了吃奶的时候，其他时间总是哇哇大哭。但对明姬而言，连那哭声都能给气氛怪异的家中增添一丝暖意，她不停地向难民村的伙伴们炫耀自己有了弟弟。自从后妈来到这个家，明姬每天过得都很开心，打扫房间、厨房、洗衣服之类的活儿后妈全包了，爸爸喝酒也少了，现在连弟弟也有了。后妈寡言少语、老实憨厚，而且对明姬很好，因此明姬总是很亲密地喊她妈妈。

"我现在浑身没劲，你去趟沙边吧。"

严重的产后虚弱使狗毛家的不能坐着，只能躺着。现在她连下厨房的力气都没有了，她决定让明姬去趟娘家。丈夫音讯全无，这时候又刚生下孩子，那种孤独无助感深入骨子里。而且婴儿总是哭得那么凶，这让她很不安。

女儿分娩的当天晚上，笃澜家的在明姬的带领下来到难民村。一想到女儿曾经嘱咐自己即使生孩子的时候也不要去看她，笃澜家的十分焦心。一听到消息，她就赶紧包上早就准备好的三大把海带、小孩儿尿布和内衣、明太鱼和鲽鱼干儿，顶在头上,急急忙忙向女儿家赶去。

还没进女儿家门,笃澜家的就听到了婴儿撕心裂肺的哭声,女儿累得半死,躺在一边。旁边的白粥是江东家的特意为产妇准备的,现在也早就凉了还已经凝固起来了。笃澜家的忙得手忙脚乱,刚放上米开始煮海带汤就听到女儿焦急地喊妈妈,说婴儿哭的时间太长哭抽了,现在四肢颤抖、浑身青紫。

"婴儿都会这样,你以为养孩子那么容易啊!要想顺利把孩子抚养成人,当妈的总会碰到各种各样的坎儿!别慌,用针扎一下婴儿的手指,出点血就好了。"

笃澜家的又告诉女儿一定要先给针消毒,然后扎了婴儿的手指。不一会儿婴儿僵硬的身体就舒展开了而且还打起了嗝。狗毛家的喂孩子吃奶,她觉得婴儿抽风是自己的责任,毕竟怀孕期间母亲心神不定的话也会对胎儿产生不好的影响。结婚之前她就听说女人结婚怀孕之后要吃很多有营养的食物,要常怀幸福感才行,但到现在为止狗毛家的既没吃过营养品也没有过幸福感。因为身体柔弱她害喜十分严重,而且几乎每天都在不安中煎熬。即使知道应该把丈夫当成自己一生的依靠,但直到现在她仍无法信任那个被称为丈夫的家伙。第一次看到他的假手时,她便毛骨悚然,时间久了慢慢地也就习惯了,但她还是担心他喝醉酒后打人,又怕他带回别的女人把自己赶出家门,每天都过得战战兢兢的。不知道是不是天生有强迫症,尽管她每天都努力安慰自己不往坏处想,还是忐忑不已甚至常常无端地受到惊吓。

笃澜家的煮好海带汤,并将饭菜在桌上摆放好,端进房间。狗毛家的艰难地坐起来喝了几口海带汤,又把勺子放下了。虽然笃澜家的说过如果吃东西太少的话奶水会不够，但狗毛家的现在只想和孩子一起死了，一个劲儿地抹眼泪。那天姜天动还是没有回家。

笃澜家的为照顾产妇在女儿家呆了六天，期间婴儿抽了三次风，每次笃澜家的都用针刺婴儿的手指。她一直苦口婆心地劝女儿，直到女儿开始下床走动能出入厨房了才回去了沙边。

李民久听母亲说妹夫失踪十天了，不知道现在是上天还是入地，一直下落不明，他就找去了荣进工业。那边说他们与姜先生失去联系也有十二天了，也已经向警察局递交了失踪申请。公司那边甚至推测说一个醉酒驾驶的家伙失神撞了姜先生，导致他现场死亡，然后那个司机肇事逃逸了，如果有消息公司就会立即联系妹夫家，但那里连一个有电话的人家都没有，真是荒唐至极！李民久突然记起去年7月份给妹妹置办婚礼的时候，密阳的亲家母、堂叔夫妇、姑母都曾去过他们沙边的家。他觉得与其给他们寄信，然后干等消息，还不如亲自去趟密阳呢。吃过早饭李民久就出门了，先坐汽车又换乘火车，坐了一天终于到了密阳，见到了住在礼林里魔岩山山下的妹夫的母亲。

"天动没来这里，他还有什么脸回家！他像丢旧鞋子一样抛弃自己的母亲，这才遭天谴断了手。我就当从来没生过这个家伙！"哈尔滨家的冷淡地回答道。

姜天动失踪后半个月，一通电话打进了荣进工业说让社长接电话，接电话的女职员便问对方该怎么称呼，他说你说是一起做生意的郑社长就行了。女职员将电话接到了社长室，黄社长接了电话。

"黄社长，你们公司有个叫姜天动的职员对吧？那个人现在正躺在鹤山洞慧星医院里。"对方莫名其妙地说了这番话。

"请问您是……"

黄社长的话还没说完那边就挂断了电话。虽然觉得有点奇怪，他还是打发了一个职员去医院确认情况是否属实。

电话里说得没错，姜天动正躺在慧星医院里。从医院回来的职员说，姜先生是由于交通事故住院的，但只字不提事故的原委还有到底是谁把他送到医院的。社长觉得失踪的姜先生还活着就是件幸事，就赶紧派人去烽台山难民村把这个消息告诉了狗毛家的。

听说姜天动既没跟别人单过，也没被警察局拘留，更不是被人害死了而是还活着，狗毛家的并没有觉得很高兴，对她而言，丈夫完全是一个可怕的存在，是她心里抹不去的阴影。她背着出生才七天的孩子领着明姬离开了家，又突然觉得很安心，因为自己生的孩子并不是没有父亲。狗和禽兽都会护犊子，更何况当父亲的呢，姜天动怎么会不想看到自己的孩子出生呢，想到这，她就更想把孩子给他看了，于是便加快了脚步。

医院在老郡厅后面的鹤山公园旁边，仅有一座建筑，内科、外科、整形科和 X 光科占了整整五层，最上面两层是住院部。姜天动住在六楼一个单间病房，从那儿可以俯瞰整个鹤山公园。

姜天动的脸肿得厉害，脖子和头上缠着厚厚的绷带，心口处隐约还留有青肿的痕迹。病房里就他一个病人，正躺在床上注射林格氏液，他用肿得像枣核似的眼注视着远处的妻儿，对妻子背上的刚出生的儿子几乎没有任何反应。明姬快步跑到了爸爸的床边。

"伤到哪儿了？为什么在这里啊？你不知道我们等得多着急啊，为什么一点消息都没有？妈妈生宝宝了，是个小男孩啊！"

听了明姬的话姜天动什么也没说，一副活死人的样子。看到胡子拉碴的丈夫什么都不说，就像是受了伤的野兽一样，狗毛家的也什么话都说不出来了。而且丈夫是第一次见到儿子，竟然一句话也没有，狗毛家的就更没什么好说的了。

儿子又拼命大哭起来，狗毛家的赶紧拉过看护椅坐下，然后把乳头塞到了儿子的嘴中。她忽然觉得自己和儿子真可怜，眼泪也吧嗒吧嗒地流了下来，滑过儿子的小脸。儿子正在吃奶，不知是不是因为喝得太急了，把刚吃进去的奶又全都吐了出来。突然，孩子直翻白眼手脚都直挺挺地伸着，又开始抽风了。狗毛家的吓了一跳，赶紧拔下别在胸前的针扎了一下孩子的手指头。

此时，门被悄无声息地打开了，一个穿着夹克的中年男子走了进来。

"姜先生的家人吧？"

"叔叔，我爸爸怎么成这样了？为什么不会说话了？"明姬望着陌生男子问道。

"你爸爸伤得很严重，小孩子要保持安静。"中年男子竖起食指放在嘴边嘘了一下，然后对狗毛家的说："大姐，姜先生现在需要绝对的安静，看看就行了。到外面，我把事情的原委和您说一下吧。"

狗毛家的背着孩子领着明姬，跟着中年男子出了医院，中年男子带她们母女去了公园前的一个糕饼店。

"我是警察局的郑科长，姜先生是在下班的路上不幸遇到交通事故，肇事司机当场逃逸，肇事车辆正在通缉中。姜先生已经算是万幸了,再住一周左右应该就可以出院了。住院费你们不用担心,荣进工业决定先给代交。"

郑科长人很亲切,并没说是哪个警察局的,从糕饼店出来时还给明姬买了一袋奶油面包,明姬还是第一次吃到糕饼店的面包。

狗毛家的每天都去医院守着,有天晚上她没有回家,在医院里过的夜。她抱着孩子坐在椅子上睡着了,半夜突然被丈夫的惨叫声给惊醒了,正被噩梦折磨着的丈夫大声叫喊,声音凄厉,嘴里还喃喃地说着救命救命。她给丈夫擦了擦脸上的汗,他渐渐平静下来,呼吸也渐渐平缓。第二天她也没问他昨晚做了什么梦,就跟什么都没发生一样。

笃澜家的和李民久一起来医院探病。姜天动看到刚出生的儿子一点反应也没有,一句话也不说,就像个哑巴。

姜天动脸上的浮肿渐渐消去,绷带也拆了,也能够在病房里一点一点地挪步了,又在医院里又住了几天后就回家了。

那天晚上,一个自称是荣进工业常务的人提着一包装好的牛蹄来看姜天动,说这是活血化瘀最好的食材。他说有事要和姜先生商量,狗毛家的就抱着孩子从房间里出来了,坐在行廊那边。她隐隐约约听到常务说的话:

"社长总是说姜先生是我们公司不可缺少的一员,但是上边下了解雇令……"

常务把话说完后就直接走了,听了他的话,狗毛家的思忖着丈夫现在连工作也快要丢了吧。"被解雇了,扔下七千块钱说是慰问金,也就够买一袋子米的。"姜天动望着面前的一个信封说道。这是他失踪后第一次和老婆说话。狗毛家的知道和失去工作的残疾丈夫以后的生活会更加艰难。

从那以后，虽然姜天动和先前一样每天都出去，但是实际上除了那些狐朋狗友之外，其他那些见了他的人都会怕得像狗一样夹着尾巴躲到一边。朋友们买酒来看他，他只字不提交通事故的事；吹牛皮说大话的毛病也没有了；就是儿子犯抽风晕倒了，他也只是嘴上说说这孩子是不是有羊痫风啊，依旧一副漠不关心的样子。

姜天动说要出去找工作，早上一吃完饭就急忙往市内赶，一直到晚上才拖着疲惫的身子回家。姜天动一边狼吞虎咽地吃着饭，一边说自己为了找工作一天走了五十多里路，连午饭都没顾上吃。这时的他就像饿死鬼似的，也顾不得再挑剔饭菜难吃了。一天，他吃着晚饭说荣进工业终于倒闭了，真是活该！狗毛家的就对丈夫说不知渔场有没有工作，要不你去找找我哥看看。话刚出口，丈夫就生气地吼道："以后要是再说这样的话就撕烂你的嘴！我把你娶来时曾经信誓旦旦地说要好好过日子，我现在还有什么脸去见你娘家人啊！"又咬牙切齿地说全是老天把自己毁了！

他说只要一说手残废了就没有工作肯要他了，他一回家就烦，一烦就会打明姬。沉浸在失意中的姜天动开始酗酒，最后姜天动得到的退休金全都用来买酒了。

一个月后，家里就开始断粮了，明姬的学费也开始拖欠，偏房出租得到的钱也只够一家人花一周的，为了维持家用狗毛家的不得不将嫁妆破开花了。为了更节省开支，他们每天都得有一顿饭只能喝粥。这样她原本就不足的奶水也迅速减少，孩子的胃口却日渐增长，由于喝不饱奶，孩子经常嗷嗷大哭。有时候大半夜的孩子也不停地大哭，被哭声吵醒的姜天动大声吼道："这小子一出生我八字就开始不顺，赶紧抱出去扔了！"狗毛家的只好抱着正在哭的孩子到院子里，等到孩子没有力气哭了再抱着他到明姬的房间，和明姬挤着睡一晚上。

这一天天气不好，海上风疾浪高，不适宜出海，李民久便去烽台山难民村里找妹夫。听说了妹妹的悲惨遭际，他早就打算去一趟了。时值初夏，傍晚时分天正下雨，他赶到了妹妹家。把妈妈准备的各种各样的吃的以及一点生活补助全部交给了妹妹后，就对一整天都呆坐在家里看雨的妹夫说一起出去喝一杯吧。

两人像商量好了似的都穿着长靴，走到难民村村口的大排档那里时，李民久一下子抓住了想在大排档那停住的妹夫。在颓废的妹夫面前，他的口气一下子变得强硬起来：

"你这个人！难道要去大排档吃么？"

"以我现在的处境连大排档都吃不起了。"

"你块头小吗，就算是肥肉也得吃点才能维持体力吧！"

于是，两人打着一把伞继续往前走，没过五里路就到了尾浦洞尽头的一个多层住宅区。路边又新开了几家店，李民久推开一家烤五花肉店的门径直走了进去。两人找了个带炕的位子，坐下后李民久就点了三人份的五花肉和烧酒。

喝了两瓶酒，在上第三瓶酒时姜天动说："现在家里又添了一口人，我面临养家糊口的重任，无论如何也得找份工作。"突然，他环顾一下四周后压低了声音，眼神也变得很犀利地说道："大哥，跟你说说我发生的交通事故吧。说白了那就是放屁，哪是什么交通事故啊！那天我去上班，还没到公司门口就被两个穿着皮夹克的人给绑架了，他们把我带到一个挂有太和公司牌子的三层大楼。说是公司，实际上是带着地下室的中央情报部的蔚山分部。我曾经写过保证书保证出来后绝不提这事儿，我这可是第一次和大哥开口，他们说不能让我出去乱说，出卖情报部……递告密信的人我大体上都已经猜到了，荣进工业在彦阳山沟里非法排放废弃物也不是一天两天了，不是吗？"

"你呀，赶紧小点声儿吧，你知道现在是什么社会，这种话你能随便说么？"

"他娘的！活到现在我才知道还真有能把一个大活人变成废人的地方。那四天，我不知挨了多少打，他们把我们的衣服全都脱了，不问是非直接拷打。还威胁我们说，你们这些人最终不是被葬在蔚山前的海里就是被粉碎机给磨成鸡饲料，吓得我大气都不敢喘。我被木棍子打得皮开肉绽，我觉得我的头都要掉了骨头都要碎了。地下拷问室里像我一样被绑去的人不止一两个，真的很恐怖！最后都变得血肉模糊看不出人样了！最后把我放出来时，为了掩饰那些伤还强制把我送去住院。"

李民久担心有人听到这番话赶紧向四周张望了一下，还好虽然有几桌穿着工作服的工人但好像并没有人注意这边。妹夫那和面棒似的软塌塌的橡胶手一下子映入了他的眼帘。

"和你说完，五脏六腑好像一下子被打通了似的，心里真爽啊！不是有个疯子跑到野地里大喊国王的耳朵是驴耳朵嘛！"姜天动豪放地大口喝了一杯酒，袖子挽起提高嗓门说道。看来他已经醉了。

"把这些话说出来才觉得活过来了。被捉到那里，弄了个半死不活出来后，我便发现没有什么东西好让人害怕的了。以前不是和大哥说过我就像臭水沟里的老鼠一样吗,以后只要我还活着,我就要努力地活下去!姜天动我可是大丈夫,是个有着像杂草一样顽强生命力的家伙!"

*

进入7月后,有个盗贼被抓了。这个大盗专门偷城北洞、三清洞和南山下的富人村。偷的高价赃物被公开了,都是王室里的珍贵物品,让老百姓们大吃一惊。那贼坦白说他偷过的那些人的家一个个都跟阿房宫似的豪华。平民百姓们都说一辈子能看一次那样的房子,也算是此生无憾了。因此"盗贼村"这一流行语就由此流传开来。

接下来的几天天气火辣辣的,大地就像被火烤着似的,应该是要来台风了。台风一来,接连几天都会下雨,梅雨季节跟着就来了。这世上,既然有盗贼村,有难民村也就不足为奇了。对像烽台山难民村这类的难民村的短工们而言,下雨天就是无所事事游手好闲的日子。帮工们整天在家呆着,闲得无聊,无比烦躁就开始折磨老婆孩子。

夏天过去了,姜天动也没有找到合适的工作,对他而言,1970年的夏天一直都在下雨。最后连狗毛家的的嫁妆钱也都花完了,家里常常断粮。一到假期,狗毛家的就派在家里玩耍的明姬去沙边娘家那里取点粮食回来,可以凑合几天。有一天,狗毛家的背着宰弼去东部市场,在那捡了一大塑料袋人们扔的烂白菜叶和萝卜缨。从那以后她就经常和明姬一起去市场捡些扔掉的白菜叶、萝卜缨或者是到食堂里捡些人家扔的坏了的辣白菜。

夏天白天长,一家人也只吃两顿饭,说是饭,其实就是些放了发酸了的泡菜或者从市场捡回来的烂菜叶的汤饭或疙瘩汤。

整天在房间里坐着发呆，姜天动把对这个世界所有的怨恨和不平都撒在了家人身上。和难民村的朋友们喝完酒后醉醺醺回到家，他就开始找妻子的茬或者是把明姬给晃醒耍酒疯。有时大骂妻子，说就是去外面偷汉子也给我把酒买回来！狗毛家的一看到丈夫坐都坐不下去就揪心摧肝，立马背着儿子到胡同里去，此时的她觉得还不如死了一了百了。她本来就有贫血症经常晕，现在抑郁症也越来越严重了。

"爸爸，我不再上学了！不管什么工作我都愿意干，我要赚钱回来！"秋季学期开始后，由于一直拖欠学杂费，明姬最终决定不去上学了。

"你嘴烂了，什么都乱说！小小年纪就要去酒吧当女服务员么？小学都还没有毕业谁家会要你啊！"

姜天动打了女儿一巴掌，狗毛家的听了明姬的话一下子打起了精神。世上哪有供不起孩子上小学的父母啊，世上又有几个像姜天动似的就等着女儿长大了送去酒吧的父亲啊！虽然明姬不是她亲生的，这话也戳得她心窝疼。

"不管怎么着也应该上学，我去渔场找点事情做，哪怕干活时不吃饭也会供你上学的，以后再也不要说那样的话了。我就是四处借钱也会把你的学杂费给你借回来的，赶紧去学校吧。"狗毛家的轻轻拍了拍委屈地哭着的明姬。

姜天动本来就在家呆不住了，听了女儿的话后更受刺激，没几天他就简单地收拾一下行李上路了。在蔚山一带憋屈着找活干太难了，他决定到外地找个临时工干干。第一次去了浦项那边，大约隔了一周就回来了。第二次去了密阳，这次仅隔了五天就回来了。每次他出门在外也不知道吃得饱吃不饱，反正每次回来不光一分钱也拿不回来还狼狈得不像话。但是对狗毛家的来说即使一分钱都赚不回来也没什么，丈夫不在家的时候，她心里还好受些。

一天，狗毛家的听江东家的说自家丈夫在一个豆腐工厂帮人家修理蒸豆腐时用的大型铁桶，活儿还很忙。她想要点儿做豆腐时剩下的豆腐渣，就去找江东家的，恰好补锅匠张氏也在家。

"大姐，你觉得你去卖豆腐怎么样啊？我正好给豆腐厂修铁桶，我给你牵线。"张氏说。于是狗毛家的背起宰弼就去卖豆腐了。每天一大早她就起来了，先去盐浦洞豆腐场取一盘豆腐就在盐浦洞和杨亭洞一带的大街小巷来回穿梭叫卖；下午三四点，她又开始卖做晚饭用的豆腐。她发现好多人还要买豆芽，就又从豆芽场拿了些豆芽用塑胶瓦盆顶在头上，摇摇晃晃地在胡同里穿梭，头都好像快要被压扁了似的。期间由于贫血症，她有两次晕倒了，豆腐和豆芽都撒了出来。

初冬伊始，难民村的邻居们就劝她说别再走街串巷卖了，到市场边儿上占个位坐着卖吧。姜天动在这种事情上最拿手，他跑到市场上跟小贩们打了一架，最后得了个不用交钱也能做买卖的位置。

狗毛家的从早到晚都在忙着卖豆腐，家里的事情就全落在了明姬身上。狗毛家的本来身子就比较虚弱，现在做生意又那么辛苦，但她的心情却是如释重负渐渐轻松起来，虽然很累但是一日三餐最起码能勉强解决了，而且成天让她提心吊胆的宰弼抽风的次数也越来越少。

天天吃不饱奶，儿子还是长得又高又壮。儿子就是她活下去的动力。宰弼的胃口特别好，一抓着妈妈拿勺子的手就不放，看见盛豆腐渣的碗一头扎进去舔个没完。

有一天，姜天动运来了竹竿、板材、铁皮，在院子里用半残废了的手哐啷哗啦地忙了一整天，做了一个背水篓似的东西。晚上补锅匠张氏路过，看了看两个绑上去的铁皮桶说："想要蜂窝煤着得旺还得放个烟筒才行。"于是姜天动又在铁桶的两边挂了个折成"L"字形状的烟筒。两个桶，一个当炉子，在上面坐着熬红豆粥的锅；另一个铁桶里放碗、勺子等，这就是他卖粥的全部家什了。他在桶上挂了个圆环，把竹竿插进里面用肩膀挑着，那构造和挑水架一样。姜天动约了曾经替自己购买材料并且帮了不少忙的张氏，一起去了大排档。直到那时狗毛家的还在卖东西没有回家。

第二天早上，明姬正准备去上学，突然看到了在小板廊上放着的奇怪的担水架，就问爸爸那是干什么用的。

"找不到工作，爸爸就想去卖粥。寒冷的冬天昼短夜长，晚上人们就容易饿，那时煮得咕噜咕噜滚烫的红豆粥是最诱人的好吃的了。"

"现在大家都煮方便面吃，谁家还喝粥啊？"明姬反驳道。

"我还没开始做生意你就开始瞎嚷嚷！"

姜天动从屋里跑出来，抓住正准备出门的女儿的头发就是一阵狂打。挨了半天打才从爸爸手里挣脱出来，明姬就一边哭着一边逃跑了。今年的第一股寒潮刚刚袭来，明姬就冻得睡不着了，早上她非常上火才说了那番话。她住的暗房里没有火炕，到了晚上她就使劲蜷缩着并用那床单薄的被子把自己紧紧地裹起来，仍旧不能御寒。但她很固执，坚决不肯到生有煤炉的房间里和家人挤在一起。

四天之后,姜天动干起了卖粥的生意。傍晚一到,他就戴上有耳罩的帽子、棉手套,肩膀上挑着两只大铁桶,从家里出发了。尽管气温已降到了零下,在禁止通行之前他一直在美浦洞、西部洞一带大声地叫卖"红豆粥、红豆粥……"。现在都什么年代了还卖红豆粥,只有在警卫室里值夜班的工人才会经常买红豆粥,另外还有一些父母会给熬夜学习的孩子买点。直到快到禁止通行的时间了,他才拖着冻僵的身体往家走。这时他不再大声吆喝,而是用那嘶哑的嗓音唱着《恨五百年》走上了回难民村的上坡路。

丈夫要卖红豆粥的事让狗毛家的觉得很满意,她每天一干完活回到家就开始准备第二天丈夫要卖的红豆粥,直到凌晨。

姜天动只卖了四个月就不再卖了,苦没少吃,钱却没赚多少。明姬说得没错,红豆粥已经远没有方便面受欢迎了,而且一过冬天红豆粥的生意就做不成了。

姜天动又找了一份工作,做烟囱清扫工。釜谷洞路上中小企业密集,有一天他从那儿走发现很多烟囱中都冒着浓烟,忽然他灵机一动意识到做个烟囱清扫工一定赚钱。中小企业的机器运转起来不光用电,还要靠煤炭和柴油等燃料。这些燃料在燃烧过程中会形成粉尘,即使有通风扇,还是会有烟灰沉积,烟道就很容易被堵。若不及时清扫就会使热量降低,而且粉尘和煤烟就会从炉口冒出来。若要清扫起烟囱来,就算戴着面具,衣服和露在外面的身体部分都会全部变成黑的,洗澡也洗不干净。因此就算是轮流干,员工们也不愿意。

作为烟囱清扫工的姜天动每天都背着一个背包,里面装着竹箍、绑着牛毛的钢丝和盒饭，敲着锣在市内的工业区里来回穿行。

"烟囱清扫了——通烟囱了——，帮您清理了烟囱就不会被检查公害的抓住了——，就像饥渴了三年的寡妇一下子被捅开了似的，帮您快速顺畅通烟囱了——"

大企业是不会找姜天动的，幸好蔚山釜谷洞周围都是外包企业和以制造业为主的中小型企业。姜天动平均一天打扫一两个，有时也会干到三四个，有时工厂烟囱较多，可能会需要三四天的时间。

工厂方面之所以肯把清扫烟囱的活儿交给残废的他，是因为姜天动戴着手套，工厂方面并不知道他没有右手。纸包不住火，后来工厂还是知道了，就问你这样怎么能把事情做好，并失望地说真是看错人了。姜天动表示虽然只有一只手但是能干正常人两倍的活儿，并且把袖子挽起来给他们看他的手臂有多粗壮。他雄赳赳气昂昂地爬上三四十米高的梯子，拿着绑着牛毛的钢丝或竹竿掏着烟囱。

在迎来了第四个生日之后，姜宰弼才能够看到、听到、感受到这世上的事物，并将它们储存在脑海，以后再调出来。

在姜宰弼的印象中爸爸就是一个黑脸壮汉，爸爸的样子和其他的长辈不同，这让他觉得很恐怖，只要一看到他就会吓得哇哇大哭。爸爸不仅脸黑，除了白眼珠和门牙全部都是黑的，每天晚上回到难民村，不仅是黑毛线织的帽子，爸爸的脸和衣服也全都变成了黑的。

"爸爸是在工厂做烟囱清扫工才会成那样的，如果洗洗的话就会和普通人一样干净的。"

明姬一个劲地哄着小弟弟,但是他根本不听,还是一个劲儿地哭。那年明姬已经从小学毕业了,正好应该上初中。

"看见爸爸就哭,你这臭小子,想挨揍了吗?"

姜天动瞪着眼。宰弼看见爸爸这个样子更害怕了,哭得也更凶了。姜天动生气地打了儿子一个耳光。

"小孩子家的知道什么啊,干吗打孩子啊!"

狗毛家的可以忍受丈夫折磨自己,但实在无法忍受丈夫打自己的孩子。

"你这家伙只知道偏袒孩子,这孩子的习惯越来越差了。爸爸难道是能吃人的厉鬼不成!"

姜天动把脸盆里要洗澡的水一股脑儿地泼到了狗毛家的身上。家里的气氛一下子冷了下来,明姬躲进了屋子里。姜天动从一开始就对儿子很不满意,因为宰弼出生的时候,他被拖进情报部分室被打得半死不活,并且还丢了工作。

宰弼刚满五岁,就特别讨厌难民村的孩子们叫自己"黑鬼崽儿",正在玩扇洋画或捉迷藏,如果一听到"黑鬼崽儿"他就转头回家。回了家谁都不在,姐姐要到太阳落山才放学,做烟囱清扫工的爸爸和卖豆腐的妈妈也得等黄昏才回来。无奈之下,宰弼就一个人看家。

那年冬天,姜天动从工厂高烟囱上摔了下来。他踩着布满薄冰的烟囱梯子往上爬,快到中间时穿着靴子的脚打了个滑,本来抓着梯子的左手却松开了,于是就从相当于三层楼高的烟囱上跌了下来,当场昏迷。在下面观望的工人跌跌撞撞地把他送进医院,只过了一周,脖子、腰上还垫着夹板的姜天动就被用担架载着回了家。

"爸爸还去爬烟囱吗？应该去不了了吧？"宰弼看到爸爸这副模样，这样问妈妈。

宰弼想到如果爸爸不能爬烟囱了，也就不会做烟囱清扫工这个工作了，这样的话脸也就不会那么黑了，其他孩子也就不会再取笑自己是"黑鬼崽儿"，所以很是高兴。

姜天动不能解开夹板，只得按照医生的指示一动不动地躺在房间里。

"哪怕你有一小时不在我旁边呆着，我以后也会狠狠地打你的。敢放下你老子出去玩的话，绝对饶不了你！看我打不死你！"

因此宰弼就天天呆在屋子里，连小便也要撒到爸爸用的尿盆中。给姜天动拿午饭，接大小便，把臭烘烘的大小便倒在外面，这便是宰弼的任务。因为觉得卧床的爸爸的脸不再那么黑，不能再做烟囱清扫工了，宰弼心情很好，也就老老实实地听从吩咐。

过了二十天，姜天动去掉了夹板，可以坐起来了。但他的颈骨一直保持弯曲状态，变得僵硬，不能自如地抬头了，所以看人的时候总是要转着白眼珠去看。这还不是最糟的，几天后姜天动就能出门了，但是他的腰也挺不直了，整个身体都是弯弯曲曲的。去整形医院，医生说要做颈骨和腰骨的整形手术，不仅花费巨大，成功率还很低。没有了右手，现在连脖子和腰也不正常，谁看了他都感觉他完全就是个残疾人了。体形巨大，又往前倾斜，完全像个大猩猩。

"我都成了这个样子往后还怎么生活？活着还有用吗？还不如当初被情报部拉走时就那样把我打死好些呢！"

好像声带也伤到了，姜天动经常哑着嗓子这样问酒友们。陷入失意中的姜天动完全无法自拔，成天就是喝酒，喝多了，就对着家人耍酒疯，后来动手打人都成了家常便饭。他把钱袋里翻出来的钱全都用来买酒，喝醉酒就用沙哑的嗓音唱那首凄婉的《恨五百年》。

"充满怨恨的世界呀，冷酷无情的世界呀，没有感情的身体，眼泪流了出来。说好活上五百年，为什么又徒增折磨，被青春践踏的爱情啊，流着泪不知去向何方……"反反复复听爸爸唱这首歌，宰弼都能记住歌词了。他现在已经听不到村子里的孩子们叫自己"黑鬼崽儿"，而是改叫"大猩猩崽儿了"。

*

野草般坚韧的姜天动是不会任由自己消颓下去的，冬天刚刚过去，烽台山的灌木丛刚刚露出新芽，他便走街串巷地去找新工作去了。有一天，他从妻子那儿要了点钱，去了东部市场。在那儿，他看见了一只长着癞癣的小狗在刨地上的垃圾。看见这只毛色暗灰的狗，姜天动突然眼前一亮，虽然它很瘦，如果能在山沟的小溪边宰了洗净的话，就可以摆个丰盛的酒席请请朋友们了。于是他走近小狗，一下子抓住了它的脖颈，小狗马上就夹着尾巴不停地发抖。估计小狗是把这个身材高大得像大猩猩一样的人当成狗屠夫了。

本想用绳子拴住狗的脖子把它拉回家的，姜天动突然又改变了主意，不想杀它了，而是想让它长长肉再杀掉，然后做点卖狗肉的生意。记得蔚山工业区的那家狗肉店里总是座无虚席，那么多年轻工人在下班路上总是会蜂拥而去。他好像明白了这其中的道理：对于做体力劳动的工人来说，狗肉汤是挺特别的保健食品。很后悔怎么没早想到这个不需要什么成本的买卖呢。

"老婆不是叫狗毛家的么，就是让我做狗肉生意才给她起的这个名。"

他确信狗屠夫就是自己命中注定的职业。他避开了难民村，在河沟对面的公共墓地后面再往下些的地方建了几个狗窝，就开始沿着小溪找狗去了。迷了路的狗就不用说了，听到有狗叫声而那家门又开着的，他便走进去，要是没人看见，他就那样把狗牵走，如果有人，就假惺惺地问人家卖不卖狗。

奇怪的是，小狗们只要看见他就变得灰溜溜的，直接放下尾巴听任处理，一声都不叫就乖乖地跟他走。半山腰上的狗窝里，狗的数量不断增长，饲料就成了问题。姜天动去旧货铺买来了废弃的自行车和修理用的配件，半天就组装成了一辆可以骑的自行车。他又在自行车的后座上装了个用铁丝网做成的筐子，并在车后座两边一边放了一个塑料桶。铁丝筐中放了"收购"来的小狗，塑料桶里则装上从食堂弄来的残渣剩饭。

姜天动留神观察着一个生意挺好的狗肉店。有一天，他给从东部市场牵来养的小狗套上绳子，牵着它去见食堂的老板，问他买不买家里养的狗。确定不是病狗后老板告诉他杀狗的地点，并说如果给杀了的话就按斤称肉，并按行价收购。对于屠杀，姜天动很有自信。他在山谷把狗宰好了，再装到塑料桶中送到狗肉店去。这真的是赚钱的买卖啊！卖红豆粥、清扫烟囱只能赚些小钱，拿着用三十八斤肉换来的一万九千的现金，能买一袋大米呢！姜天动看到狗肉店的老板用焊接用的瓦斯灯把狗的皮烧焦，也就学会了去狗毛的本领。

骑着自行车回来的时候，姜天动顺便去了趟东部市场。他走到市场的角落，傻头傻脑的妻子正坐在装着豆腐和豆芽的两个塑料桶前,他晃了晃手里的钱狠狠地炫耀了一番。

"抓一只狗就给这么一把钱,睁大眼睛好好看看!快四十了,我终于找到赚钱的方法了!狗毛家的,怎么样啊?狗毛虽然没用,但皮值钱啊!"

那天晚上,他把难民村的朋友们聚了起来,请他们在路边大排档吃了顿饭。

1976年夏天,狗肉汤正是旺季,姜天动忙了起来。每天都要宰狗,所以山谷总回荡着狗的惨叫声,一听到这个声音,难民村的人就知道姜家又在杀狗了。这么忙活,自然也就财源滚滚了。

对于原来连一日三餐都很困难的人来说,如果突然间挣了大笔钱,他对钱的欲望也就会随之膨胀。姜天动就是这样,一到晚上,他就爱把难民村的亲戚们聚集起来,用狗肉做下酒菜请他们,以作人情。千氏和李氏认真听他唠叨今天挣了多少钱,想要一起做生意,姜天动就说现在才刚刚开始,你们不要抢别人的饭碗,一口给拒绝了。他逐渐忘记了过去的那些穷苦日子,眼睛里只看得到钱了。

姜天动把卖剩的碎瘦肉、骨头块儿、内脏之类统统拿回家,用这些东西做成的狗肉汤和狗肉凉拌菜每天都会出现在宰弼家的饭桌上。长期服用高蛋白质东西的缘故,仅一个月的时间宰弼就壮了不少,个子也长高了不少。每顿饭桌上都有狗肉,狗毛家的和明姬只要一闻到那膻味就恶心,吃不下去饭。

"要抓狗就免不了要和狗对视,姜氏的眼神都变得有些怪异了。姜氏每次瞪大眼睛看着别人,那眼里总有一种杀气,给人一种阴森森的感觉。"

"原来姜氏身上散发着污水沟和化学药品的味道,现在散发的是血腥味，衣服上也沾满狗血。他身材多高大啊，一看他颈骨弯弯曲曲，莫名其妙的就会脊梁骨直冒凉气。"

难民村的人们说得没错，姜天动的脸上沾满狗油，确实有狗屠夫的架势。问题主要出在他的品行上：穷的时候，他把对世界的怨恨发泄在家人身上，现在有钱了，又成了酒鬼，回家就吹牛撒酒疯。自己挣这么多钱，孩子们仍会因为父亲是个杀狗的、是个废人而对他没礼貌。动不动就打明姬和宰弼，他老婆实在忍无可忍了，就说喝了酒就睡觉吧，干吗要打孩子啊！就这么一句话他的粗暴脾气也会爆发，邻居们连觉都睡不成。他没完没了地整老婆，把她轰到狗窝去睡。姜天动在狗窝旁边搭了个可以睡觉的帐篷，在那儿摆酒席，和朋友们喝得酩酊大醉就睡在那儿。被赶走的狗毛家的在丈夫睡着后才回到自己的房间，在那之前则搂着吓得躲在被子里发抖的儿子小声哭泣。她轻轻地拍着儿子，等儿子入睡再挪到后房和明姬一起睡。

现在，难民村入口的大排档成了姜天动醉酒后回家前和酒友们喝回笼酒的地方。他和定期交货的狗肉汤店的老板相交甚好，常常一起去有女招待的酒家。女招待用筷子敲着桌子，唱《那就是你》《越南回来的金上士》之类的流行歌曲，如果满意他们就把小费掖到韩服上衣的领子那儿。姜天动还是唱自己的拿手曲目《恨五百年》，但不再是穷酸凄凉的声音了，而是哑着嗓子用挤出来的瘆人的声音唱，并且不时地飙高音逗乐。走出酒店时，姜天动拥着女招待出来，说要放松放松身子，就把女招待塞给同伴，自己也带着个女伴直奔旅馆。

姜天动看上了"下井屋"酒家的女招待春心，定期去寻欢。那女招待为了挣钱从乡下来到蔚山工业园区，寂寞难耐又到酒家做拉客的女子。每当喝得醉醺醺的时候,姜天动就向朋友们夸耀"下井屋"春心的下半身好用。不知不觉地,连难民村的婆娘们也开始对财迷心窍的姜天动产生了猜忌和嫉妒,尽管他还是一副大猩猩模样。不久就有传闻说妻子在市场上卖豆腐的姜天动有了外遇,这话自然也传到了狗毛家的耳朵里。

狗毛家的不能以清醒的精神状态与丈夫对视,她不愿意和丈夫在一个屋檐下生活,对丈夫说不回家也可以,不管是在狗窝旁边的帐篷里睡还是和酒店女招待另起炉灶随便你吧。听了妻子的话,姜天动就放心地开始外宿了,他把春心叫去旅馆过夜的日子比在帐篷睡觉的日子更多。

丈夫不回家的日子,狗毛家的就叫上明姬在内房睡觉。因为这个节气到深夜时,后房就冷飕飕的。她一听到远远的狗吠声,身上就起鸡皮疙瘩,睡眠不足也越发严重了。

"今天不做买卖了。明姬啊,和妈妈还有宰弼一起去趟外婆家。"

狗毛家的心烦意乱,想不出活下去的理由,每当这种忧郁的日子,她就带着儿子去外婆家。

笃澜家的看见女儿和外孙子来了,只穿着布袜子就高兴地跑出来迎接了。笃澜家的知道女婿开始做狗肉生意,女儿家的生活开始好转了。她们家冬天抓了很多鲀鱼,她又加上水芹萝卜煮了一锅清澈的鱼汤。狗毛家的正好吃腻了狗肉,觉得妈妈熬的鲀鱼汤实在太爽口了。

一回到娘家狗毛家的就会整天呆在码头只是看看海,放松放松精神。冬天的海水湛蓝,怒涛狂卷,就像自己的人生。虽然她想就这样跳入千丈深的水中慢慢沉下去,结束自己的生命,但一想到孩子们,她也就舍不得这么残忍地撇下他们了。她没告诉妈妈丈夫有外遇的事,想着就像离开烽台山去难民村的时候约好的那样,只牺牲自己就行了,不想让妈妈伤心。

宰弼在村里孩子那儿的别名除了"大猩猩崽儿"又多了个"狗屠夫崽儿",虽然个子比同伴们高一拃但一听见别人叫自己"狗屠夫崽儿"就很羞愧,脸红得跟个胡萝卜似的。回到家就边哭边说我不当"狗屠夫崽儿"!他觉得"狗屠夫崽儿"比"黑鬼崽儿"和"大猩猩崽儿"听起来更讨厌、更羞辱自己。

宰弼见过爸爸把狗拴在树上,然后用棍子把狗打死的场面:用斧头似的但比斧头稍短些的菜刀猛打狗,把它的颈骨打断,然后用锋利的刀剜腿上和胸骨的肉。死了的狗真的很可怜,再看到爸爸浑身是血的样子,宰弼就觉得异常恐怖,还吓得尿过裤子。这样的场面看过两三次后,只要是爸爸宰狗时他就无条件地逃走,就算逃走了,狗的惨叫声和溅了狗血的爸爸的脸还是不断出现,就像拽着脖子跟着自己似的。

"参军的时候也杀过獐子和獾猪。只要我拿着刀出来,那些狗就一动不动,只是发抖,爸爸杀狗的手艺很强吧?"

爸爸一边霍霍地磨着刀一边问宰弼,他往往吓得说不出话来,光看到磨石上正磨着的刀就感觉寒气逼人,宰弼渐渐变成了一个寡言少语而且十分胆小的孩子。

宰弼不能吃狗肉,只要闻到狗肉味就反胃吐水。每当这个时候姜天动总是说:"女孩子那样也就罢了,你一个堂堂男子汉也不敢吃狗肉,是不是不想做男人了!那你就不是我儿子!"

难民村的人们纷纷抱怨,一到晚上就会听见姜家狗窝传来狗叫声,导致睡眠不足。睡觉很浅的老太太们要去派出所报案的公议一出，从某一天起，大白天的狗叫声就销声匿迹了。宰弼很好奇，就问姐姐。

"爸爸用注射器在狗的耳底注射了叫灭草剂的毒药。"

"灭草剂是什么啊？"

"是一种能使草干枯甚至死去的毒药，灭草剂进入狗耳朵就会使耳膜融化，狗就什么声音都听不到了，怎么叫啊？狗听不见声音也不叫，只剩下长胖了，这样一来就越来越重。卖的时候再在嘴上插上软管，强制性地给它灌水，把它的肚子撑起来，过秤的时候又会变沉，钱挣得也就多了。"

听到姐姐的话宰弼感到很可怕，甚至做了噩梦，梦到驼背的爸爸摇晃着橡胶手说着"往你这家伙耳朵里打灭草剂"，并拿着注射器扑过来的场景。

秋渐渐深了，姜天动买了辆排量50 cc的二手摩托车，车尾总是突突突冒着黑烟而且噪声不断。他骑着摩托车夸耀似的在坡路上上上下下，后架上仍旧放着一个大的铁丝筐，不论什么时候里面都关着一两只眸子里充满恐惧的狗。

本来他的脖子和腰就都是弯着的，一骑摩托车，戴上像瓢似的安全帽，坐在车座上，抓着车把，那样子活像大猩猩骑摩托车。他总是戴着大而厚实的手套，而且不会轻易地摘掉，这样就不会露出橡胶手了。

为了"收购"狗，姜天动经常骑着摩托车去城外游串。他也经常去沙边，一去就把狗肉塞到丈母娘怀里说让她补补身子，有时也给她钱说让她买新衣服。姜天动把李民久叫出来，去有穿着迷你裙的少女的啤酒店，撒着小费，豪迈地喝酒。姜天动早把在密阳魔岩山山底下独自生活的老母亲忘得一干二净了，根本不在这方面费心思。偶尔想起老母亲来就下定决心要寄点钱,但第二天就又忘了。

初冬时节,烽台山上火红的枫叶渐次凋零,背阳的小溪上也结出薄薄的冰。狗肉汤生意是夏季兴隆,现在就连专门的狗肉餐厅里客人都十分稀少,给饭店供狗肉的姜天动的生意也不得不黯淡了下来。姜天动的口袋越来越瘪,就开始为夏天的时候没早攒点钱而只是一味地挥霍而后悔了。

一天晚上,临近子夜,姜天动又喝醉了,正骑着摩托车走在回难民村的路上,看见一伙人,他们衣衫破旧,背架上放着棺材走在烽台山后街上。突然一个可以赚钱的活儿浮现在了他眼前。

"知道钱的滋味后就会发现能变成钱的东西啊。烽台山贫穷山区的土地爷怎么能错过这个捞钱的机会呢?你们今天算是落到我手里了!"

姜天动放轻了摩托车的声音,跟在了杠夫一行人后面。当一行人走到公共墓地的入口时,他用摩托车挡在他们前面,用车灯照向他们。

"难道没听过'出生的时候不花钱,送葬的时候使劲烧钱'这话吗?你们大半夜的这是准备往哪儿乱埋人呢?不知道管理人员熬夜看护吗?"姜天动叫喊着,好像要把棺材掀翻似的用健壮的躯体推搡着棺材。

"大半夜的载着棺材您让我们往哪儿去啊?""死了连埋的地方都没有,死者该多伤心啊。""我们已经很可怜了,就放过我们吧。"家人死了已经够伤心的了,可死了也不得安宁。死者家属们伤心地纷纷开口。

"早说嘛!大白天来的话,如果想不交埋葬费,得给管理员好处才能埋人，知道不？世界上哪有免费的东西啊！我们是喝西北风的啊，你以为我们大晚上闲的没事儿在这值班吗？给我两万，我就当没看见！这点儿钱还算是免费的了，看你们的处境可怜就少要点。"姜天动跟丧主讨价还价。

"带的钱都给你也就只有这些了。"一个上了年纪的站出来讲情。

用一句恐吓的话就赚了一万五的姜天动开着摩托车回家了。他想以后走动时应该戴着袖章拿着棍子才行。

从第二天起，姜天动就让宰弼在公共墓地的入口、狗窝附近放哨，只要看到有搬棺材的就立马向爸爸通报。不管在家还是在大排档，都要找到爸爸。

漆黑的夜里，光是看到那些运送装在棺材里的死人上山的人宰弼就会很害怕，更何况又置身于那些成了聋子的狗中间，宰弼更是吓得瑟瑟缩缩。但是如果不按照爸爸的要求去做，就会挨鞭子，所以忍着恐惧他也得去做。

黑暗之中的宰弼又怕又冷，瑟瑟发抖。一看到运棺材的人，他就像解脱了似的，一口气直跑到村子里。爸爸也有不在的时候，但只要找到爸爸告诉他有人运棺材，姜天动就会戴上袖章，把儿子放到摩托车后座上，载着他奔向公墓。好不容易才从害怕中摆脱出来的宰弼，又怕得脸色发青，重新陷入恐惧之中。他紧贴着爸爸的后背，迫不得已跟着去了公墓。在这漆黑的深夜，却要去公墓。由于太害怕，宰弼曾吓得尿了裤子，甚至还吓得拉过屎。

有一回，宰弼双膝跪地，搓着双手，哀求道："只要不让我在深更半夜跟着去墓地，让我去哪都行。"

"不跟着去？先把你这家伙宰了埋到公墓去！"

姜天动用棒子抽打宰弼的小腿。狗毛家的这时站出来，劝道："既然宰弼害怕去公墓，就别让他跟着去了，你自己去吧。"姜天动就骂妻子："连你这臭娘们也站出来替他说话。"接着用棍子抽打妻子。最后姜天动还是抓着儿子的领口，把他放在摩托车上带走了。

"从小就得让他们看到在这世上生活是多么地不容易，这也是一种教育啊。应该让你们亲眼看看，你们残废的爹是怎样养活你们的。"

宰弼每天晚上都会在噩梦中煎熬，不是梦到披头散发的白衣厉鬼，就是梦到自己置身于骷髅们开的宴会中。

*

1977年初春。

朴正熙政权开始了高压统治，政府陆续发布了一系列超强硬的紧急措施。不断镇压劳动者联合会、反政府示威游行的学生和在野人士以此维护铁拳公安政局。

明姬初中毕业仪式刚结束没几天，一天凌晨，她一句话也没跟家人说就消失了。在那间冷冰冰的小房里，她忍受住了冬日的严寒，但忍受不了那比冷房地板还要寒冷的家庭氛围，终于离家出走了。

> 我要只身前往陌生的首尔找工作。
> 不要找不肖女明姬，等到我成功的那天，一定会回来找父母和宰弼。爸爸，请不要再让可怜的妈妈哭了，一定要幸

福地生活。这是女儿的心愿。

这是明姬离开家时所留的字条。

狗毛家的认为明姬离家出走是因为继母照顾不周,所以她也不出去做生意了,一整天都失魂落魄的。虽然家里只是少了一个人,但她却感觉整个家都像空了似的,冷冰冰空荡荡的。以前,每当她伤心流泪的时候,也是明姬这个重情的女儿给她安慰。她总会说:"等我长大会挣钱了,一定会让妈妈享福,让宰弼上学。"那段时间她从女儿那里得到了很多安慰,但是一想到自己作为母亲,却不能给女儿再多一点温情就很难过。

狗毛家的觉得连明姬都离开家了,再也没有什么理由能让她继续守着在外面风流的丈夫呆在这个家了,而且她实在看不下去儿子一见到爸爸就吓得脸色发青。

明姬离开的第五天,狗毛家的就决定再也不能和丈夫一起生活下去了。她用包袱装好衣服,带着宰弼来到了在沙边的娘家。回到娘家,她和母亲挤在一个房间里,开始了寄人篱下的生活,每天都要看嫂子和在蔚山工团上班的侄子的脸色。

狗毛家的回到娘家后的第五天晚上,姜天动骑着摩托车,醉醺醺地来找她。他把笃澜家的和宰弼撵到外面后,和妻子面对面坐下谈判:"如果你是真的不愿看到我的话,我们暂时分居也行。但是,你不能待在沙边。我曾在全村人面前扬言,说要让你过上荣华富贵的生活。你要是住在这儿的话,这里的人会怎么看我?难道你想让他们把我当成抛妻弃子的痞子吗?"歪坐着的姜天动,翻着白眼珠说,"如果要离开的话,那你就带上宰弼去密阳吧,在那里就当是侍奉婆婆了。让宰弼在密阳市上学也行,我就不管了。"

说完这些话，姜天动就离开了沙边。

狗毛家的把丈夫的话告诉了娘家人，和他们商量。笃澜家的和李民久都认为还是按姜女婿的话做比较好。"带着孩子在娘家过寄人篱下的日子，什么时候能是个头啊！都已经是嫁出去的人了，还老在娘家住，能在村里人面前抬起来头吗？"笃澜家的说，"再说了，如果姓姜的三天两头开着摩托车到这来撒野，你就是住在这里，心里也不得安宁啊。"李民久插嘴说道。

考虑再三，狗毛家的觉得母亲和哥哥的话有道理，去丈夫不经常去的地方，过看不到丈夫的生活就好。何况对害怕自己父亲的儿子来说，去密阳生活也是一件值得庆幸的事。靠以前做豆腐豆芽生意所积累起来的经验，在密阳没有什么做不了的。她将自己看作一个没有丈夫的人，下定决心哪怕只是为了唯一的孩子，也要努力活下去。

真要带着宰弼去密阳市的话，狗毛家的还得准备一下四季换洗的衣服，所以她又带着儿子去了烽台山难民村中的家。恰好丈夫出去了，家里没人，一走进房间，她就看到插在烟灰缸里的烟头。听江东家的说，昨天白天，姜天动用摩托车带回来一个烫着劲爆头发、浓妆艳抹的女人。还说就此来看，如果明姬妈妈离开的话，姜天动应该会和那个女人一起生活。

狗毛家的从衣柜里拿出衣服，从厨房里拿出来勺子和饭碗，包进包袱。因为害怕被丈夫抓到，她慌忙走出柴门，带着儿子来到市里，坐上了开往釜山的市外公交车。一直等到公交车开动，她才安心地喘了口气，把头靠在后椅背上，闭上了眼睛。乱蓬蓬的头发紧贴在她那苍白瘦峋又汗涔涔的脸上。

到达拥挤的釜山站,狗毛家的头顶着包袱抓着儿子的手说:"从现在开始,千万不要放开妈妈的手!我们要去奶奶家——密阳。在那里,我们可以过看不到你爸爸的生活。"

5

"太奶奶让叫你吃饭了。"是宗浩的声音,"太奶奶让我把你叫醒。"再次听到那阴沉的声音。

睁开眼睛,我发现自己躺在挂着蚊帐的床上,天已经大亮了。虽然朝着院子方向的推拉门开着,却没有一丝风,汗水浸湿了汗衫。仔细看看,好像已经上午十点多了。记得昨天晚上一直到营业员说要打烊,我和永培才离开扎啤酒吧,当时已接近子夜,迷迷糊糊地记得永培把我送到家才走。从床上坐起来,环顾四周,发现自己昨天晚上竟然是在对面房里睡的觉。父亲曾在这个房间里像石像一样地活过几年,然后直到出殡。我虽然心里不舒服,但身体状况还不错,好像昨天走着穿过迦智山是有效果的。

我穿上外套,走出房间,饭菜已经摆在了饭桌上。嫌麻烦也没洗漱,我看也没看就一屁股坐在了铺着硬桌布的饭桌旁。桌上摆着盛得满满的白饭和豆芽汤——从小时候妈妈做豆腐和豆芽生意开始一直到吃牢饭为止吃腻了的豆芽汤。不知道自己多久没吃到这样一桌有小萝卜泡菜、烤干青花鱼、黄瓜凉菜、拌茄子的家里的饭了。可能是为了我这个不肖的孙子,奶奶那么一大把年纪了还是做了这么一桌热气腾腾丰盛的饭菜,拿起勺子,我却觉得犹如骨鲠在喉。

吃完饭,去了与对面房连着的洗手间,洗完脸,方便完后,我戴上帽子来到了门厅。大门口的柿子树阴凉下面放着一张平板床，宗浩正在上面和邻居家的兄妹一起玩耍。奶奶从里间走出来。

"要去哪？"

"去后山。"

"空手去吗？"那里有先祖们的坟茔，奶奶猜到我是要去扫墓才这样问的。

"顺路去商店买些祭物带着去。"

"知道你来了，汉实家的说要来看看你。不要到处乱窜。"

汉实家的是姑奶奶家的女儿，我叫她汉实姑母。几年前我从姐姐那里听到姑奶奶去世的消息。记得上初中的时候，我就从姑奶奶那里听到了许多有关爷爷的故事，据说少女时代的姑奶奶有着漂亮的脸蛋，是十里八乡出了名的才色双全的闺女。姑奶奶去世之后，姐姐到管教所看我的时候说姑奶奶一直和奶奶相依为命，竟然先走了，奶奶极其悲痛。

我和宗浩一起出了柴门，一句话也没说。我认为既然自己没有能力抚养孩子，不如对他冷淡。一想到这是疏远感情的方法，我突然意识到父亲可能也是因此才那样残忍地对待我的。不是的！想想姐姐和被送到领养机构的长弼哥哥还有我的遭遇，就可以肯定爸爸是一个天生就对孩子没有感情的缺乏亲情基因的冷血人。

到了礼林初等学校，附近再走不远就有一家大型的打折超市，我进去买了祭物，像上次去蔚山烽台山给妈妈扫墓一样。一进去才发现需要买的东西很多，我给自己买了一件作为替换的特大号汗衫和内裤，又估量着尺寸给奶奶和宗浩各买了一套内衣，商场里不卖外套，得到服装店去买才行。接着又走到文具柜台，买了小本子和笔用于记录爷爷事迹。我又忽然意识到来年宗浩就应该上学了，所以又给他挑了一套文具放在了手推车里。因为商店可以送货到家，我就又挑了一提干黄花鱼和包装冷冻虾还有鱼糕，把手推车装得满满的。把巧克力和袋装饼干放进手推车的时候，宗浩睁大眼睛看我。我拿出扫墓所需的祭物，托商店把剩下的东西送到家。

祖先的墓坐落在魔岩山半山腰东北部，听说当年堂叔和姑父曾出面把爷爷尊奉为出生于密阳市的独立功臣，而后匆匆埋葬了爷爷。爷爷的墓旁边是父亲的墓，两个坟头前面都没有石头供桌，只立着挫板石的陵碑，还是姐姐为爷爷和爸爸立的。三年前，姐姐第一次到管教所去看我时说：立陵碑虽然微不足道，但还是给爷爷和爸爸各自立了，也算是对爸爸和爷爷的一片心意。

　　抗日先驱　独立军战士　姜致武墓（1900年生，1958年殁）
　　蔚山工团　建设劳动者　姜天动墓（1936年生，1994年殁）

看着墓碑铭，我哑然失笑。20世纪80年代的仁川地区，作为劳动者同盟的女战士、反抗军事政权劳动政策的姐姐竟然幼稚地把这当碑文。虽然可以看出姐姐对祖上的尊敬之心，对爷爷来说，墓碑铭上的内容在某种程度上还算比较妥当，但对爸爸来说，就夸张了！其实也可以理解，后孙这样雕刻的碑文可能只是为了炫耀一下祖上那微不足道的历史罢了。

我在爷爷墓前的草地上摆好了祭桌,让宗浩站在我旁边跟着我给爷爷行大礼,来拜祭爷爷。行完礼后,我小声说自己要简略地整理一下爷爷的生涯事迹,说完后我就开始怀疑这个做法对治疗忧郁症到底是不是有效果。"何苦如此""个人英雄主义",这样的单词浮现在我的脑海。爸爸的墓就在爷爷的墓旁边,但我并没有祭祀他,因为爸爸根本就不应有墓。

"不在这里行礼吗?"宗浩第一次和我对视。

我没有回答,而是坐在爷爷墓前抽起了烟。对面在一片茫茫的紫芒中,密阳江弯弯曲曲地流淌着。密阳江就像密阳市的母亲河,生长在一方土地上的人们都拥有与她有关的记忆。我也是,爸爸也是,爷爷也是。奶奶说爷爷从巨济岛俘虏收容所回来后,每天就靠钓鱼打发时间,度过了余生。跟爷爷不同,爸爸被关了三年以后,以缓刑罪犯的身份从釜山管教所放出来,回到礼林里后又得了失心症,每天失魂落魄地度过了残生。

无论是爷爷还是爸爸,都曾有过客居他乡的经历,但他们最后还是在故乡这片土地上结束了生命的征程。难道我也要在蔚山或者密阳市度过余生吗?但我感觉这两个地方似乎都不能成为我人生的终点站。

没等我吩咐,宗浩就把祭祀用过的食物装到了塑料袋里,可能是因为他想要快点回家看看我刚才给他买的东西吧。我把烟灭掉站了起来。

一回到家,就看到奶奶和汉实姑母开着电风扇,坐在客厅地板上。汉实姑母说尚洙哥在釜山开了一个牙医医院,不知是不是因为有个好儿子,汉实姑母显得很雍容富态,都六十多岁的人了,还烫了头发,还染成了咖啡色。打开商店送来的东西,汉实姑母看到我给奶奶买的印有花纹的内衣便说最近制造的棉内衣真是漂亮。奶奶连碰都没碰超市送来的东西，只是那样看着。宗浩则忙着整理自己的东西。

"宰弼回来了，这都几年没见了。"

汉实姑母生硬地笑着。亲戚们对我就像对待烧热了的熨斗一样，总是小心翼翼的。

"我还本想着明天去拜见姑父呢。"

"太好了，来吧。最近那老头子总去老人亭消遣找乐。"

姑父出生在日据时期的密阳，是在独立运动史上留名的茂松尹氏家族，所以他应该会对爷爷的事迹有所知晓。

"既然说是从那里出来的，那么钱是哪来的？"奶奶的声音依旧那么冷淡。

"是姐姐来接我了。"

我只是说些毫不相关的话来应付奶奶，然后就进了对面房。如果和两个老人面对面坐着的话，我们三个应该都会感到尴尬。我打开放在房间角落里的背包，掏出里面的书，靠着开着的推拉门门槛坐下，打开了记录着爷爷事迹的笔记本，翻开第一张。

　　姜致武。1900年1月29日，生于密阳市驾谷洞。两男一女兄弟姊妹中排行老小，父亲是佃户姜其钦，母亲是金末年……

我大致浏览了在管教所时记录的内容，大概截止到大韩独立团到长白山麓战斗。天气太热了，合上笔记本，里面的汗衫都湿透了。这时我隐隐约约地听到了奶奶和汉实姑母的谈话。

"……宰弼从那里出来来找表婶和孩子，你怎么还这么难过呢？过日子不都有不顺心不如意的时候嘛。"

听着这些话，奶奶抽噎着。奶奶跟汉实姑母唠叨着我，但是我一从屋里出来，奶奶就紧闭着嘴不再说话。

我再也忍不住沉寂的家庭氛围和奶奶的冷淡了，决定去永培工作的市立图书馆。我把书随便堆放在那里，只带上笔记本和笔，装在背包里，那一捆钱还在里面。我戴上帽子来到客厅。奶奶说："如果衣服湿透了的话，换上内衣再出去。"似乎该乖乖地听她的话，所以我又整理了一下从商店买回来的汗衫、内裤、笔和笔记本，然后到对面的房间换了内衣。

"给千秀堂叔打电话的时候说你回来了，他说到市里来办事的时候要顺便过来看看你。"走的时候汉实姑母对着下檐下石阶的我说道。千秀叔是我的堂叔。

我回答说我过几天会过去拜访堂叔的。从堂叔那里可以了解到有关爷爷的事迹，应该去拜访他。爷爷上面有一个哥哥，下面有一个妹妹，他们大部分的亲子女都离开了故乡，只剩下堂叔和汉实姑母守在密阳市，所以他们两位是奶奶在密阳市唯一可以依靠的支柱。

我借口说有急事从家里逃脱出来，但这样的举动犹如水里打漂的香油一般明显，与八旬老人作对，那感觉既别扭又难过。现在我仍然有想要逃避家人的忌讳症和对家人的敌意。不知哪本书曾这样写道：如果一个人不断处在痛苦、悲伤、怜悯、仇恨中的话，会得精神病。

去市立图书馆之前，我想要给永培打电话，和他一起吃午饭，但电话没电了。

我决定走着去市立图书馆。在监狱，我靠读书打发时间，其他的囚犯却迫切地期待运动时间的到来，能够自由地走路，是最基本的欲望。我走过悬在密阳江上的礼林桥。密阳江环绕着密阳市静静流淌，江两岸的风景和原来也已大相径庭，现在只有那平静的水面和江边并排生长着的樱花树仍然以原来的面貌迎接我。河堤得到了整顿，很多人在林荫小路上散步。足球场上，炎炎烈日下，共同爱好俱乐部的足球赛正热火朝天地进行着。龙头桥对面的三门洞就像首尔的汝矣岛，被密阳江环绕着。走过古老的密阳桥，就到了以前的镇中心。

市立图书馆坐落在岭南楼下面的密阳江边，周围是商业区。我从便利店买了香烟和矿泉水，午饭就凑合着吃了些炸酱面。市立图书馆有三层，我走到传达室打听到了金永培的办公地点。永培是总务科的股长。正在工作的永培热情地迎接了我，我们一起去了院内的小卖铺兼快餐店，永培在自动售货机上买了咖啡。

"我就知道你今天会来，所以已经拜托了图书管理员的负责人，让她帮忙找找与日本帝国主义统治下独立运动有关的资料。"永培说。

"原本想要打电话和你一块吃午饭的，结果电话没电了。"

"刚回归社会，很多东西总得要慢慢适应。"

我从背包里掏出了手机和充电器，拜托永培帮我充电。

永培领着我去阅览室见了图书管理员的负责人崔主任，经永培介绍后，崔主任笑着说："果真人如传闻，真是个巨人呀！"崔主任皮肤黝黑，身体丰满，年龄与我差不多大。她递给我五本书。

我告诉崔主任说："因为需要调查祖父的一些东西。"

"现在研究乡土史的年轻人已经不多了，能够见到你，感觉很荣幸啊！如果还需要什么书的话，再告诉我，能找到的一定帮你找到。"

崔主任告诉我离开阅览室的时候要记得把书还给她，然后转身离去。她那褶裙下面大大的屁股映在眼前。

永培告诉我有安静的房间，然后带着我到二层的走廊尽头，进了一个贴着"柳岩白廷彦书库"牌子的房间，里面除了窗户其余的墙面都被书架挡严实了。这个书库专门保管一位密阳出身的儒学者捐赠的汉文书，有会议用的书桌和铁制的椅子，这个房间正合我意。

"这没有空调，真对不住了，我去把风扇搬过来。虽然整个建筑物禁止吸烟，但烟灰缸还是要提供的。"永培说着打开了窗户。

过了一会儿，永培搬来了风扇，拿来了烟灰缸。

崔主任找来的书有《密阳地区近代民族运动简史》《密阳地区国债补偿运动报告书》《一合社以及新干会密阳支会活动概况》《五六会与密阳青年同盟》《密阳人茂松尹氏三烈士——尹世茸、尹世复、尹世胄小考》。

我翻开《密阳地区近代民族运动简史》读起来，边读边在新本子上做着笔记，三个多小时读了一百五十多页。内容概括起来大概是这样：以1910年为基准，在密阳成立的近代学校有公立密阳普通学校、同和学校、私立名苑女校、真诚学校、溪川学校等十三所，学生数达到七百余名。1910年，朝鲜刚被日本吞并时，密阳地方民族运动家们为了收复国权开始秘密结社。1915年前后结成以庆尚南道为中心的"大韩光复会"以及"朝鲜国权收复团"，还有密阳的忧国志士们组织的"一合社"……

永培拿来了我的手机和充电器。

"昨晚在啤酒店听你那么说，我还怀疑是不是真的，没想到你真的开始了。"永培在书桌对面的椅子上坐了下来，"又不是要参加考试，干吗那么认真，慢慢来。"

"我最近天天来行吗？我会付使用费的。"

"我要是收了这钱的话就会被当成公务员受贿抓起来的。不过我会请求馆长理解的，你就放心地用吧。馆长也是中学的前辈。"永培扒看着我翻开的笔记本，"用电脑不是更方便么？"

"我还是喜欢用笔记录。"

"不是有电子信息图书馆吗？检索就能找出需要的书。进入图书馆主页的话就能看到图书馆的资料。"

"那下次就买个笔记本电脑。"

"啊，对了，有人给你手机打电话来着，好像是叫什么金部长。问你在密阳的住址，我就告诉他你住在艺苑小学附近。"

永培刚离开书库我就开始翻看釜山某大学的硕士论文《一合社秘密结社运动与密阳青年会》。论文分为两部分：第一部分是由"一合社"主导的密阳"三一运动"的过程，第二部分是以密阳青年会的补习教育机关为中心开展的大众启蒙文化运动的踪迹，这个补习教育机关是1920年春天成立的商业夜校。

窗子打开着，站在窗前，映入眼帘的是被酷暑包围着的密阳江对面的三门洞，我的视线落在薄雾背后的密阳站附近，幻想着密阳爆发"三一运动"时爷爷在队伍前头挥舞着大型太极旗向密阳站进军的情形。那个时候爷爷才十九岁，已经有一米九多高了。十九岁的时候，我在做什么呢？是在南大门市场一带专门做扒手吧，白天在拥挤的市场割钱包和偷手机，晚上偷醉客们的钱。我仿佛听到了爷爷的声音:"十九岁的一天,我接到了应召,就应征去了吉林省……"

突然,我意识混乱,回到座位手抚额头闭着眼睛,又听见爷爷的声音:"改过自新这样的话在管教所里听得耳朵都生茧了吧?记录我生涯的话应该可以让你洗心革面……"然后像彗星一样拖着长长的彗尾消失在黑暗中。我开始头晕心慌,便从背包里拿出了矿泉水和镇静剂。

在书桌上趴着睡了足足一小时,没做梦也没有再出现爷爷的声音和样子。

下班时间,永培又来了二楼书库,问我搜集资料有没有点进展,然后叫我一起去吃饭。永培看我斜挎着背包要去阅览室还书,就说把明天接着要看的书放在这里就行。

"叫崔主任也出来一起吃吧。"永培说着给阅览室打了电话。"……那家怎么样,沙浦小学那边的海鲜汤馆?嗯,那就去那儿吧。我和朋友马上就出去。"

出了市立图书馆永培就打了车。我纳闷了,马路对面就是市场,周围就有各种各样的餐馆,为了吃顿海鲜汤还要打车去?

"名义上是市但其实感觉还是镇呀。人多的话没事儿,要是单独和哪个女人并排走,肯定会传出谣言的。"永培在出租车里说道。我本想问他是不是和崔主任传出过谣言,永培就接着说道:"崔主任是单身,婚后第二年,丈夫出车祸身亡后就单身了。说是寡妇是不是太年轻了?"

过了十字路口,海鲜汤馆就在沙浦小学后面的崇南山脚下。我上中学的时候,那儿还是农村郊区,连小学都没有,现在连那儿都建起高楼大厦了。餐厅规模很大，我们到那儿订了包间，过了好一会儿崔主任才到。永培点了海鲜汤、葱饼和米酒。

"虽然说是对祖父的相关事迹进行调查。但您看起来并不像是做研究的啊？"

我不知该怎么回答，看我迟疑，崔主任说起了关于爷爷参加独立军活动以后的事。

"贵祖父后半期生涯的资料还在整理中。"

"贵祖父和密阳出身的若山金元凤[①]没关系吗？"

"在新兴武官学校的时候，听说贵祖父是军士班的，金元凤是将校班的。"

"你已故的夫君是专门研究若山的吧？"永培问崔主任道。

"他是准备过若山研究的学位论文，所以我也对近代独立运动史有兴趣。姜老师，如果需要那方面的资料的话我可以找给你。"

崔主任叫我老师？我真是晕头晕脑的。

"崔主任的丈夫是密城中学的历史老师，又教书又准备博士论文，一个雨天在开车从密阳去釜山的大学的路上……本来是搞学术的大学教授的资质啊。"永培揭开了崔主任的伤疤，心怀歉意地扯开了话题，"现在左派民族运动成了学位论文的主流，这在军事政权的时代想都不敢想，原来这里有见识的人提起若山的名字时都得藏着掩着地看周围的眼色。"

盛满海鲜的火锅、葱饼和米酒一上来，永培就倒满了酒。崔

[①] 金元凤，号若山，1898年生于密阳，独立运动者，朝鲜的政治家。1916—1945年期间在中国学习并领导朝鲜的民族解放运动。1948年，越北（穿过防线）到达朝鲜，1956年当选劳动党中央委员，1957年当选为最高人民会议常任委员会副委员长。

主任接过杯子。

我们从若山金元凤聊到日据时期密阳地方独立运动的开展过程，崔主任在那方面知道得很多。主要是她说，我只是补充点，永培是听客。就像是受了爷爷灵魂引导一样，我跟永培和崔主任见了面，气氛还很融洽。第二罐米酒的时候崔主任谦让说够了。永培很贴心地对我的过去只字未提。

走出饭店，天已经黑了。崔主任是骑自行车来的，所以我们就在餐厅外面的马路上道别了。很久没见骑自行车的女人了，她那丰满的屁股坐在车上，我就多看了一会儿那背影。

"崔主任骑自行车上下班，休假的时候也经常骑自行车去表忠祠郊游。在中小城市骑自行车很方便，每家都有一两辆。但学生们骑车也就罢了，看了崔主任骑车大家总会觉得有点奇怪。她不是三十五六岁的寡妇么？虽是笑话，但自行车座位不是刺激那里吗？她应该听到了职员们的嘀嘀咕咕，却还是装作不知道骑车上班。你怎么想？"

"在外界这点事也能成为话题啊。"永培的话暴露了两人暗地里的关系不怎么样，"从这走着去十字路口吧"。

夏夜里，灯光闪烁，我们慢慢走着，路过礼林书院的小石路，那条路和周边稻田是那么熟悉。

"打算在密阳呆到什么时候？"

"本来打算一周，现在恐怕要久些，也得利用图书馆。"后来又有意无意地添了一句，"也要和儿子培养下感情。"

不知是不是因为有点醉了，本来绝没有那种想法的，但不知道为什么就说了那句话。是因为我的心被驯服了吗？有了感情如果还要再分开呢？大概是小学五年级的时候，在日落时分看出那个微微弯着腰走进院子里的男人是父亲时，我像是看到幽灵一样被吓到了。看着乞丐一样的父亲，奶奶说："我已经当那个人死在蔚山，把他忘得一干二净了。现在突然又回来了，以后怎么过啊？"

妈妈和我来密阳以后，父亲就把那个叫春心的女人带回了家。当时家用电话还未普及，一年后舅舅就给妈妈来了信，信中说父亲喝醉酒骑着摩托车被汽车撞了，受了重伤，住了半个多月的院才出来，回到家，发现春心那个女人把值钱的东西全都卷跑了，父亲就日夜不分地泡在酒桶里。舅舅来信的最后是这样说的：

> 我去了难民村，妹夫还是不成个人样，看在可怜的妹妹和宰弼的分上，我安慰了他一下才回来的。听说一直在做屠狗生意，但好像并不那么如意。不知道会不会去密阳把你们母子抓回蔚山来。妹夫用什么话要挟都不能听他的，我看妹夫还没真正洗心革面。

据说那年冬天，以酒度日的酒鬼父亲发酒疯，因小小的口角就抓着补锅匠张氏的领口推倒了他，张氏因脑震荡猝死了。因过失暴行致死罪，爸爸被戴上手铐在釜山管教所关了三年半。那段时期是父亲生涯的一个转折，刑满出狱时他在烽台山村里已经没有立足之地了，能去的地方就只有密阳魔岩山了。

永培和我没说什么话就在十字路口分开了。我跟永培说明天中午有事，吃过午饭下午再去图书馆。

*

第二天，我和奶奶还有宗浩一起吃了早饭。

"汉实奶奶家近不近?"我问宗浩。

"过了桥,一号楼就是。我昨天还给奶奶跑腿去了一号楼。"

"家里不是都有电话吗,干吗还跑来跑去的?"我问。

"我让他做点事,怎么了?打电话我都不好意思说你回来了!"奶奶发火道,"既然说到打电话,你离开家,什么时候往家里来过一通电话?直到昨天才自己滚了回来!"

奶奶的话冷漠至极,让我精神再度紧张,她瞪大眼睛盯着我,像是在说再像以前一样掀翻桌子试试!奶奶虽然缩着身子坐着,眼睛满是怨愤。可能是愤怒和悲哀相互冲突的作用,看到奶奶让宗浩把我回来的消息告诉汉实姑母,还精心准备一桌子的饭菜,我知道她是爱恨交加,心里并不像嘴上说的那样恨我。我尽力压制着情绪。

"我是该死的家伙!抱歉!"

我放下筷子,离开饭桌,去了对面的房间,戴上帽子挎上背包,走到门厅。

"得去汉实奶奶家里打个招呼啊。你给我带带路。"

我领着宗浩出来了。可能是昨天在市场里给他买东西的缘故,小家伙很积极地跑在前面给我带路。今天天气还是相当热,过了好久我们什么也没说,直到过密州桥时。

"我有个问题。"宗浩看着我。

"说吧。"

"从现在起……叫爸爸也行吗?"

我鼻尖酸酸的。我和爸爸间没有过这种经历,自从会说话以后,就自然而然地叫妈妈爸爸了。可宗浩还没有可以叫爸爸妈妈的人。周围同龄的孩子们习以为常地叫着爸爸妈妈的时候,他肯定会陷入对爸爸妈妈的想念。

"我就是你爸，当然要叫爸了。"

"那从现在起我就管你叫爸爸，奶奶也让那样叫呢。"宗浩又兴高采烈地跑到前面，"就是前面看到的那个公寓了。"

一号楼小区坐落在湖水区三门洞的密阳江边，景色很好。我在公寓前的水果店买了西瓜和甜瓜，和儿子分开提着上了六层，姑母姑父都在家。

"就算是看在没娘的宗浩分上，你现在也要定下心来生活啊。礼林里的大婶说只有看到你成人了才能闭上眼呢。这是对你这唯一的孙子恨铁不成钢才说的话啊！"问完好后姑父很不愉快地说道。他的眼里满是怀疑和警戒，或许是怕我来要钱或者要拜托什么事吧。

"我会努力生活的。"

"那还用说，是该打起精神的年纪了！"

我在汉实姑母家待了三个多小时，时间长得让宗浩觉得无聊。提起与爷爷有关的事，姑父很是吃惊我竟然开始对这些事关心起来，以为有什么变故，但随后就开始了他对家族的夸耀。我在管教所读过的书——《日帝时期的独立运动史》中曾提到姑父家里的上辈尹世茸、尹世复、尹世胄三位都是在国家独立运动史上留下重大影响的密阳人。

"听说亲家公在'三一运动'后逃去满洲，进了新兴武官学校，是受尹世茸老爷子影响。当时密阳青少年们要去满洲搞独立运动都是受他的影响。那位若山也一样。"

姑父的话以此开始，我没有机会打断他的话，只有姑母拿来甜酒让润润嗓子。和姑母讲从她母亲那里听来的舅舅的逸事的时候姑父才稍微停了下。姑父看到家里的惹事精居然对这些旧事十分关心，还认真做笔记，就决心借先辈的伟绩好好教育我一番。

中午我打算请客，就领着本打算亲手做手擀面给我吃的姑母和姑父一家出了公寓。天气很热，姑父说喜欢吃冷面，我就带着他们两位还有宗浩去了街上的冷面店。姑母拼命推辞，说你哪有什么钱啊，最后还是要了冷面和烤肉。

吃饭时，我对姑父说因为通过姑父和姑母了解到了爷爷履历中重要的部分，想写写爷爷的生平事迹。吃完饭出来时问了问姑母堂叔家在哪，姑母说千秀堂叔还是在上东面面所附近经营果园。既然都到了这，我就决定今天不去市立图书馆了。

姑父一家回家后，宗浩说可以自己一个人回去，我就给了他点零花钱让他回去了。我提着一箱橙汁作为礼物，打上出租车去找堂叔。父亲来蔚山之前，堂叔一家住在镇里龙坪洞集市中的一个碾米房里，这个碾米房既是店面又是家。中学时，堂叔卖掉了碾米房清理好财产来了上东面，在郊外买了块苹果地并搬到了郊外。

我见到了在果园干活的堂叔。院子里葡萄架下的阴凉处放着一张凉床，我和堂叔坐在凉床上吃着瓜果交谈着，堂叔说只要他知道的能记起来的一定知无不言，言无不尽。堂叔告诉我许多爷爷的逸闻趣事，有幼年时期的有伪满洲国时期的还有解放后定居故乡后的以及战争前后的，许多我从来都没听说过。但爷爷晚年从巨济岛回来后闲居密阳的生活却没怎么提。

"从符拉迪沃斯托克来的任弼礼的儿子朴汉基还住在密阳？活着也得七十多了吧。"我问道。

"你怎么知道海参崴家的？看样子你知道的还真不少。海参崴家的儿子朴氏也在前年去世了。你来得太晚了。"堂叔像是忽然想起来,"你刚刚不是问了关于解放后我叔的'左翼活动'吗,现在都言论自由了,你去找找那个人吧,叫郑世炳。关于那段时期,他应该从他父亲那儿听到过一些,知道的不少。世炳的父亲郑斗三和我叔一起在神佛山游击队呆过。世炳现在住在丹场面,也有七十多岁了。"

刚走出堂叔家的果园,口袋里的电话铃就响了起来,是永培。他问我:"你不是说下午要来图书馆吗,怎么还没来?已经下午四点多了!"

"同学们想要见见你。定在晚上了,有时间吗?"

我说今天恐怕不行了。天太热,内衣都湿成了抹布,脑袋晕乎乎的。在管教所时,听说外面的人整天为生计奔波,都熬成了腌葱的鬼样子,当时还特别羡慕他们,盼望着自己也能赶快出去,就算变成腌葱也无所谓。现在一重归社会,就饱受折磨。我打算先在市里洗个澡再回家,先跟奶奶百倍谢罪,再问有关爷爷的事。

我渐渐着迷于爷爷的生涯。

没有去市里的出租车,我就徒步走在炎炎烈日下,晕眩的脑海里突然出现爷爷的脸庞。我就在路边的树下坐了下来,伸开两腿点上一根烟,准备休息休息,脑袋晕乎乎的只听爷爷小声叫着我,爷爷的话似真似幻:"赶紧开始呀,市立图书馆不是有写的地方吗?试着去记下我的生涯。好的开始就是成功的一半!"迷迷糊糊地,我又拍拍屁股站了起来。又走了十五里左右才打到出租车,我让司机直接带我去洗澡堂。

新建的六层建筑里的桑拿室设施很好,各种运动器械一应俱全。我花了一个多小时在跑步机和哑铃上,流了很多汗才感觉渐渐恢复了元气。以前我治疗抑郁症的方法只有运动,所以我一直很努力地运动,现在似乎被整理爷爷的生涯代替了。从桑拿室出来,大街上的暑气散了些。随便在外面吃了点,又买了个西瓜后我就打上车回家了。

一踏进家门,只见奶奶坐在地上,扇着扇子,看着大门口。没看见宗浩。

"吃过晚饭了吗?"

"和宗浩吃了一口。你呢?"

"吃完了回来的。宗浩去哪了?"

"去村里了,去看动作片了。是想要像父亲一样成个打手……"

"我会在密阳待一阵子。托中学时的朋友帮忙,我可以去市立图书馆,在那儿有点儿要调查的东西。"我观察着奶奶的眼色说道。

"汉实家的他们都说了。"

"事实上在管教所的时候,我就下决心要把爷爷的一生整理成文字。"

我像模像样地编了个借口:"有一天爷爷出现在我的梦里,对我说'我知道你有间歇性精神病。治精神病,心灵的打磨比任何名药都重要。所以,整理一下我此生经历会使你的病有起色。'梦里爷爷分明那么说过,所以呢,奶奶……"

奶奶打断了我。

"做好了饭等着,你爷爷却直到日落才回来。整天钓鱼也钓不着几条,说起来他根本就没打算钓很多鱼。之后,你父亲去了蔚山,我又整天望着门那么等着,从门里向外看已经成了习惯。到了你这一代,你不也是和你父亲一样让我干等。我就是在哈尔滨部队前整天等着你舅舅才遇到了你爷爷,我这老婆子的一生也是要在等待中结束了啊!"

我从背包里拿出一百万送到奶奶面前。

"刚从那里出来,哪来的钱?"奶奶疑惑地问。

"在里面努力工作的话也能赚到钱的,平时攒了一些,出狱的时候拿出来了。在里面一直学习来着,并且拿到了大学入学资格证书。"

"我每个月都能收到厢房的房租,还能从洞事务所拿几分钱,有了这些钱两个人糊口还是可以的,不从你这里拿钱也行。"

"就当我这段时间在这里的餐费吧。"

我怕奶奶不好意思把钱收起来就进了隔壁的屋子,听见奶奶自言自语道:监狱还让学习呢!

"换换衣服吧,短裤和背心都是你祖父穿过的,我翻衣柜时找到的。"

有背心、短裤、内裤。我的衣服只能定做否则就没有适合的尺寸,祖父穿过的粗布衣服却很合身,一穿上,心情一下子也变得奇妙起来。来到客厅,看见奶奶把我买来的西瓜切了盛在柳条盘里,钱不见了,应该是奶奶收起来了。我对着奶奶坐下。

那天晚上,我边吃西瓜边听奶奶讲各种各样的故事,一直讲到深夜。奶奶回忆着过去,不仅讲自己的亲身经历也有从爷爷那里听来的趣事,那些过往如解线团般渐渐清晰,八十五岁高龄了还能以如此清醒的神志回想起过去,奶奶的记忆力着实让我吃惊。奶奶出生于咸镜北道会宁郡的重重山谷,最终却在庆尚道密阳的土地上扎下了根,八岁随父母回到中国延边,1935年深秋遇到了在哈尔滨近郊驻扎的关东军731部队做南门哨兵的爷爷,那年奶奶才十六岁，次年我父亲就出生了，她这一生可谓遭际坎坷，经历了许多平凡女性所不能承受的艰辛。

*

第二天一醒来，我就开始从里间的阁楼寻找有关爷爷的东西了。厨房的顶棚上堆积着各种杂物连直腰都困难，还好有一面朝院子的通风窗，所以里面尚有模糊的光亮。那些杂物再怎么看都没用了，但奶奶还舍不得扔一直保存着，我就从那里找寻着爷爷的踪迹。但找了一个小时，都没有发现像陈旧的书、笔记或相册之类的东西，看来祖父未曾留下关于自己样子或文字的东西，过去的痕迹被彻底销毁了。

吃过早饭我就去市立图书馆"上班"了，中午和永培一起在餐厅吃了午饭，接着就去了趟岭南楼，那天除了散步还去了趟坐落于区内的密阳市立博物馆。我一天都扎在书库，埋头整理从奶奶那儿听来的故事。下班的时候天阴了，粗大的雨点开始落下来，天气预报说梅雨期要随台风一起来了。

这天夜里，风力加强了而且风雨交加，那雨一下几乎就没停，一直下了将近十天，偶尔雨停了也见不到阳光，因为云层太厚了。在图书馆书库的时候，记录或者整理累了，站在窗前能看到密阳江浑浊的江水打着漩儿，没上了岸边土丘。下雨使得天凉了一些，这十天我形成了早上九点去图书馆下午六点回家的生活规律。每天永培都会来书库一两次，看到要么读书要么整理笔记的我总会开玩笑，说干吗像被定了死期的人似的那么努力工作！我就像他说的那样始终埋头祖父生平的整理工作。

正式开始的时候常常因资料不足而不得不停下来，每当这时我就先空着当前的部分直接写后面的,渐渐地空的地方越来越多,我只好去一楼阅览室拜托崔主任帮我找资料。崔主任会把可能对我有帮助的书全都送到书库来,还通过电子检索帮我选择需要的资料。有时候我会从自动售货机买杯咖啡或罐装饮料以略表谢意,趁那时间我们也常常聊几句,那些出生在密阳的独立运动家的情况或者到中国东北的旅行见闻成为我们常聊的话题。崔主任在这方面很有见解,因为随着海外旅行的升温,她也去延边一带和白头山旅行过,而且她已逝的丈夫也曾沿金元凤的足迹到中国实地考察过好几次。我坦诚相告自己因学习时间短再加上写作能力不足遇到的重重困境,她告诉我在大学入学考试的论述考察中写作能力是必需的,并向我推荐了一些图书馆的书。

梅雨季的一个雨天,崔主任来到书库看到拼命拟写原稿的我,略带尴尬小心翼翼地说:

"不知道你会怎么想,有点儿难以开口……写作很费劲吧?"

"经常麻烦您真是不好意思啊。"

"我的话不是那个意思。"崔主任笑着,露出了重牙。

"不知您是否已从永培那里听说了,其实我是小混混出身,没能上大学,也没什么写作才能。那么?"

"现在有一位小说家,我曾想,如果您请他帮助会怎么样呢?您写好初稿交给他,他会用电脑把文章理顺并誊写好。他是一位来图书馆学习写小说的忠厚青年,付点辛苦费应该会来帮忙的。"

听了崔主任的话我恍然大悟,马上拜托她介绍我和小说家认识。

要介绍给我认识的人是密阳中学小我五届的后辈许文正。许君在釜山的一所大学修了国文学专业,后来回到家乡,现在正在密阳近郊边帮父亲打理果园边学习写小说。作为密阳文学会会员，地方文学界他也算小有名气，据说偶尔也在地方文艺杂志《密阳文学》上发表文章。未在中央文坛亮相以前，许君一直在推迟婚期，每周都有两三天要来市立图书馆写小说。

许君将自己的事情推迟了，来图书馆的时候干脆就来我借的书库"上班"了。他整理查阅那些参考书摘抄必需的资料，还整理我大致写写就交给他的原稿并有选择性地打印出来拿给我看。其实他不仅仅是在整理，而是让文章变得有血有肉起来，读着也更加顺畅了。他也在感受着祖父繁杂人生中透露出的种种趣味，认为这并不是打工而是真心实意要帮助我，我的心理负担也随之减少了。

我告诉崔主任，她介绍许文正给我认识真是帮了我的大忙！或许是感受到了我真挚的感谢，崔主任又像给我出谜语似的说可以再介绍一位。

"是位名叫卢秉植的教授，已正式退休了。他曾是我丈夫学位论文的指导教授，我丈夫在世的时候常常去卢教授釜山长箭洞的家里拜访，他的专业是韩国近代史，一定会对姜老师祖父的生平感兴趣的，把许文正整理的原稿再拿给卢教授看看，他肯定会把错误的部分加以修改的！"

我觉得好像天上掉下馅饼了，便问崔主任打算怎样介绍卢教授给我认识。

"如果您愿意，就先给卢教授打个电话，问问他是否可以帮忙审查原稿，如果得到允许，您就和许文正一起去教授家里拜访吧。我可以给你们写封介绍信，原稿用邮件收发就行了。"

崔主任没说要和我们一起去釜山卢教授家里拜访，我本想请她一起去的，但又怕这样太唐突，怕别人说闲话。啊，我自己硬设了条警戒线并自觉遵守着。

崔主任给卢教授打了个电话，卢教授答应了，于是两天后我就和许君乘汽车踏上了去釜山的路。我曾预支给许君一百万原稿整理费，他却不收，一阵折腾最后搞得两人都非常难堪。出于经验，我先和许君讨论了一下怎么对卢教授表示感谢，觉得直接给谢礼金太唐突，许君说，原稿审定结束后另外支付谢礼金会比较好，于是我们决定先去百货商店买些礼物带去。

卢教授身材矮小，接主①出身，性情温顺沉稳，退休在家也比较清闲，很痛快地答应了审定原稿。那天晚上我请教授吃饭喝酒，直到深夜才和许君一起回到密阳。

这十天，安娜给我打过两次手机，金荣甲部长也来过一次电话，两人都询问我为什么还不去首尔，并催促我快些回去。金部长说会长在找我并且说可以用电话帮我联系会长，但我拒绝了，我告诉他我在密阳有事要做所以还得再停留一段时间，一去首尔就会去拜见会长。姐姐给奶奶打过一次电话，也和我聊了聊，我告诉姐姐我在图书馆"上班"整理爷爷的生平，姐姐很高兴，一副确信我正在改过自新的样子，说希望早点看到我的作品，并嘱咐我去首尔时要带着宗浩，还说如果没有合适的住处就让宗浩寄住在她安山的家里。我想尽量避免参加酒席，以前的同窗们都一个劲地通过永培叫我去喝酒，我都以身体不适为由拒绝了。不再喝酒，早晨醒得也早了，闲暇时间也多了。每天清晨一觉醒来，

---

① 古时率领书生去参加应试科举的人。

145

叫上宗浩,一起沿着魔岩山山脊散散步。

梅雨期过后,天一下子放晴,又开始热得像火烤一样。习惯了前几天的凉爽,现在这天气,到书库写作就像受苦役一样,热浪阵阵袭来,一直吹电风扇汗珠还是会落到写字的笔记本上。永培来找我,一边说办公室太大空调能量太不足自己快要热死了,一边抱怨全球变暖。

"你这么做有人给你发工资吗,工作虽重要,但是去岭南楼吹吹江风、休息一下才能提高工作效率嘛!"

"比起监狱,这儿已经是天堂了。直到现在,我还没有实实在在地完成过一件事。如果这事停下一天,以后也做不来了。"

事实确实如此。我怕自己又变得心术不正,总是如履薄冰地提防着自己内心的变化,以使精神都集中在写作上。虽然在坚持不懈地做运动,但对其他事却总是缺乏恒心。去首尔以后从事过各种职业,但总是坚持不了几个月就甩手不干了。我曾经做过骗子、小偷、强盗,多次流窜作案,都因居所不明幸免于检察机关的逮捕,后来又开始吸毒,结局是包括吸毒在内的三次前科。

每天在外边吃饭很麻烦,而且我也有意要好好表现给奶奶看,所以就从家里带盒饭来当午餐。吃过饭后常常因食困症而变得反应迟钝。一天吃过午饭,我正懒懒地坐着,崔主任拿着一本书和两杯冰咖啡到书库找我来了。

"从股长那里听说您从家里带了午饭过来吃?"

"可能奶奶是第一次支持照顾孙子很开心吧,她做的盒饭我很喜欢吃。"

"这么热的天,进展还顺利吗?"

"好像是无缘无故地产生了贪欲,现在还追悔莫及。要是没有许君和卢教授或许我早就放弃了。"

"青山里战役①那部分结束了吗?"

"资料很丰富,且去那个地方看过,就适当地放了进去。"

"不知道是否会有所帮助,请您读读这本小说吧。"

崔主任拿给我的书是作家金东心的《青山里之魂》。

崔主任回阅览室后,我给自己找了个借口,嫌天气太热就没有继续写作而是读起了《青山里之魂》。小说的主人公 S 出生于蔚山,小说记述了他从 1919 年夏天投身到大韩独立军部队开始到 1921 年"自由市惨变"②三年间的事。S 的行迹和祖父基本一致,但是两人的成长过程、性格、价值观等却迥然不同,我只选了些与祖父生平有关的部分读了读就到下班时间了。我给崔主任打了个电话。

"我正在读那本书,真的对我帮助很大!"

"在您开始写之前就应该拿给您的,现在有点晚了吧?"崔主任的话声音清朗。

"可以矫正已经写了的部分嘛。您没有其他约会的话,今晚我请您吃饭吧? 天气这么热,吃冷面怎么样?"

---

① 青山里战役,1920 年 10 月 21 日至 26 日,金佐镇率领的北路军政署军和洪范图领导的由大韩独立军团等组成的独立军部队在延边和龙县、青山里白云坪、泉水坪、完楼沟等地进行的十余次战斗中大败日军的战役。又称"青山里大捷"。

② 自由市惨变发生在俄罗斯沿海州自由市,又称"黑河事变"。是指大韩独立军团所属的朝鲜独立军被包围,大部分独立军被击毙,剩下的部分被强行送往强制劳教所。由于朝鲜分散的独立军都聚集于自由市,因此事实上朝鲜的独立军势力已被全部摧毁。这一事件使 960 名战士战死,约 1 800 名战士失踪或被俘。此次事件被称为独立运动史上最大的悲剧。

我和崔主任约好一起吃晚饭，地点定在了郊外沂会松林游园地的南川面屋，是崔主任定的，因为我不知道哪家的冷面做的好。密阳人也称密阳江为南川江，南川面屋的名字就是从这儿得来的。

生活奔向小康以后，各地游乐园的景致都发生了变化，沂会松林也不例外。餐厅、旅馆、各种便利设施越来越多，沿江一带犹如市场般喧闹。南川面屋就坐落在密阳江边种着防风林的小山坡上，我先到的那儿，在大厅靠窗处找了个位置坐了下来。隔着院子里竖着的篱笆可以看到古松和江水相映成趣的美景。小学的时候，我经常来沂会松林野炊。空调启动了，大厅顿时凉快了下来。

她先前就说过骑自行车来可能会晚点，果然等了好一会儿崔主任才满脸是汗出现在我面前。我忽然觉得坐在大厅有负担，就提议进里间坐，进了里间坐定后点了韩国牛排和烧酒。

我和崔主任聊了很久祖父的事情，她听我讲了祖父没落的后半生。

"……战争时期，如果密阳赤化了的话，祖父可能就带着家人越北了。奶奶是咸镜道出身，肯定同意祖父的想法。"

"那样的话，您的命运也将被改写吧。"

"可能就不会生下来了。许多次我都怨恨自己的出生，上中学的时候也常常耍性子，追着母亲问为什么要把我生下来。"

那些摔东西发疯的画面又浮现在我的脑海，那时的我很不正常，母亲只能转身哭泣，奶奶也会用扫帚打我，父亲在对面房里连呼吸的声音都没有。消停了之后又像抽羊痫风似的记不清自己刚刚做过的事了。母亲后来之所以会出现精神问题，与我当时的行为应该有很大关系。

"别说两次了,在这世上活一次也算值得一活吧?"崔主任说。

"对我而言,一次都烦透了。"

我的话一出口,气氛就变得有些尴尬了。崔主任不再说话,我自斟自酌喝光了杯子里的酒。我不想告诉她自己曾因抑郁症复发而好几次试图自杀,因为那种话只会引起别人的同情,而且万一她问我原因,我难以启齿。

我吸了一口烟,望向窗外,透过松树林可以看到暮色在渐渐暗沉的江面上静悄悄流淌。眩晕症又有些犯了,当时感觉就像被淹到江水里一般,头晕晕的。上小学的时候,每次暑假结束班里就会空出一两个位置,那都是在密阳江里玩耍被淹死的同学的座位。醉意唤起了我自杀的欲望。大部分自杀者都是因一些随着时间流逝自然而然就会解决的小事而放弃生命的,因此媒体在阐述自杀动机时,人们往往难以理解,总是会说:"就因为那个,至于嘛!"事实上,那些对别人来说很容易克服的小事,却能使当事人深陷入难以摆脱的痛苦甚至绝望,以致把小事扩大到足以放弃生命的地步,最后在无意识的一瞬选择了自杀。因为我有自杀未遂的经历,所以很清楚那样的瞬间。

"您的表情偶尔会给人那样的感觉……"过了许久,崔主任说道。

"什么?"我从感性的思考里醒过来,不禁失笑。

"冰凉的阴影。那么,您没有再婚吗?"

"我也想问您,您没有子女吗?"

"和丈夫约好了在学位论文通过前避孕的。"

149

烤五花肉的火板撤了之后，冷面上来了。我喝了一瓶半烧酒，崔主任喝了半瓶，隐隐地都有了些许醉意。吃过冷面我们就起身离开了，一走出南川面屋，就立刻被黏糊糊的热气包围起来。崔主任推来了自行车，我和她穿过林间小道向的士站点走去。透过松树枝，可以看到写着"江边旅馆""空中宫殿""松画场"的四五层的旅馆前面各色霓虹灯闪闪烁烁。

"准备在密阳呆到什么时候？"

"秋天应该就去首尔了吧，虽然不知道那时候原稿整理能不能结束。"

崔主任的侧脸映射着霓虹的斑点，年轻寡妇的哀愁伴着隐隐的香水味飘荡过来。

"到那边冲冲凉再走怎么样？"我看着霓虹灯说。本是无心的一句话，我却因为口渴咽了口干唾沫。

"我……"可能是撞到了石头，自行车车把摇摇晃晃的。

我不想让崔主任就这么走掉，便夺过自行车头也不回地向前走去。我走进巷子，把自行车停在了垂着门帘的"松画场"的车棚里。旅馆的后门和车棚挨着，我想洗个澡凉快一下再回家，便从后门走了进去，也不理会崔主任是不是取了车子走了。我从窗口付了钱领了钥匙，房间在三层。

一进房间我就把空调打开了，脱了衣服，走进浴室，边冲凉水澡边想着崔主任已经取了自行车走掉了。虽然有些遗憾，没有硬留住她似乎是对的，虽然彼此都能感受到性欲但我不愿强迫别人。以后还有事需要麻烦她，不能让处境变得尴尬。

混杂着流水声，似乎能听到别的什么声响，好像听到了，但又听不清。不一会儿又听到了门把手的声音，我用浴巾遮着下体走出浴室,看到崔主任正站在紧闭着的门前。

我好久没有抱过女人了。崔主任的身体丰满、炽热、盆骨结实,跟想象中一模一样。第一次她是被动的,但第二次,她就很主动了,抓着我沉重的身体不肯放开。

那天晚上,那个女人枕着我的胳膊,我们一起睡在旅馆的房间里。夜里,我又似梦非梦地看到了一些幻象。一幅熟悉的场景浮现在我眼前,有如三年前在虎林市的那家旅馆看到的夜景:远处的灯火闪烁、忽明忽暗,可能来自清代中俄边境乌苏里江边上的哨所。透过漆黑的丛林,可以看到朦胧的地平线。那模糊的光亮将天空和大地分开,从原野上吹来了酷热的风。

坐了很久的汽车都有些累了,疲惫的安娜一定下房间就说要洗个澡睡了,我独自走出寓所,在街边餐厅里一直喝到深夜。地平线上的夜空不可能那样辽阔。据说人肉眼可以看见的星星不过一万颗,而这地平线上的夜空中的星星超过了几万颗。在浩瀚宇宙中,地球也不过是银河系中的一颗星而已,在地球上生存着的人类更是跟微生物一样。我能感受到爷爷的灵魂就藏在这些星系之中。那天晚上,直到弯弯的月亮把大地照映呈浅蓝色的时候,我还一直醉着徘徊在外面的路上。被我的脚步声吵醒的狗,从木板篱笆上的狗洞伸出头来,也许是回想起了小时候见过的那些不会叫的狗,刚才那只狗的叫声一直在耳边回荡好久好久。我为什么要在这片生疏的地方徘徊?如果非要找个理由,只能说是爷爷的灵魂召唤我来到了这里。是爷爷,指引我来到这里,找寻他当年的足迹。

但是为什么偏偏在那个夜晚——崔主任在我身边的时候——看到了爷爷的幻象？如果非要找个理由，也许是想快点写完姜致武生平的心理引起了幻象？

睁开双眼，透过窗帘的空隙往外看，天色已经蒙蒙亮了，而我的床上，旁边是空的。

6

笔者的祖父姜致武（如前所述，以下省略尊称）于庚子年（高宗三十七年）正月二十九出生在庆尚南道密阳市驾谷洞龙头山脚下的姜氏家中。姜氏有四儿两女，姜致武是第四个儿子，上面的两个哥哥还有下面的妹妹都是早年夭折。听说驾谷洞在高丽时代叫作忘忧谷，是因为此处原是高丽葬墓遗址，还听说枷室后山是因形如枷锁而得名。穿过古城西门前的长道将密阳市分为两部分，大多数地主生活的西边称为路下，而主要是佃户所生活的东边称为路北，驾谷洞算是属于路北地区。

姜致武出生于公历1900年，正值西方列强和日本加紧对外侵略，本国国运没落、岌岌可危的时代。由于上面的两个哥哥都早早离世，姜致武的哥哥姜致旭继承了家业。姜家世世代代生活在密阳，作为中农经营着自己的土地，生活能够自给自足。但到了朝鲜王朝中叶，姜家开始衰颓，家境日窘，到了姜致武祖父这一代就从城南迁到路北，沦落到了以租种为生的地步。

姜致武出生时就与哥哥不同，由于胎儿个头大，母亲受尽了分娩之痛。邻里都说他是块做将军的料，为了威风所以在名字中加了"武"字。由于出身于农民家庭，一直到长大姜致武仍是目不识丁。

1908年，以作为密阳地方代表的乡班①安氏、李氏、朴氏、孙氏的门宗们为中心发起募捐国债补偿的年抚金运动，募捐居民达到107人之多。那年9月，利用捐款设立了同和学校。这所中学由倡导彻底的爱国主义的全鸿灼担任校长，作为民族教育的摇篮，将教学内容扩展到中学课程。1910年国家被日本强制合并后，根据私立学校令，同和学校被打上了非法学校的烙印，第二年秋天学校被勒令停办。在这短暂的时期，同和学校培养出了大量人才，他们都在密阳民主运动和社会运动中发挥着主导作用。来自同和学校的金元凤、尹世胄、崔寿凤、金小池、朴小宗、郑东灿等于1910年代秘密创办了密阳青年会，他们组织了1919年的"三一运动"以及1920年名扬国内外的义烈团斗争。直到1945年解放，他们一直在坚持不懈地开展乡土社会运动。

姜致旭协助父亲干农活，十五岁的时候（1915年）姜致武做了曾任同和学校校长的全鸿灼家的小仆。姜致旭、姜致顺较为长寿，因此笔者少年时期有很多机会从二位那儿听到关于祖父的轶事。姜致顺回忆二哥的时候说道：

> 初八与二哥在岭南后的龙头山拜佛时，偶然遇到了同和学校的校长全鸿灼。老师看见哥哥一步迈三个台阶奔跑的样子，就问了他的年龄，哥哥回答说十五岁。"又有力又敏捷，要是在以前能通过武科考试了。"老师这样说，又接着问是谁家的后孙什么的。回家后，哥哥跟父亲说了在寺庙里偶遇全鸿灼先生的事。第二天，父亲就带着二哥来到了路北的全先生家中。密阳两班家庭出身的全先生拥有大片土地，他们家是地主家庭，父亲将二哥作为长工托付给全老师。之所以

---

① 古时被贬到乡下生活，并且几代人都不可以做官的两班。

将二哥托付给他们，爸爸也有自己的用意，不仅是为了赚钱，他更希望知识渊博的全先生可以为二哥打开一条通向新文化之路。

1915年同和学校废校之后，全先生就在自己家开办私学，教授邻里的孩子们。姜致武在全家主要负责挑水运柴等家中杂事，而不是下地务农。正如那句话说的，"狗在书堂三年也会吟风月"，姜致武也学会了一些知识，虽与新文化相差甚远。他经常为前来拜访新教育运动先驱全鸿钧先生的忧国志士们引路，在为主人传递信札的过程中也接触了不少密阳的有志之士。

在全鸿钧家务工的第四年，也就是1919年，那年春天，姜致武积极参加了"三一运动"。由此看来，他在事发之前，也就是十七岁的时候，就有了祖国沦陷的悲愤感并意识到光复祖国的必要性。

秘密结社的团体"一合社"的存在为密阳有组织地进行"三一运动"提供了可能。1915年秘密组织的"一合社"，正如它的名字一样，以"为朝鲜独立贡献自己的青春"为宗旨，大部分成员都是接受过新教育的青少年。虽然姜致武没有接受过正规教育，但他也成了"一合社"的成员。

己未年（1919年）3月1日，人们聚在首尔的三一公园宣读了朝鲜独立的宣言，学生和市民在钟路大街游行示威，此消息经京釜线列车传播到了密阳。当时同和学校出身的尹世胄（别名尹小用）在"一合社"担任实务，他去首尔打听了万岁示威过程，返乡以后便着手策划一合社在密阳的"独立万岁示威运动"。

3月13日，密阳地方"独立万岁示威运动"在密阳市集拉开了序幕，一直持续到4月10日，共举行了六次分散的示威运动。统计资料显示：此次以郡为单位的示威规模庞大，参加的群众有一万三千余人之多。"密阳万岁示威"不是自发的，而是"一合社"有组织地进行的群众动员运动。

笔者还在读中学时，仍在世的姜致旭曾在返回魔岩山下礼林里祭祀弟弟的时候说起过有关"密阳万岁示威"的事。

> 我胆子小，躲在集市拥拥攘攘的人群里看了那次万岁示威运动。致武很是伟大，手擎在全鸿枃先生家的仓库里偷偷制作的大型太极旗走在队伍最前面，一边摇着旗一边大喊"独立万岁"。因为他身材魁梧，所以很是显眼。虽然辖区警察向队伍开了枪，导致人员伤亡，但仍无法遏制发怒的群众的势头。俗话说"无知者无畏"，姜致武走在队伍的最前面，市场上的人一窝蜂地跟在后面。示威队高喊"独立万岁"，一直进军到密阳站。

姜致武因被当成是万岁示威的主谋，受到密阳警察局通缉，只能在镇上的其他村子躲躲藏藏。同年5月，遇到了同样因领导示威而在逃的同岁的尹世胄，尹世胄说如果自首的话也得判处徒刑，也不知道要躲避到猴年马月，还不如直接到中国东北跟了独立运动的军队。姜致武也十分赞同。尹世胄便将准备逃到东北的同志聚集在了一起，有一合社的会员韩凤仁韩凤根兄弟、朴文一、金相润等，他们一起踏上了去吉林省的新兴武官学校的征程。

那年5月下旬，姜致武和密阳的同志一起渡过图们江来到了位于吉林省柳河县的新兴武官学校，进入军士班，继而开始了学习。新兴武官学校是李东宁、李会荣于1911年创建的新兴讲习所的后身，是在国内"三一运动"的影响下扩大改编的独立军培养机关。借"三一运动"的契机，很多立志献身祖国独立事业的青少年都纷纷越过图们江涌入这片新天地。新兴武官学校初建时只有六十多名学生，那时已经扩大到了两千多名。学校教育课程为军士班三个月、特别训练班一个月、将校班六个月。军事训练的师生们意气风发，训练也开展得如火如荼。

那年6月，姜致武在新兴武官学校结识了早前听说过的同是出身密阳并且年长他两岁的金元凤。1911年同和学校关闭后，来自密阳内野洞的金元凤便放弃了学业，暂时留住在京城，归乡时曾经过表忠祠。1916年去中国，曾在南京金陵大学修学，他是将校班的学生。

在新兴武官学校军士班结业的密阳同志中，姜致武、朴文一和金相润供职于汪清县西大坡十里坪大倧教所属的朝鲜独立军部队的大韩军政会；其他的密阳的同志，尹世胄和韩凤仁兄弟去吉林参加了金元凤组织的义烈团。姜致武、朴文一、金相润之所以加入大韩军政会，是因为大倧教领导部的四名宗师中有一名是密阳人——尹世复。大倧教以东北为根据地在朝鲜人群中发展教会势力。

笔者的姑父尹成宽，一边给我看尹世复的相册和记录其生涯的书籍，一边回忆：

> 尹世复是我的祖父辈，甲申年（1884年）出生于密阳内一洞，是大倧教第三代教主。他精诚献身东北的独立运动、

宗教运动和教育事业，直到祖国光复为止。尹世复学过新文化，在镇里的新昌学校做过教师。他之所以加入大倧教，部分出于大倧教是信奉国祖檀君的民族宗教，更多的是因为它具有反抗日帝侵略、致力于救国救民建设发达国家的独立精神。1910年2月，朝鲜被抢掠两年后，尹世复同哥哥尹世茸商议处理了密阳的田地，带着家属也来到了东北。从此踏上了向本溪桓仁县的亡命之路。他和兄弟们在东北开展同胞教育和光复运动的事在很多研究所的资料上都有证明。

当时在延边和东北的朝鲜人组织了很多独立军部队，各部队纷纷表示只要时机一到就会进攻国内与日军对抗。他们毫无杂念地进行着军事训练。延边地区有大韩军政会、大韩独立军、大韩国民会、军务都督府、大韩光复团、大韩医务部、大韩义民团；东北西部有西路军政所、大韩独立团、大韩青年团联合会义勇队、光复军总领、光复团等，规模从几十人到几百人不等。规模大的有以大倧教徐哲宗师为总裁、金佐镇为总司令的大韩军政会，还有白头山猎手出身的洪范图率领的大韩独立军。1919年夏天起，洪范图部队经过图们江和鸭绿江转战国内，袭击了日本军，战绩累累。

*

大韩独立军团（这一名称后来被用作延边地区及东北西部朝鲜人团体独立培养的独立军部队的总称）于1920年10月在东北展开的与号称"无敌皇军"的日本军之间的"独立战争"的相关资料现存很多。称之为局部战争虽多少有些夸张，但"战争"一词不仅仅适用于国与国间的正面交战，即使是小规模的战斗，只要是两个国家军队展开的武力斗争都可以称之为战争。经过六天的战斗，大韩独立军团捷报频传，上海大韩临时政府也致电祝贺"独立战争胜利"。

因为姜致武作为大韩军政会的战士参战，故而笔者认为了解战争的过程是了解祖父的捷径，所以在监狱中读过很多有关1920年长白山麓独立战争的书，不仅包括史学家的研究，还包括参加独立战争的战士们的手记或是回忆录，抑或是小说。

即使是历史上的伟大人物，也不可能从出生到死亡一生辉煌。虽然也有结束吃斋修行后被称为完人的人物，但因为他们是人不是神，所以大部分还是有缺点。如果说人的基因中存在正义感和利他心的话，也存在贪欲和自私。笔者想说的是：一个人能够有一段时期的事迹足以流传后世，那么他的整个人生也就跟着沾光了。安重根在哈尔滨射杀伊藤博文，尹奉吉在上海虹口公园投放炸弹，足以辉煌他们的整个人生。如果不是因为当时的事件，他们的名字也不会被人们铭记。

对于姜致武来说，除了二十岁时参战独立战争和在海参崴作为左派的独立运动成员参加活动的八年时间，之后不过是在历史的漩涡飘零的稻草。正如笔者的姐姐姜明姬在先世墓志铭上镌刻的，虽然说姜天动是"蔚山工团建设劳动者"有些夸张虚饰，但说姜致武是"抗日先驱、独立军战士"这是任何人都不可否定的。

笔者经历了七年多的监狱生活，虽然为了克服枯燥读了一些书，但较之专业文人还相差甚远。一方面，笔者未能在祖父有生之年与其相见，不能亲闻祖父1920年参加独立战争的过程。祖父也没留下任何记录，顶多就是从周边的人那里听到的"很难听懂他说得话，我亲口跟你说的话也只能这样了"的话。因为没有经过准确的考证，所以不得不再添上作者的推测。如果有人问我为什么要留下这些记录，即使听起来像是在辩解，我也只能说是"为了警训自己"。在狱中时我就想过要将这些记录保留下来，作为驯服我这头野马的精神食粮。撇下这记录的价值不说，我还是有过几次犹豫的，但是爷爷的灵魂一直激励着我，让我不要放弃。

金东心的小说《青山里之魂》是图书馆的管理人员推荐给我的。既然作者将记录编辑成书并非出于商业目的，因此我觉得借鉴小说的一部分也无妨，但我无意将姜致武刻画成与小说主人公 S 相似的形象。从 1920 年 9 月 21 日早十点开始到 9 月 26 日凌晨的六天时间里，以北路军政署军为核心的大韩独立军团与日本正规军展开了大大小小的十余次战斗，笔者决定借鉴该书中北路军政署军单独作战的白云坪战斗的部分和大韩独立军团一千余兵力进驻俄国自由市并因"自由市惨变"牺牲过半的部分内容。因为小说的主人公 S 参战的北路军政署的白云坪战斗中，姜致武同样以第二梯队的战士身份参战，并且经历了"自由市惨变"，因此两个人的经历大概一致。

*

延边的秋天很短暂，1919 年刚入 9 月就落霜了。10 月初 S 调配到大韩军政会，长白山脉的大部分地区都下了雪，10 月中旬，大韩军政会的中心——西大坡十里坪迎来了第一场雪，直到那时，部队才为战士们提供了新的军衣、军帽、背囊、鞋、内衣和布袜等物品。褐色的军衣与日本军服类似,军帽也与日本军帽大体相似。为了在与日军展开肉搏战时难以从军衣上区分,他们便与其他独立军部队约定好与日军统一服饰。由于没有独立的军需品制作工厂,因此这些都是散居在吉林省的女同胞一针一线精心制作的。

为了购买武器,S于11月上旬拿着散居吉林各地的同胞和大倧教教徒、俄国沿海州一带的同胞们及国内的爱国志士募捐的军费,去了海参崴。在义军团团长的带领下,S与四十五名队员一起越过了中俄国境。海参崴驻扎着编入俄国红军的西伯利亚军队。第一次世界大战以协约国的胜利而告终后,驻扎在海参崴的西伯利亚部队把武器卖给了朝鲜的独立军,以获取回国的经费。一支俄国的五连发军枪杆和一百发子弹要三十五美元的高价。根据买卖协定,大韩军政会购进了七十五支俄国制五连发军枪、一千五百颗子弹、十支手枪、四十颗手榴弹、一支机关枪以及一些弹药。

从海参崴到西大坡十里坪的数百千米的路途中,每个队员都带着刚买的两三支枪和一些弹药在林间小路和沼泽地间秘密徒步行进。途经中俄国境时,俄国一方严禁武器运出,中方也迫于日本的压力,开始管制朝鲜购进武器。

其后一直没间断过从海参崴秘密购买及运送武器,熟悉道路的S总是被选中。洪范图的大韩独立军也照此方法收购武器。那年秋天,三百多名兵力的武装大约拥有二百支军枪、四十支手枪。

大韩独立军团实现了武装化,进入12月,经常在西大坡召开指挥官联席会议。因为部队实现了人人期待的武装化,通过协同作战打入国内与日军开展全面战争的意见,提上了议事日程。但是后来接到上海临时政府的命函，说进攻尚早应先保持自制。因此他们决定等待时机，先全力募集战员，增强战斗力。轻率进攻会给日本攻打东北提供借口，不仅如此，如若因此与畏惧日军进驻东北的军阀结下宿怨的话，独立军部队将会陷入孤立无援的境地。这种主张也很有说服力。

1919年过去了，根据建议，为了避免与上海临时政府名称类似而引起混乱，大韩军政会把部队的名称改为北路军政署军。

1920年3月，洪范图在大韩国民会议的支持下，指挥大韩独立军与大韩独立会亲自培养的安武指挥的国民会议军以及凤梧洞大地主崔振东培养的军务督导部三军合并，总兵力达到一千二百名。这支部队军事作战的总指挥权由洪范图掌握，由此开始他们越过图们江，对朝鲜各地的日本军防守部队进行了多次攻击，并取得了一定的战果。

绿意盎然的6月，大韩北路督军部所属特攻部队从和龙县三屯子出发越过图们江，于4日上午五点整对钟城郡江阳洞发动攻击。特工部队歼灭了日本军宪兵福田军佐率领的宪兵巡察队，并于傍晚时分越江归来。日本军对此非常气愤，命令南阳守卫队长内密中尉率领中队兵力越过图们江。内密中队一出击，独立军便在三屯子西南方做好了埋伏，等待日本军一出击就将其一举歼灭。日本军第一次非法越过图们江就在延边地区惨遭失败。

日本人在咸境北道罗南设立了司令部，守备在图们江的日本军第19师因战败而异常懊恼，下决心要报仇雪恨。于是特别成立了"越江追击队"，定于6月6日清晨，在大韩北路督军部的根据地凤梧洞集结，开始渡越图们江。光追击队的主力兵力就有两个步兵中队，一个机关枪小队，还有宪兵队和警察队，一共二百四十人。大韩北路督军部将日本追击队引诱到凤梧洞的山沟里后，收紧包围网，将其一举歼灭。日军战死一百五十七人，数十人负伤，又以战败告终。

6月12日，洪范图指挥的大韩北路督军部的凤梧洞大捷的消息传到了北路军政，士兵们纷纷高呼"独立战争，前途光明""战争的英魂，勇进无退"，一时间，士气高涨。另一方面，在凤梧洞战争中惨败的日本军则通过外交和军事手段对奉系军阀张作霖施加压力，要亲自讨伐朝鲜军队。

为了不给日本出兵延边地区提供理由，驻扎在吉林局子街的中国军步兵第一师团孟富德对独立军部队进行搜查，但没有轻率发动军事进攻，因为独立军部队也有较强的兵力。进入8月，光是北路军政署就要用二十辆牛马车运输从海参崴运往总部的武器和弹药，总共八百余支步枪、四挺机关枪、一门大炮、两千个手榴弹。尹世茸也加入了武器搬运的行列。搜查队既慑于日本军的压力，又要维护自己体面，便建议独立军将根据地转移到不受日军关注的山林地带，条件是给予充分的转移时间，并不再滋扰新的根据地。

8月下旬的秋天，洪范图指挥的三百余名大韩独立军首先从延吉县明月沟向安图县方面转移，开始了四百五十里路的转移。日本军对孟富德施加压力，让其讨伐驻扎在汪清县西大坡十里坪的北路军政署军。9月9日，二百九十八名士官在北路军政署军总部举行了毕业典礼。12日，转移的准备工作完成，并将目的地锁定在安图县二道沟和三道沟的密林地区，其他独立军部队也将安图县确定为转移场所，独立军团集中向安图县转移。这样一来，就占据了与日军作战的有利地形，也有利于士兵的统一管理。

9月17日，北路军政署军由士官练成所的毕业生们组成的先遣部队连同二十辆满载弹药和补给品的辎重马车出发了。第二天，大部队四百名士兵随之而来。因为要避开日本军的注意，只能趁着夜色在崇山峻岭中迂回，总共七百余名的转移大部队一天走了还不到三十里路。

进入十月，长白山脉一带已宛如冬季。虽然白天的阳光温暖照人，但早晚还是会有凛冽的西北风呼呼刮过针叶林。到了深夜，气温能够降到零下十几摄氏度，刺骨地寒冷。北路军政署部队队员越过老头崮岭挺进到了二道沟。在那个地方，独立军联合部队已驻扎在了渔郎村一带，预备即将到来的与日作战。

七百余名北路军政署军队员于13日到达了三道沟。三道沟被朝鲜人叫做青山里。东起青山里经过松里坪、白云坪、烟月坪、平壤村一直到荆田谷，东西横贯八十里，是朝鲜人的集居村。

那时候，大韩独立军团通过安插在延边各个地方的联络员了解到，10月2日日本一个警察官全家在珲春日本领事馆纵火事件中被杀害，日本正规军部队以讨伐延边地区不良鲜人团为借口，定于10月14日强行出兵延边。

日本军命令驻扎在咸境南道罗南的第19师团向国境附近的会宁转移，并从京城龙山的第20师团抽出一个营的兵力，又从第14师团抽出一部分兵力，汇编成三支与朝鲜人作战的"讨伐支队"。第一支队由矶邻真三少将率领，共四千余兵力，第二支队由木村大佐率领，共三千余兵力，第三支队则由东吾少将率领，共五千余兵力。再加上关东军伪满洲派遣队、通信队，以及其他支援兵力，总兵力达到了两万。其中，由东吾率领的支队主力部队向天宝山一带出动，包围了三道沟一带，大韩独立军团也知道了此事。

日军有以最高指挥官的名字作为部队名的传统。东吾支队拥有步兵、重武装的精锐骑兵和炮兵共五千余兵力。10月15日,从龙井出发的东吾支队经过头道沟进入了二道沟和三道沟。每次经过朝鲜村落的时候都会焚烧房屋,进行毫无人性的大屠杀。所以,朝鲜各个村落的人们一听到日军要进军的消息就赶紧逃离。

18日早晨,东吾支队步兵第73联队长山田大佐率领的兵力曾出现在三道沟东侧山麓一带。山田连队为剿灭独立军,向青山里溪涧一带挺进。溪涧狭窄的地方只有五里,宽的地方也不到十里,两侧都是峭壁,西侧林木稀少,东南侧的针叶林郁郁葱葱的。

18日下午,正沿着青山里山涧向松里坪移动的北路军政署接到了侦察队员带来的紧急通告,说山田的前锋部队正试探着向青山里进军。金佐镇召开了指挥官会议,制订了诱敌深入的作战计划。白云坪溪涧十分狭窄,两侧都是绝壁,但中间有空地,等日本军前锋部队沿着唯一的通路进入空地,埋伏在两侧绝壁的山麓间的独立军便会将其一举歼灭。

19日,北路军政署军一夜行军过了松里坪,第二天黎明到达白云坪。七百余名士兵进入狭窄的山涧空地,在李范奭的指挥下,三百余名士官所出身的远征队员作为第二支队潜伏在绝壁上。第二支队的右侧安排了李敏华率领的一个中队,左侧地带则安排了韩根元指挥下的一个中队。正面的右中队把指挥权交给了从平壤崇实大学和新兴武官学校军官班毕业的金勋,左中队则由李教星指挥。作为远征队队员S也参加了战斗,在金勋指挥的中队。第二队埋伏于能够往下看到空地的绝壁上侧。

这天正好是阴历九月十五，晚上的月亮很明亮。晚秋的夜晚寒气逼人，身着单薄军装的士兵们还没有吃晚饭，饥寒交迫。潜伏的士兵们有的相互依偎着稍微眯一会儿，有的干脆整个晚上都是睁着眼睛度过的。21日早上八点，安川少佐率领的步兵选拔队的一个中队开始沿着一天前北路军政署军的行军路线向白云坪进军，并进入了那片空地。

以金佐镇的射击命令为信号，独立军开始对日军开火，此时是上午九点整。北路军政署军队员们的六百多支军枪、四挺机关枪、一门迫击炮的火力一起向日本军前卫部队头上射击。在队员们的集中火力攻击下，日本军的死亡人数不断增加。奇袭刚开始的二十分钟内，就歼灭了安川少佐的前卫部队的二百名士兵。有"无敌的皇军"之称的日本军一名逃兵也没有，都"壮烈"战死了。

歼灭日本军还不到一个小时，日本军步兵第73师的大和连队用山炮和机关枪应战，涌进了空地。虽然前卫中队全军覆灭，剩下的四个中队也有八百余名士兵。日本军由于目标并不明确，空浪费了火力，而占据地形优势的第二支队瞄准射击，死伤者不断增加。日军紧急用两个步兵中队和一个骑兵中队改编成一个部队，试图从侧面迂回包围埋伏好的第三支队但并未成功。日军战死士兵三百余名，败退到松里坪的宿营地，因此白云坪空地上的战斗仅持续三个小时，到上午十一点整就结束了。在这次战争中，独立军一方也有二十余名士兵战死，并有负伤者三十余名。

金佐镇下令立即向二道沟撤退，因为山田骑兵部队正从蜂蜜沟方向涌来，倘若一个小时后到达的话，就会有被切断退路的危险。金佐镇命令李范奭队长从白云坪向一百六十里地之外的二道沟甲山村撤退。正午时分，满载战利品的第二支队跟在提前出发的大部队后面开始了向甲山村的急行军。夜幕降临，天黑得连路都看不清楚，饥寒交迫的士兵们都缄默不语。北路军政署军第二支队在行军十四个小时后，于22日凌晨两点四十分到达一百六十里外的甲山村，村民们让士兵们住进家里暖和身子，妇女们准备了食物让饿了好几顿的士兵们充饥。刚睡了一个小时，士兵们就接到了全体队员集合的命令，要出兵攻打日本骑兵中队的一百二十名骑兵，因为收到情报说日本骑兵队正驻扎在甲山村北七十里的一个叫泉水谷（泉水坪）的朝鲜部落。北路军政署军在黑夜的掩护下急行军七十里，奇袭了在泉水谷在民家中酣睡的岛田骑兵中队，日军除去四名逃兵，中队长以下的所有士兵都丧生了。

队员们在缴获战利品的过程中发现了岛田中队长收到的长野联队长的情报文件，得知日本军第19师团五千余名兵力正驻扎在渔郎村附近。士气高涨的北路军政署军把握时机，重整队伍，再次出动，占领了渔郎村入口处的高地。得知此事的日本军步兵、炮兵、骑兵总动员，包围了马鹿沟高地，并集中火力进行总攻。因为兵力和火力均处于劣势，北路军政署军逐渐陷入困境，金佐镇向各个独立军部队发出援助请求。洪范图领导的大韩独立军刚在完楼沟战争中取得赫赫战功，正背着缴获的武器向长白山移动，一接到消息便命令旗手赶紧掉头回到渔郎村。国民会军、韩民会军、光复团、义军部、义民团、新民团等各个部队也都向北路军政署军正在苦战的渔郎村会合，以支援北路军政署军。一千四百余人的大韩独立军团在跟日军第19师团的五千余兵力血战两天一夜，结果日军死伤一千三百人，独立军死伤一百余人，独立军出奇获胜。

在持续六天的"青山里独立战争"中，大韩独立军团参战总兵力有两千余名，出兵延边的日军有两万五千余名，直接参战的有五千人。六天的独立战争中，日军战死一千二百余名，负伤两千三百余名，而大韩独立军仅战死一百三十余名，负伤二百二十余名。

*

在青山里独立战争中获胜的大韩独立军团从10月26日开始，便从二道沟附近向安图县分散，迅速撤回。在青山里战斗中惨败的日军为了报复便对延边地区的朝鲜村落展开屠杀，村落惨遭蹂躏焚烧，男女老少一律被赶尽杀绝，消息通过大韩独立军团后发队迅速传播开来。日军非法出兵俄罗斯境内的沿海州，不仅海参崴的高丽独立运动，就连乌苏里江附近的高丽村落都被残暴地焚烧杀戮（朝鲜人在俄罗斯被称为高丽人）。

10月29日，在安图县黄口岭村集结的金佐镇部队和洪范图部队向上海临时政府派去了派遣员，并且将独立军组织一体化为北路司令部。安图县在日本军入侵延边的作战范围之外，西面接近日本关东军部队（关东军1919年8月编成了"海参崴派遣队"，经沿海州，跨过黑龙江，横贯内蒙古，一直进入到俄罗斯贝加尔湖附近），大韩独立军团判断有受到两面夹击的危险，决定向位于北边数百里之外的密山移动。

从11月开始，东北地区便受到了西伯利亚狂风暴雪的侵袭，独立军士兵们还没能穿上棉衣，仍旧穿着夏天的军装。大韩独立军团重新疏散兵力，雪花飘飘洒洒覆盖了荒凉的土地和连绵的山峰，士兵们开始迎着风雪行军，12月便到达了密山。集结在密山的大韩独立军团决定去俄罗斯，在那里重新整顿兵力，因为俄罗斯红军答应在自由市给高丽人的独立战争提供根据地。洪范图主张将自由市作为转移的目的地。自由市位于距海参崴很远的北方，转移那么远的地方要受的苦可想而知，所以也有指挥官提出在黑龙江省的中俄边境附近停驻，以后再做打算。但是洪范图并没有预感到大韩独立军即将面临的悲剧坚持己见不为所动。洪范图作为独立军的英雄备受尊崇，没有人敢违逆他。大韩独立军团经过清河，越过中俄边境的乌苏里江到达伊曼（达利涅列琴斯克），北路军政署军的金佐镇、金奎植、李范奭把部队都交给洪范图后就回延边了。

在伊曼地区，自由市沿着作为中俄国境线的乌苏里江向北延伸长达一千多千米，相当于朝鲜半岛的总长度。在海参崴，虽然有穿过自由市的西伯利亚大铁路，大韩独立军还是经过一个多月的长征强行军（找不到一千余名兵力乘西伯利亚铁路移动的资料。死在路上的士兵很多，活下来的士兵称是走下来的，姜致武也是饥寒交迫，勉强活命）。

进入自由市之前，大韩独立军团在布拉戈维申斯岛近郊的马萨诺夫村度过了1920年末和翌年初的那个冬天。进入沿海州，从事农业为主的俄罗斯人热心地迎接了这些因国破家亡而流落他乡的高丽士兵，并且每家都为七八个士兵提供了住宿的地方。"因为我们是大韩的士兵，并不是饱食终日无所事事，而是每天都接受训练"，这是姜致武留给妻子的话。1921年冰层融化的时候，大韩独立军团终于到达了被乌苏里江环绕着的自由市，结束了转移。

小说《青山里之魂》记述了主人公 S 于 1921 年经历的"自由市惨变",笔者将这一部分加以了整理。

俄国革命期间,来到俄罗斯东部城市伊尔库茨克的高丽人组织了高丽共产党,并开展活动。1919 年,列宁领导的十月革命取得成功,而俄国红军一方则掌握了军事组织伊尔库茨克派。1920年,吴夏默、崔高丽和高丽部队队员们来到远东沿海州地区的自由市,和共产国际远东秘书部相联合。自从伊尔库茨克派进入自由市,曾在沿海州一带与红军携手打退日军和俄白军而建立战功的伊利亚·朴率领的高丽人军事组织"自由部队"掌握了权力。并且从东北过来的大韩独立军也不好对付。自由部队和大韩独立军团受到了上海临时政府的支援,联合成"上海派"。伊尔库茨克派和上海派刚露出矛盾的征兆,共产国际远东秘书部便组成了只有高丽人的"高丽革命军政会议",让苏联红军的指挥官喀兰多拉西毕尔里担任司令官。在高丽革命军政会议之下又创立了"高丽革命军"。上海派军队和伊尔库茨克派军队合并,总兵力有两千余名。伊尔库茨克派积极协助喀兰多拉西毕尔里,但是上海派反对创立高丽革命军,又另外单独组织了萨哈林特立义勇军。上海派由海参崴(符拉迪沃斯托克)来的共产主义者李东辉[①]幕后指挥,但是在与伊尔库茨克派的较量中一直处于守势。伊利亚·朴自由部队揭竿而起,接管了大韩独立军团的指挥权,撤退到二线的洪范图以调停者的身份干预。洪范图试图让喀兰多拉西毕尔里和伊利亚·朴互相妥协,但却以失败而告终,喀兰多拉西毕尔里司

[①] 李东辉(1873—1935),朝鲜独立运动先驱,早期的共产主义者,1995 年被授予建国勋章总统奖。

令官要求萨哈林特立义勇军无条件服从命令。

萨哈林特立义勇军将兵营拉到斯拉塞普克后面的白桦林与落叶松密集的地方驻扎了下来。喀兰多拉西毕尔里率领红军,三面包抄萨哈林特立义勇军的军营,并要求对方放下武器投降。萨哈林特立义勇军认为即使是友军,当扳起枪口对着我们的时候就已经成了敌军,所以他们反对投降,投降就意味着伊尔库茨克派的胜利和上海派的消亡。翻越密山才来到俄国自由市又被编入萨哈林特立义勇军的大韩独立军团也反对投降。喀兰多拉西毕尔里发出了最后通牒,二十四小时之内,如果不逮捕叛乱的主谋,不缴纳武器的话,将武装进军、动用武力。唯一的退路是后面的结雅河。如果不想投降的话,要么就继续斗争,要么就跳进江里,别无他路。

红军开始扫射不投降的萨哈林特立义勇军,萨哈林特立义勇军在支援弱小民族解放的"红色军队"的枪林弹雨中顽强抵抗,但是由于武器装备和人数的局限他们渐渐处于劣势。晚上,无路可退的萨哈林特立义勇军跳进了江里,一直追到江边的红军向着跳进江里的队员不停地开枪射击。由于补给跟不上,饥饿的队员们体力下降,溺死者不断增加。

丢下枪的 S 拼命地向着江的对面游去。

"自由市惨变"以大韩独立军团的惨败告终。根据后来俄罗斯方面的记录,当时投降被俘虏的萨哈林特立义勇军有九百一十七名,战死者二百七十二名,溺死者三十二名,下落不明者二百五十名。被俘的萨哈林特立义勇军被俄国兵营收容,后又被移送到西伯利亚。他们被迫参加开采煤矿和伐木等强制性劳动,很多人因为寒冷、饥饿和疾病而死亡。一年前还在长白山山脉二道沟和三道沟一带与五千余人的日本精锐部队对抗、取得累累战果的大韩独立军团，没能扬名后世就这样悲剧地终结了使命。

S避开了红军如林的枪弹，没有溺死而成功渡江。渡过结雅河的S君选择了独自逃亡，筋疲力尽地走在那茫茫无际的原野上，只有地平线上升起又落下的太阳告诉他是在往南走。但南边是荒无人烟的大草原，这儿土壤贫瘠，长满了荒草。不管是俄国红军、白军还是民兵，S君都不想遇到，甚至避着路走。还好那时是夏季，天气很好。

就那样走了几天，在远离村庄的原野上，碰到了一家扎着蒙古包以畜牧为生的满族人。从国境线模糊不清的古时起，沿海州一带就分散居住着一些满族的游牧民。他边用手比划着边用简短的汉语解释着，但是结发的男子依然听不懂，只觉得一个身穿军装、衣衫褴褛、举止怪异的男子仿佛快要饿死了。那个满族男子给了他两瓢玉米，指了指辽远的地平线。按照那个汉子指的，S又开始漫无目的地行走。

7月初又进入雨季，乌云密布，暴雨过后天空又变得晴朗起来。泥泞的沼泽地表长满了苔藓和各种水草，远望去青荇摇曳，穿过沼泽便是一片芦苇地。闷热的风吹过田野，S饥劳交困昏倒在地。当他又睁开眼时，看见几只角鸥在天空中翱翔，便连忙站起来走了几步。睡着的话就会被角鸥吃掉。玉米已经吃完一个多星期了。从自由市往南已经走了二百多里，为了充饥，他也会吃鱼、田鼠、昆虫之类的东西。一直以来他都在回避民宅，但从现在开始为了不饿肚子也必须先找到民家，却见不到人影。

S认识到必须要到可以与人沟通的中国黑龙江省去，到那里说不定可以遇到朝鲜族的游民。从那之后又过了几天，在平原游荡的Ｓ看到了被向日葵染成黄色的小岗。北方农民为了食用和得到食用油，夏天会种一季的向日葵。

＊

1921年夏天起，大韩独立军团士兵姜致武开始了另一种生活。他来到中国黑龙江省边境城市抚远附近的一个中国农场做了三年长工，对于这些，笔者没有任何资料。

姜致武虽没什么学问，但身材高大魁梧，如果出来找活干能比其他人更容易找到工作。美国黑人奴隶时期，白人农场主去奴隶市场上选黑人时，体格健壮的男性奴隶价格都很高。同样的道理，姜致武也属于一等的劳力，能很容易地找到工作。成为逃兵的姜致武现在已经不是大韩独立军团的士兵了，如果战死了那就另说了，但历经盼望独立的同族被拉入异国自相残杀的他在他乡过得也是切齿痛心。独立的希望破灭了，内外因的共同作用也使他沦为了一介匹夫。笔者中学时代的一个秋天，奶奶金德顺一边给他蒸从后山的地里新挖出的土豆，一边说：

> 那个人每次吃土豆时都喃喃自语。因为只有我光看他的嘴型就能听懂他的话。"东北没有哪天三顿没有土豆的。因为这里三年来都种土豆、玉米。"我接着他的话茬说："你这是想起了在东北土豆农场干活的时候。"他在"黑河事件（自由市惨变）"后来到黑龙江省抚远市，在一个中国人的土豆农场干了三年，真不想受人管制当长工啊。连抚远也有日本军进驻，只要看见朝鲜青壮年，就会讯问其移住东北的细节，所

以他下定决心再回到俄国。一拿到攒了一年的工钱，他就回到了阔别三年的海参崴。

姜致武自1925年回到海参崴到1933年被驻海参崴的日本领事馆所属的宪兵队移送到牡丹江，这八年间没有任何证明资料。朴文一的妻子任弼礼（海参崴家的）和她的儿子朴汉基的证词算是唯一的资料，笔者对此加以整理并稍作润色。

姜致武回海参崴时是1925年秋天。"自由市惨变"发生时为了躲挡俄罗斯军队的子弹，他没有逃到结雅河对岸，而是逃到了落叶松林里藏身，最后勉强保住性命。朴文一是后来到海参崴新韩村生活的，1926年的中秋他第一次见到姜致武。根据任弼礼所说丈夫是在喀埃尼哥卡亚（新韩村）拉包克（高丽人街道）的市场见到姜致武的。十七个高丽人集体居住的新韩村建于1911年。沙俄以抵挡高丽游民中猖獗的霍乱为由，把生活在海岸要地喀埃尼哥卡亚的高丽游民赶到丘陵地区，而在喀埃尼哥卡亚建立了骑兵部队基地。被驱赶的高丽人在丘陵地区建设村庄，韩日强制合并后流亡到海参崴的志士怀着建立新韩国的意愿给村庄取名为"新韩村"。

新韩村市场的街道上担着背架出现的姜致武作为高丽人身材魁梧，即使在嘈杂的街道上，朴文一还是一眼就看到了他。当时分布在沿海州一带的人口中高丽人占80%，虽然在作为军事要地的海参崴居住的大部分是俄国人，但城市近郊分散居住的干农活的居民大部分都是高丽人。高丽人沿海州移民史要追溯到1869年——"己巳年"，从那年起朝鲜关北地区连续三年大旱，粮食歉收，许多农民家里都断粮了，由于饥饿难耐，他们便纷纷穿越图们江向南方一带迁移。于是延边和沿海州一带朝鲜人开始集中建设移民村，他们开窑洞垦荒地，垒砌生活的根基。

一起经历青山里战斗，一起来到俄国自由市，一起品尝过生死苦乐的老乡到市场角落的食堂，坐下来互相诉说此间的经历。姜致武从黑龙江省抚远市来到海参崴已是一年前的事了。1919年冬天到次年夏天，姜致武被安排到西菲亚部队接收武器，那时候曾到过这儿。见这里生活着很多高丽人就来了，现在在海参崴十五里之外的高丽人村一户农家做用人。为了准备中秋他来新韩村市场。

1933年带着儿子汉基来到丈夫的故乡密阳镇里校洞婆家定居的任弼礼对作者的奶奶金德顺说过这样的话。根据任弼礼说的，在海参崴新韩村的八年间姜致武不时来家里看看，他非常喜欢汉基，给他买来羊肉串等东西。

> 汉基的爸爸一直以为姜致武、金相润已经在"自由市惨变"中死了，没想到在惨变发生后的第三年又突然出现在海参崴的新韩村。本来以为对方已经死了，突然又在海参崴见到了，该有多高兴啊！好大一会儿，他们只是紧紧抱着对方放声大哭。姜致武说他在惨变发生时跳到江里才活了下来。汉基的爸爸问姜致武来海参崴之前在哪生活，姜致武回答说在黑龙江省一个中国人的农场做长工……

玄卿俊出生在咸镜北道明川郡，20世纪30年代开始小说写作，解放之初越北。1927年他曾去沿海州一带游历，并写了《西伯利亚漂泊记》一书。笔者曾在图书馆管理员的帮助下找到这本书并阅读过。这是十八岁的玄卿俊带着青春特有的朝气,越过图们江进入沿海州放浪的一段经历。

1927年的话,正是苏维埃政府取得社会主义革命胜利后,社会基本稳定的时候。根据游记所写的,移民到海参崴附近咸镜北道开垦荒地的高丽人从开始的三四十户到现在的一百户,开始建设农村并在那定居。韩日强制合并后,游民队伍接连不断进入沿海州,这一带居住的高丽人已经超过了十五万名。高丽人种大米,将庄稼或蔬菜运到海参崴卖,过着安定的生活。在异国他乡生活以种地为生的高丽人依然使用原来的语言,保持着原来的风俗习惯。游记里还栩栩如生地描述了完成小学学业的子女被送到海参崴高级学校继续学习、邻居之间互相帮助的生活景象。玄卿俊还描写了每次见到同胞时受到热情款待的情景。

姜致武说,比起在黑龙江省抚远市的中国农场做长工的三年,他更喜欢在俄国沿海州的生活。如果姜致武没有在新韩村市场的路上见到同乡朴文一,他应该和一个高丽农村姑娘结婚生子,过着平凡的农夫生活。然后根据1937年的少数民族强制移民政策,沿海州一带居住的高丽人都被流放,姜致武也会被送上横穿西伯利亚的火车,像垃圾一样被丢到不毛之地中亚的哈萨克斯坦一带。

在市场的街道食堂里吃饭时,朴文一劝姜致武别总在村里呆着,和他一起到海参崴参加高丽人独立运动团体。他说我们到底为什么从东北来到海参崴,那些言语唤起姜致武在自由市惨变中消沉了的爱国心。看着自己面前一言不发的姜致武,朴文一说即使去城市也有过活的生计,再次劝他一起来海参崴生活。在同乡积极的劝说下,姜致武一过了中秋就来到了海参崴。比姜致武大一岁的朴文一和出生于咸镜北道的兴义出身的同胞姑娘结婚生子后,成为李东辉组织的海参崴高丽共产党党员。

李东辉作为共产主义引入韩国的最初指导者之一曾在自由市指导过上海派,以沿海州大韩民国会议代表的身份从上海临时政府军务总长升为国务总理。1920年,李东辉管理的哈巴罗夫斯克派和金哲勋的伊尔库茨克派合并了,海参崴和上海成为其活动舞台,他们用从苏维埃政府拿到的两百万卢布来扩大上海临时政府内的共产党势力。朴文一一方面在李东辉麾下的海参崴支部工作,另一方面因为他在密阳时受过新教育、懂日语,又作为卧底在格伯乌(GPU,苏联国家政治保卫局)海参崴分局密切注意日本领事馆的动态。海参崴的高丽人有的站在列宁政府这边,给日本领事馆当走狗告密的叛徒也很多。有资料记载当时在海参崴作为日本间谍收取情报费并享有特权的高丽人足有上千人。

直到1933年夏天姜致武和朴文一被日本领事馆的便衣警察抓走,这八年间他们作为共产独立运动成员到底做了什么工作没有明确资料记载。作者千方百计想要说清姜致武生涯中这段重要时期——海参崴时期,可是最后都以失败告终,甚至连与《青山里之魂》类似的资料都找不到。图书馆管理主任找了《日本帝国主义下的海参崴独立运动史》和另外的几本书,但没有发现任何与姜致武有关的线索。李东辉作为党员本来应该有在上海、北京、东北、西伯利亚一带做联络员的痕迹,可是连这样的证据也没有。由于20世纪20年代活动的人都在1937年被强制移民到中亚、西亚,从此销声匿迹,所以那段时期的沿海州高丽人独立运动的资料十分缺乏。20世纪80年代,俄国进入开放时期,苏维埃政权时代的绝密资料开始公开了。据说,苏俄政权认为在沿海州分散居住的八十多万高丽人中的知识分子有叛国的危险，所以在强制用运输牲畜的火车移送高丽人到哈萨克斯坦荒地之前，就把那些人挑出来秘密处决了。由此看来，20世纪20年代开展抗日游击活动的大多数的高丽人虽然加入了当地共产党，在强制移民时期多数都被处决了。小说《洛东江》的作者赵明熙也在被处刑之列，直到20世纪90年代才真相大白。

当时夏威夷和美国本土有很多韩国独立团体，他们多崇尚美国式的自由民主主义及美国体制成为右翼，而俄国沿海州则有很多高丽人独立团体信奉社会主义、崇尚苏维埃政府体制，成为左翼。

1935年李东辉在西伯利亚病死后，其组织仍然与国内及上海保持联系，坚持不懈地开展祖国独立运动。致力于左派独立运动的姜致武和朴文一，以沿海州的高丽人为对象扩大支部，负责军费组织管理与独立运动团体的相互联系等。这些任务都是秘密进行的，虽然没有具体资料，也可以推定确有其事。

根据任弼礼的证言，丈夫和姜致武在沿海州一带曾半个多月没有回家，他们在做什么一概没有提过。朴汉基当时还是个孩子，他是在对爸爸干什么都一无所知的情况下长大的。

可以推测直到1933年两人都在海参崴参与秘密买卖鸦片的活动。任弼礼说，三名日本便衣警察深夜闯入逮捕了朴文一，同时在家里的阁楼中搜出大量鸦片。当时在东北地区、沿海州一带已经形成了鸦片窟，鸦片被广泛使用。笔者也曾吸食毒品上瘾，一旦深陷其中无法自拔，只能家破人亡，像个流浪病人似的结束生命。笔者曾经读过这样的文字，当时东北一带城市后面的街道上有很多客死的瘾君子的尸体，每天黎明清洁工开始工作时都得先处理那些尸体。买卖鸦片往往能牟取暴利。可以推测姜致武和朴文一并不是买卖鸦片的惯犯，他们插手鸦片买卖或许只是为独立运动筹集资金。因为有间谍向领事馆告密，宪兵队便秘密监视两人行动并将其逮捕，从这也可以看出他们和鸦片秘密买卖没有直接关系，任弼礼的证言同样证明了这一点。任弼礼对奶奶金德顺说，两个便衣警察上了阁楼，发现鸦片箱子怎么能不那么大喊呢。她说听到惊讶的日语喊"a hen（鸦片），a hen（鸦片）"的声音，那应该是在喊："kole aten jinaino（这不是鸦片吗）。"有一天，金德顺问丈夫："在沿海州的时候，你和汉基的父亲在一起贩卖过鸦片？"丈夫听后暴跳如雷，说绝对没有这样的事。到底谁对谁错，笔者也很难判断。

发掘历史的真实性这种工作必须要有当事人或目击者的证词，没有的话，也要有保留的记录。被历史掩盖了行迹的人，也不止姜致武和朴文一。

姜致武和朴文一被押送到黑龙江省牡丹江后，任弼礼和朴汉基便乘上了定期往来于海参崴和釜山的轮渡。任弼礼说自己是经过找来家里的俄国官吏的介绍和儿子一起离开海参崴的，据此推断，只能是朴文一托人通过格伯乌联系的船将家人送回故乡的。

这就是笔者所知道的姜致武到俄国沿海州度过的八年间行踪的所有记录。一个人一生中最重要的八年行踪都不能很好地记述的话，不知道这篇稿子还有什么价值，笔者对此灰心丧气，也有一整天无所事事郁闷的时候。"祖父曾是参加过青山里战斗的独立军，由于不可避免的原因变成了半个哑巴，在日本军队中做事"这本身就好像去侵犯别人，却意外地遭遇伏兵而落荒而逃一样。

接连几天都是连绵阴雨的夜晚，笔者给奶奶提了个难题："当时在哈尔滨遇见爷爷的时候，奶奶十六岁，爷爷已经超过三十岁了，那时爷爷看起来还是小伙子吗？"听了这话，奶奶哑然失笑：

在哈尔滨见面时，那人说起在海参崴的时候，说自己没有女人福一直过着单身生活，我相信他的话，还一直以为真是那样呢。来到密阳意外见到海参崴家的，就想确认一下他在海参崴的时候是不是一个人生活。那个海参崴家的比我大十五岁多，我叫她大嫂，她说他在海参崴时作为一个老男人独自生活。我听了也就那样信了。几年后，年迈的海参崴家的临死前，却改变心意，偷偷告诉我不要泄露秘密。说虽然没有办过正式婚礼，但姜致武和招待出身的俄国女人一起生活了两年多，在一次大的争吵后分手了。膝下也没有子女，被日本警察抓走之前的三四年在新韩村借了个阁楼好像也是独自居住。他直到死也没说出这件事，我也遵循和大嫂的约定没有逼问。我活在世上比这更艰难的事都经过了，哪有都老了还老揪着过去的事刨根问底的婆娘呢？！

7

8月份，虽然白天的阳光依旧火辣辣的，但早晚都会吹着凉丝丝的风，温差很大。我现在每天过得很规律。吃过早饭后去市立图书馆二楼书库上班，下午六点下班。戴着帽子背着背包独自沿着密阳江边的小路走回家。看着在市民休闲处玩着各种各样的体育设施或者散步的人，回想在密阳江边度过的小学、中学时光，那宽阔的白沙滩，人迹稀少的江边风景就像一幅黑白照片浮现在我脑海。二十年时光流逝，江上多了几座桥，以前的渡船都消失不见了，洗衣服的老婆子们也没了踪影。水量虽然有所减少，但江水还是原来的样子，偶尔有鱼在夕阳下波光粼粼的江水中跳跃，就像往日的回忆。

跟母亲坐火车来密阳的时候，车窗外一直江水连绵。平生第一次坐火车，火车沿江疾驰，车窗外的江流仿佛不愿被错过似的尾随而来。直到学校老师讲过，之前我都无法区别洛东江和密阳江。小学三年级的时候老师说密阳江在三浪津与洛东江汇合。跟母亲在密阳站下车以后，一直尾随我们的江却不见了，向奶奶住着的魔岩山下的礼林里走着走着，江又出现在我们眼前。从那时起的九年里，我一直在江里洗澡玩耍，热衷于跟"天使会"的朋友们开联合大会，并在白沙滩跟"鬣狗派"干仗。

沿着江边走着，像嚼苦树叶一样回想着过去的日子。回家的话奶奶会准备好晚饭坐在地板上望着柴门等着我。吃完饭经常带着宗浩沿堤坝散步。我说："我在蔚山生活到你这么大的时候来了密阳。"没有说是"跟母亲一起"。宗浩也绝口不提自己的妈妈，好像早已死心了，认为自己没有母亲。奶奶领着宗浩睡觉，我在对面房间看书或整理原稿直到睡觉。

一般看书看到前言或后记，都会读到这本书如果没有某某的帮助就不可能完成编写之类的话，所以我必须要提许君、卢秉植教授、崔主任、永培，如果还要加一个的话奶奶也该包含在内。十一年后我再次踏上密阳这片土地的时候，虽然决心要把爷爷的生平串起来，但从没想过会得到周围那样多的帮助。与中学同学永培的见面使我得到了这么多人的帮助，想来或许是爷爷的魂灵为了促成这件事在暗中帮忙。爷爷无时无刻不在幻境和梦境中出现，敦促我的工作。跟计划的事完全合拍的运气大概就是这样。因为有看不见的帮助，编写才得以顺利进行。

跟许君的见面无比幸运，经过担任图书管理员的崔主任的介绍跟他见面后，我得以从因文章无法顺利进行而产生的压力中解放出来。从有认知能力开始，我就不期望别人的帮助，我已经习惯了凡事自己做决定，但这次不同。虽说人类是以共同体的形式被绑在一起的，必须互相帮助，但写文章这样的工作应该独自完成。我的情况正相反。我是写文章的门外汉，所以需要别人的帮助。

崔主任介绍了因意外事故丧生的夫君的学术论文指导教授卢秉植先生。把许君完成的原稿用电子邮件给卢教授发过去，他会亲切地指出要修改的部分和还需要调查的部分。他的研究领域是解放前后社会主义运动史，因此可以指导弟子对金元凤的研究。那也恰与爷爷的生涯相符。

崔主任也是我执笔的强大后援。虽然这是另一件事了，和她在沂会松林汽车旅馆度过一夜后，关系变得生疏。崔主任只是形式性地介绍了许君和卢秉植老师，没有再带着需要的资料来二楼，也没有打电话询问工作进度。崔主任也能听到流言蜚语，应该是对我的不良背景大致了解了。三十岁的中年人却经历了如此凶险的人生，无疑别人都对此很吃惊。崔主任和我从那天起就突然失去了对话的途径。她的无情可以看作是使无意间闯下祸的双方都冷静一下的态度。我确实因为对性的渴求借着酒劲闯下了祸，第二天早上对昨晚的事非常后悔，因此我也肯定她的态度也是将此事看成是一时冲动，不会因为睡过一次就卑鄙地缠着你，但是我连敞开心说这话的机会都没有。就算不管迥然不同的出身和经历，崔主任和我还是不能再婚或同居。虽然作为年轻寡妇，她也有想男人的时候，但她也不会愿意同居，我也无法接受。如果说那个女人是正经民户的话，那我就是流浪汉或者是无赖。但是我认为在密阳出入图书馆期间不能这么过，就算是为了解开误会也需要传达我的心意。在沂会松林的事发生一周后的周末我提议一起骑自行车去表忠祠郊游，因为听永培说崔主任经常骑自行车去那儿，我打算从自行车铺租一天自行车。崔主任说这是个小地方会被许多人看见，委婉地拒绝了我，并说：

"去世的丈夫的故乡在载药山下深山谷的一川里，现在婆婆还住在那，有时会去看看。放假时丈夫学习的茅舍也在载药山登山路的深处，虽然现在只剩下了空房子，周末还会去那住一晚再回来。"

"如果发生什么事的话，那地方正好让像我这样的人藏身。"我为在沂会松林无意间的无礼行为道歉，"就当成根本没发生过，不管是崔主任还是我都把那天的事忘了吧。但至少我留在密阳期间,请像以前那样帮助我的工作吧。"

"会的!"崔主任嘴角含笑,一副从跟我纠缠的黑暗想象中摆脱出来的表情。从那以后,开始由许君帮我整理必需的资料。

接着我向永培借了帐篷和炊具,带着宗浩去了表忠祠后面的载药山。载药山高一千八百米,后面与更高的神佛山和天皇山相连。我们从高原地带的狮子坪开始出发,那个地方作为新罗时期花郎徒的训练场而闻名。狮子坪作为亚平原,是一片宽阔的紫芒地。那小子能那样面无倦色坚定地跟着我真是不容易,我真切感受到了藏在我们家祖祖辈辈基因里的男性力量。爷爷和父亲如此,紧接着父亲那辈的我和宗浩的体力似乎也是天生的。一边爬载药山一边留意寻找崔主任说过的茅舍,然而却没有看到。登山前想问崔主任可否在那住一晚,却没有说出口,最后在载药山七步山脊那儿搭帐篷过了一夜。第二天早上问还能不能继续走,宗浩点了点头。站在载药山山顶上,疾风强劲,云遮雾绕,下面的视野都模糊了。仿佛离天空很近。

"你曾祖父在我出生前就去世了所以没有见过,说是在这山里住过一段时间。"

"曾祖父是个抓野兽的猎人吗?"

我无法给出宗浩正确的回答。

"我正在写有关爷爷的一些事。就像故事书那样的东西。所以去图书馆。爷爷比我个子还高,是个大力士,只要密阳江边有摔跤比赛总会得第一名。"

"如果曾祖父活着说不定会成为专业摔跤选手或格斗选手……"宗浩可惜地说。我家的电视只有无线台,为了看其他频道的电视节目,宗浩会去伙伴家。

下山时宗浩一瘸一拐的,脱下登山前新买的运动鞋一看,脚掌上起了水泡,不能走了。我把登山包系在前面,背起了拼命说不要紧的那小子。下山的路选择了冰谷方向,我和那小子成了一体,儿子的体温通过后背传了过来,我一下子感受到了这个世界上其他人无法体会的"我们是父子"的纽带感。一点儿不觉得累,而是我像宗浩那么大时无法尝到的温暖体验。我们在灶火瀑布御禀住了一夜,后来从冰谷搭车回到密阳市内。我通过这次登山对爷爷的生平和家庭有了很多感悟。

奶奶不知道我这样的行事态度会持续多久,在不安中渐渐恢复了对我的信赖。我跟宗浩也维持了不错的父子关系。登密阳山后宗浩对我的态度也改变了,似乎有了那种"那个人确实是我父亲"的信任感。但是跟儿子的这种纽带还是与今后我不能抚养宗浩产生了深层的矛盾,以我现在的处境也是无可奈何。我始终认为还是先把宗浩托付给奶奶。

在编写过程中奶奶把有关爷爷的记忆一点一点挖掘出来,这是最大的收获。有一次周日许君到家里玩,听奶奶说过东北时期的故事。许君说,虽然在那个时代经过了小学教育,但这么大的岁数了记忆力还如此好,实在很了不起。我也觉得奶奶跟以前那些女人不同,是个有魄力而且聪明的新女性。"我小时候在会宁五峰山间谷生活的时候吃了不少山参,像小孩儿吃白菜根一样把山参当零食吃,听起来像在撒谎吧?"不知是不是真的得益于奶奶说过的山参。

我见过奶奶介绍的那些人,说是见面的话会告诉关于爷爷的一些事的。他们是朴汉基、郑世炳和尹纯旭。住在市内校洞的汉基是已去世的海参崴家的儿子，他还记得爷爷；住在表忠祠丹场面的世炳是跟爷爷共过生死的游击队同志郑斗三的儿子。世炳在爷爷去世前见过爷爷，听过他父亲的游击队经历，据此我可以类推出爷爷的那段时光。也幸运地见到了住在皇城洞的尹纯旭，纯旭是尹昌河的儿子。尹昌河已经去世很久了，他曾在爷爷后半期闲居密阳时给过爷爷很大帮助。解放后他被派作美军治下的密阳治安队干部，看到结束游击战下山后到处躲藏的爷爷便让他加入联盟，使其重返社会。战争爆发后为了让爷爷担任巨济岛俘虏收容所的志愿军俘虏翻译官，他也费了不少心思。

可能是专心于追寻爷爷的生涯行迹，我那些像癫痫一样不时发作的病也渐渐好转，吃常备药的次数也减少了。有序的生活对此起了极大的作用。已如同枯叶的奶奶，如同孤儿一样长大的宗浩加上有前科的我，这样畸形的家庭关系却让我平生第一次体会到家庭的珍贵。有一天，我从充满香气的炸鸡店门前经过，竟然萌生了在密阳落户开个炸鸡店的想法，但马上又意识到那只是空想，不禁哑然失笑。那种小市民生活，我过不了一个月就会想逃跑。就算当炸鸡店店长也与我的形象不符啊，我还是那么爱面子。想起从密阳孤身去首尔时的悲壮、做小偷时的卑贱的日子、用麻药缓解抑郁症时的不安以及长期受刑生活的悲惨，便打消了开炸鸡店的念头。就算是为了补偿那些受过的委屈，也不能让当炸鸡店店长之类的身份束缚我。对这个世界的仇恨，还有为压制那份仇恨的躁郁，都在心里的某个角落羁绊着我。

*

9月上旬的一天上午，楼下的永培突然打电话叫我一起吃饭。

"本来考虑想叫上崔主任的,可想起她今天晚上有约了。"

我从永培的话里读出了崔主任的心理,正好许君正在帮我工作,就问让他代替崔主任凑个人数怎么样。今天正好是许君来图书馆的日子,就算不这样也打算等哪天出去喝一杯呢,所以跟奶奶说可能要吃了晚饭再回去,不要等我了。

下午五点左右,凑巧我接到了"白宫"金荣甲部长的电话。他总是给我打电话询问近况,催促我上京,我以为这次一定又是那样。但他对我说现在在密阳还要跟我见一面,我大吃一惊。考虑到跟永培的晚饭约定,我就瞎编说正在爬载药山,下山的话恐怕要到晚上九点左右才能回到市里。

"一定要见到姜博士,因为有紧急的事,我开车来的,我去你那边吧,大概在载药山的什么地方啊?"

"有什么要命的急事吗?要是直升机还差不多,一千米的高地你上不来。"

"电话要没电了……反正现在赶紧下山,在山下等你。"

"总之九点左右再联系吧。会尽快回市里的。"我先把电话挂了,关了手机。

去首尔的话无论如何都会见到金部长,但说实话我现在还不想见。在密阳进行的这个工作必须得先做完。去首尔的话,要挣口饭,干点健身教练之类的活儿也不错。不,安娜打电话说的话更让人感兴趣。罗尚吉会长在钟路和新村各有一个成人娱乐室——"海的故事"的营业场,问我到那工作怎么样。成人娱乐室像跑马场、赛车场、赌场一样,虽然表面上是被许可的投机场,但可以非法操作来挣黑钱。所谓赌场就是受到赌钱游戏的诱惑，投的数额越来越大，一大笔钱就输了，鬼迷心窍直到变成穷光蛋才傻了眼。我听出安娜的意思是让我拿着游戏厅常务或总管的名片，教训那些闹事的赌徒们。如果想迅速决出胜负挣一笔大钱，这条路似乎也不错。干个几年，拿着挣的一点钱来密阳生活的话也行。奶奶会带着宗浩活到那时候吗？都说老人的寿命就像秋日的阳光一样，因此那种可能性很小。只能听天由命。

下午五点，我跟许君一起走出书库，到了永培工作的总务科。他虽然已经从釜山出差回来，但一周以来只打了个照面没一起坐下来过。我们三个穿过密阳桥，到了农协后面的"茄子食堂"，这是个把包五花肉和泡菜搭配起来在火板上烤着吃的饭店。矗立在表忠祠后面的险峻山岳是迦智山道立公园，被称为"岭南阿尔卑斯"。作为一千两百四十米的迦智山的顶峰群领着神佛山、载药山。

"这是迦智山山麓下养的野生猪，信不信由你，反正主人是这么说的。要想维持你的块儿头，得四天就这样吃一次。"这是永培选这家食堂的原因。

把吃饭的事往后推，先开始喝酒。大家推杯换盏，话题很自然地转到了爷爷的生涯上。永培询问编写的进展，我说已经完成了爷爷在俄罗斯远东符拉迪沃斯托克度过的八年时光部分，他说自己也想读一下，让我打印出来。许君谈了通过互联网检索调查的作为哈尔滨731部队生物实验总指挥的石井四郎的经历，说他是军国主义残酷性的代言人，想通过小说把这种人描绘出来。

"一想到爷爷一直在那儿生活了十多年直到日本投降，鼻子就酸溜溜的。"我谈起了参观哈尔滨近郊"侵华日军第七三一部队罪证陈列馆"时的感受，"回到哈尔滨市里投宿在旅馆的那天晚上做了噩梦。梦里看到了爷爷。爷爷出现了，说宰弼啊，看看我吧……"

我再也说不出话，悲哀像触电般笼罩着全身。追究我的病因，我怀疑是不是抑郁症的细菌从爷爷在哈尔滨的岁月就开始在我们家的基因上寄生。我一直认为我的病是因为在蔚山与父亲有关的那段记忆，现在看来这个诊断有待商榷。从那时起爷爷就受着压力性抑郁症的折磨，因为不管是有意还是无意，他都背叛了祖国。

"不知道是不是因为调查关东军731部队才那样的，前天我也做了那样的梦。"许君说，"是猎奇电影里的人体实验场面，摆脱梦魇惊醒后全身都被汗浸湿了。虽然晚上天气很凉，我还是开了好一会儿电风扇，一直失魂地坐着，突然出现了那样的想法：假如731部队的细菌武器投入使用，把鼠疫菌装到炸弹里再用直升机投下来的话，14世纪蔓延欧洲的黑死病夺走两千五百万人性命的恐怖在20世纪又会重演。我们的民族就完蛋了……"

"真是可怕的梦啊，你也差不多就行了。"永培看着我，"又不是像崔主任的夫君一样写学位论文，又不能出版还么执着，真出乎我的意料，你家务事的压力肯定也不小吧。"

我笑了笑，我把对这件事的执着当成是去除我病根的治疗剂，即使我这样说了永培似乎也难以领会。在管教所读书时我了解到压力虽然会导致体内血清素荷尔蒙的枯竭，另一方面也积蓄荷尔蒙生长素。问题是血清素数值下降的话将难以实现感情的正常调节，在感情失禁（因为感情调节的机能障碍，一点小事也容易激动的症状）的条件下攻击性提高，进而因冲动而自杀的概率就会增加。美国某研究抑郁症与自杀的关联性的医学家的统计数据表明，压力性抑郁症患者自杀人数达到了自杀者总数的百分之八十。那个医学家说，也有体内的血清素数值比正常人低很多的人，那个数值是由遗传决定的。对比那个学说看我的情况，从爷爷开始就血清素数值低而生长素数值高，带有攻击性的父亲的基因和血清素数值极低的母亲的遗传基因结合，使我天生就血清素数值特别低生长素数值特别高，而且幼年时又从父亲那受到致命的压力。

"到了我们这个年纪，经历了世间疾苦，再更换从一开始就从事的职业是很困难的。不是说一朝为贼一生都难以洗手不干吗？对我来说，想要痛改前非必须要有某种动机，那就是我现在在做的事。被囚禁在零点七坪大小的监狱里的时候，我想象过爷爷横穿的北方大陆，想象他经受的压力。这能算原因了吗？"

"既能又……"永培欲言又止。

永培手机响了。永培用手捂住手机，小声说是夏根兆。

"……现在还没去首尔。我们在图书馆上班，要写点东西，但不知道要写什么，又不是我知道的事。"

从通话内容来看，根兆好像也问了我的消息。永培跟根兆说跟我在一起后就把电话递给了我。

"今天下午，有三个家伙进了公司问认不认识姜宰弼。"根兆开口说道，"我说是初中同学，他们好像也顺道去了你礼林里的家。"

从接到"白宫"金荣甲部长的电话开始，那个家伙英俊的面容就出现在我的脑海中。我没想到金部长一直找我找到卡拉OK。有一天晚上大醉的安娜对着我的手机，戏弄道："你应该从监狱里出来了吧，天黑以后想睡女人的话能忍得住吗？"我开玩笑似的应答:"中学同学开了一家酒家,去那里找个丫头过得挺好。"我的胡话看来也传到了金部长耳朵里。根兆应该是给金部长画了我们家的略图,中学时"天使会"的人都知道我家的位置。

"看样子是从首尔来的,他们是干什么的?"根兆问道。

"你也是道上混的,看了还不知道吗?挂了!"我对着话筒向无辜的根兆发火儿。

把手机还给永培之后,我拿起自己的手机给家里打电话,是奶奶接的。问有没有谁来找过我。

"有三个健壮的青年来打听你的消息,待人倒是和蔼可亲,但那会不会是刑事警察啊?"

"没事,是以前认识的人。我正在图书馆和朋友一起吃晚饭。"挂了电话,我对永培说:"换个地方怎么样啊?今天去根兆那怎样?我请你们喝几杯。"

话虽然那样说,其实我是打算去那见金部长。在陌生的山村,我没想到他会先把场所约定在那儿。手机上显示时间已过八点了,我们喝光四瓶烧酒后,吃掉了酒肴,没有吃饭就起身了。虽然说是市区,根兆的游兴酒吧在霓虹灯绚烂的红灯街上,离这儿并不远,我们步行着往那边走。几天酷热过后,气温下降,晚风十分凉爽。根兆的娱乐所在一栋五层建筑的地下室。

在大厅里看着电视上棒球比赛的根兆边问哪阵风把你们吹来了边接待我们。我拍着根兆的肩膀,对刚才冲他发火表示道歉,并让他腾出一间房间来。根兆咋呼着让服务员把我们带去一号房间。

"这秋风吹起来真是好做生意啊,连从前的会长都光临了。"根兆看着永培,嗤嗤地笑着说,"你也是托了当官的福才敢在这吹牛吧！"

"呀，不要在老朋友面前摆出一副商人的架子！"我带着一身酒气进入这种地方，不知不觉就摆出以前的流氓相。

只有一个房间传出唱歌的声音，其他的房间像是空着。我们进了第一个房间，我点了一小瓶洋酒，几瓶啤酒，下酒菜点的水果。

"再叫个女人吧！认识我们的后辈许君吗？我的事业多亏了他帮忙，得有个小姐才行。"

永培说不需要小姐。怎么能在前辈面前提小姐呢？许君也手足无措地推让。我只能让步。根兆用盘端来酒和水果，送上来的洋酒是大瓶的，说朋友好在哪啊，按小瓶的价结账就行了！我们四个喝了一轮炮弹酒，每人都干了一杯。永培打了个喷嚏，说自己醉了不能再喝炮弹酒了。许君虽然一副书生模样，但特别能喝，好像一点也没有醉。我也有了醉意，感觉晕乎乎的。根兆看着我，问我什么时候去首尔，那话让我觉得是密阳在向外推我似的，感觉这不是我落脚的地方。到底我该去的地方还是首尔。

服务员进来对根兆说有客人来了。独自出去一会儿又回来的根兆带着一副不情愿的表情对我说："下午找你的三个人突然又来了，我说你不在这。"根兆急急忙忙地又出去了。不一会儿，我的手机又响了，是金部长。

"回到市内了吗？知道中学同学经营的卡拉OK吧？我在那儿等你。"

"知道了，这就去。"

不只是因为酒劲儿，眩晕症又突然发作了，头很疼。最近刚有点从焦躁中慢慢摆脱出来的苗头，金部长的突然出现又引燃了我体内叛逆的火种。

"从首尔找到这儿？你是不是有什么事啊？"永培担心地问我。

"以前的手下，没什么特别的事儿。"

我又喝了一杯炮弹酒，把杯子还给了许君。因为找不到话题，大家都沉默着。我又自斟自酌地喝了一杯洋酒。

"前辈，如果去首尔的话去干什么呢？"过了半天，许君问道。

"要找工作啊，想要有个新的起点。你看我适合什么工作？"

"嗯……前辈的工作？一时想不出来……"许君面带微笑，一副说得中但不会说的表情。

"流氓混混们老了一般不都没用了吗？"

"前辈，没看过《下流人生》这部电影吧？"

"关在那个地方没法看，但听说过。对啊，我就是下流人生啊。如果不想掉到下流去，刚走上社会的时候一定要选好路。但是以我的情况，能够选择的也只有下流这条路。"

"前辈的爷爷不就是按照自己的意志选择要走的路吗？"

"当初就是因为羡慕他的第一次出行，所以想复原那个经历，但是就像你所了解的，姜致武的人生以失败而告终了。"

"人生不都是那样吗？"

永培不知什么时候打着鼾睡着了。我头也昏昏沉沉的，感觉到了醉意。

"堕落之后，得了忧郁症，之后我三次试图自杀。只要能禁得住那一瞬间自杀的诱惑，平时就能像正常人一样生活。"

"想起了书中读过的东西。忧郁症严重的年轻人想要自杀买了大量的安眠药，但是怕一冲动全吃了，就把药袋托付给朋友保管。说是怕自己自杀才这样的。想自杀的人面临死亡时又恐惧,这像话吗?"

"在准备自杀的时候就像平常一样冷静。但真要付诸实施了却会一秒钟感到让人战栗的恐惧。那个时候,如果朋友帮忙很容易就能结束了。不是有自杀同友会吗?因为自己自杀很困难,所以相互帮助集体自杀会比较容易。那样看来生死只在一瞬间的命运,可以说是各人有各人的命运吧。"

"前辈原来是命运论者啊!"

我讨厌自己喝醉了唠唠叨叨的样子,不管怎样也应该起身了。头脑稍微清醒了点儿。我让许君稍微等一下,然后拿上烟和打火机,戴上帽子出了房间。一群醉鬼进来了,根兆正忙着。不知道从哪个房间里出来了三四个穿迷你裙的小姐,将醉鬼围住了。不知道是哪里订了两瓶洋酒,所以要送外卖,根兆给送外卖的人开了发票,看着我用下巴示意是三号房间。

我打开三号房间的门走了进去,金荣甲部长和他的两个同辈接待的我。金部长打着领带穿着白衬衫,另外两个一个是穿着白色法兰绒衬衫的光头,还有一个穿黑色衬衫扎着马尾。金部长起身发着牢骚说见姜博士一面怎么这么困难啊。他给对面站着的两个人使眼色让他们出去。

"还说是从山上下来,喝酒了吧?"

金部长看出我没有穿登山服。

"这么一说还真有点儿醉了。"

灌了杯冰水,稍微回过点神了。金部长对我的密阳生活问这问那的,我说从监狱里出来状态还好。穿着束身衣的礼仪小姐送来洋酒和乳酪酒肴,说自己叫吴小姐,自我介绍后就在金部长旁边坐下了。金部长对那个女人说我们有事要谈,让她先出去。吴小姐出去后金部长给我倒上了酒。

"会长在会议中也多次提到了姜博士,说再也没有那么讲义气的朋友了。"我叼了根烟,金部长脸上带着温和的微笑立刻拿打火机给我点火,"攒么多钱干什么啊?钱挣了又花,但是人们之间的缘分到死都是连在一起的啊,只是要遇对人。姜博士是个像样的人,能早点儿遇到就好了,为什么还不上京来呢?说了这么久。"

作为会长的亲信,金部长不仅模仿会长的话,连声音都一样。是有钱人说的话,有情或无情、善待或者抛弃都靠钱来解决,有钱了就能把你当人看,没钱了什么礼啊义啊全他妈狗屁。摆明着是算计,但是办事手脚要干净,互相算计过来算计过去才被认定是朋友。

"会长是讲义气的人。"以我的处境只能那样说。虽然是罗尚吉会长对手下强调义气和做人原则时随口说的话,但他好像确实是信任我。

"政府插手以后,大家都说死定了,我们的情况也是一样困难。这次是再开发,事情有点复杂。"

"会长给的钱会好好用的。"金部长说着正题我却答非所问。

出狱时金部长给的六百万是我为保护上面的人而坐牢的报偿。但是以那为诱饵,纠缠我做更多的事的话就又不一样了。我在监狱的时候就决定与那个世界彻底决裂。

"会长说,这次要是姜博士能接任组长的话就好了……"

"如果担任不了呢?"

"这次的事结束后会给你更高的位置。"

"挡箭牌社长？"

"听说过'欢喜座'建设咨询公司吗？"金部长没有直接回答而是转移了话题。

金部长将放在旁边的007皮包拿到桌面上打开，包里装着资料，不看也能想出资料的内容。罗尚吉会长虽然是"白宫"的老大，但仍然保持着大麻派时节的工于心计。做事之前先召集起组长，然后拿出计划书从简报开始说起。

"不看大体上也知道，不用拿资料了。"

我猜想这次的事件也和盆唐老夫妇绑架事件相似。为了多拿五亿将老人的手指用包裹邮出去的韩明秀可能现在还在坐牢。

"就这一次，姜博士……"

"我已经不干那种事了。"

"我理解你的心情，但是会长一定……"

"我现在想平静地生活。"

"那您是打算让我空手而归吗？"意料之外地，金部长露出了他的本来面目。笑容里隐藏着杀气。"这样的话，我都到这儿来了，你把我当成什么了？"

是这样还是那样，我也无法决定，钱袋诱惑着我。那些钱还剩下两百万，虽然能撑一个月，但我早晚会成穷光蛋。在这个世上无论是谁如果变成穷光蛋，就会变得自卑，看世界的眼光也会变得歪曲。看到乱花钱的人毫无理由的就想使劲地揍他。我有经验，所以比谁都懂那种心情。沦为穷光蛋的话，焦虑发作又会变得心神不定，精神病也会急剧恶化。不能不干抢人钱财的事了。

"我醉了，既然来了把人们叫过来喝一杯，然后去首尔吧。"

我没有给准信，从三号房间里出来了。看到一边金部长那两个手下坐在吧台前没有靠背的转椅上喝酒。可能是见金部长的原因，我头一阵一阵地疼，肩膀也耷拉下来。

进入一号房间，估计是我不在的时候联络上的，学九坐在我的座位上正在吹牛，刚才还打着瞌睡的永培也睁开了眼睛。学九虽然都三十五六岁了还坚持运动，可以说是身材极好。中学时代学九总是和我一起频繁出入体育馆。

学九经营练歌房和网吧，我问他你也是做晚上生意的，是不是不做生意了，还有工夫在这闲扯。他说听说会长来了临时跑出来的，学九继续对两个人说话，好像我不在的时候他又揭我短了。

"继续，别因为我来了就假装。"听着朋友以前的事情比金部长讲生意的事要舒服很多。

"好像是说从蔚山来到这儿的。初次见面的时候原以为混一年就会上学了。个子长得太高了。既然话说出来了就说说吧。宰弼刚进入我们小学的时候，个子很高，除了傻大个儿之外没有别的。一句话就是傻乡巴佬！"

"一不在跟前就嚼舌，这话还真对。"我也敲边鼓。

"还记得中学三年级的时候和牛腿儿哥干架的事吗？"

这时听到大厅里嚷嚷的声音。我不想牵扯到里面。只要是这样的场面就不分青红皂白地站出来，那些往事就像别人的事情一样，现在又浮现出来。

"看起来要干一场，我得劝劝去。"学九从座位上站起来。

他还是那个脾气，一发生点儿事就会挺身而出。虽然经常出入警察局，但因为互相都认识，很快就放出来了。永培看着走出去的学九的背影说道："在密阳的地面上，根兆和学九还是摆出以前'天使会'的架子。"

永培不是"天使会"的会员。过了一会儿,学九进来了。

"说是来见你宰弼的?短发油光锃亮的。"学九摇了摇头,"宰弼啊,看来你得支应他们一下。到了哪个地方应该知道那个地方有独特的生存法则吧?这里可不是首尔。"

我独自出来了。正巧,金部长的手下光头正挽着袖子对根兆挑事儿。

"让你说实话,我可是亲眼看到堆在那的箱子了。一眼还看不出是什么吗?要不把这些黄瓶子整箱地弄到我车上扣押起来?"光头狂妄地朝根兆叫嚣着,"你这是不是不记账逃税啊?趁着话还好听,赶快拿出背后的账簿来看看。"

干什么的眼里只看见什么,光头似乎猜出卡拉OK厅里同时倒卖洋酒。根兆似乎忘了锁上卫生间那边保管洋酒箱子的仓库的锁。这是不在自己营业区域的时候,打劫或为了得到免费酒水经常使用的方法,那种威胁大体上都能行得通。

"这真是冤枉好人啊,你是税务局的还是什么?我靠洋酒混饭吃已经有十年了,我可要喊警察告你妨碍营业了。"根兆看我过来得意洋洋地拿起手机。

"算了,别联系了。"我只好站出来了,光头对我的出现很是意外。我折起帽檐儿,压低了声音道:"你这是干什么?想无理取闹到别的地儿去,这里是我朋友的营业场所,你知道我是谁吧,趁我没发火赶快回金部长的房间去。"

我按着看起来比我小十岁的光头的肩膀。这是在压制对方时使用的方法,光头看到我这架势就蜷缩起来了。以前也有一次因为不知道对方揣在兜里的手里拿着刀,结果被刺伤过。

不知什么时候，永培、学九、许君和另外房间的人都从房间里出来了，也不知道是不是他们想看我以前的手艺，但是我很不好意思在密阳人面前摆出粗暴的样子。正好金部长从房间里出来了。

"您还在这啊？我还以为出去了呢！"金部长出来责备光头，"不是说去洗手间吗？你这是干什么？"

"这孩子想要从金部长那里得到奖赏才这样，好好说说他。年盛的时候就是想出头，来到下面更是这样。"我拂拂手。

"姜博士，跟我来。"金部长把我拉到洗手间那边，"看样是醉了，我就不再多说了。您是要回家吧。明天早上我再找你重新谈，还有要转达的东西。那孩子不懂事儿，请原谅他的胡闹吧。"

*

1977年3月我来到密阳礼林里的奶奶家，并进了附近的礼林小学读书。学校在洛东江下游通往河南的大路对面，可以俯瞰密阳江的丘陵。入学仪式是妈妈带我去的。入学新生和他们的父母都穿着新衣服来的，只有我穿着连脚腕都盖不住的破裤子和破毛衣，妈妈穿着工作服。在运动场上的入学仪式结束后，妈妈跟我说："妈妈要干活，得走了，在学校好好听老师的话，放学后直接回家。"妈妈留下我走了。妈妈从芹菜地里收完芹菜，装到推车上去三门市场卖。那天学校按四个年级分了班，我走进教室，从担任班主任的女老师那里拿到了新书。班里我个儿最高，便被安排到最后的座位上了。当时我来密阳还不到一个月，班里的孩子都不认识。

虽然那时学九跟我一个班，但好长一段时间我都不认识他。

因为我个儿高,学九才记住了我。学九的话是对的,我既不认识班里的孩子,也无法与他们好好相处,休息的时候我只是呆呆地看着他们玩儿,我对学校生活不感兴趣。升到二年级,我仍是班里可有可无的学生。上课时间一直打瞌睡或是发愣,每当这时若被老师看见了,老师就"姜宰弼!"叫着我的名字,我魂不守舍地大声回答"到!",惹得孩子们大笑。

"知道宰弼为什么没有父亲吗?他在一个大的房子里,那大房子就是监狱,说是因为杀人被关在那里。"前村比我大两岁的崔吉才在放学路上向孩子们散布谣言,那时候我也没有作声,因为吉才说得没错。

因为奶奶说杀了人坐牢也活该,这话在村里传开了。看了从沙边舅舅那儿来的信,妈妈也抱怨过:"虽说是赌气动了手,可张氏是就算没有法律制约也依旧善良的人,竟然脑震荡去世了!他给我介绍了豆腐工厂,要不怎么能做成豆腐买卖呢?江东家的突然失去丈夫,自己带着三个孩子可怎么活啊?"烽台山山村里只有江东家的不叫我妈狗毛家的而叫明姬妈。来到密阳后,大家都称妈妈宰弼妈或蔚山家的。我希望爸爸在监狱里永远不要出来,来密阳生活最好的事情就是看不到爸爸。不用挨爸爸的打已经很幸运了,不用看屠狗,也不用在半夜跟去公墓都是因为爸爸不在。现在谁也不会叫我"屠夫崽子"了。

上学放学都要穿过车流量很大的通往河南的路,曾经有过这样的事儿:有一天在放学的路上我听到背后发动摩托车的声音,一瞬间就想起了爸爸。我有种爸爸骑着摩托车跑过来拽我后颈的错觉。我飞快闪开,他想要避开我,但还是擦着我的肋骨过去了,书包被甩了出去,我失去了知觉,睁开眼时已经在医院了。

奶奶在守着我："就算摩托车主人肇事逃跑了你这样也算幸运了，你这孩子不愧是我们家长孙啊。"奶奶这样说着，我没有把听到后面摩托车声音以为是爸爸的事告诉她。肋骨断了三根，我在医院里住了十天，就缠着绷带出院了。学校的功课已经落下一个月，重新回到学校，学习也跟不上，上课的时候只是打盹儿。

奶奶在蔬菜大棚干临时工，妈妈在不同的季节做各种生意维持生计。"虽然这么拼命才挣这么点钱，但看不见你爸爸，多少苦都能受。"妈妈苍白的脸上充满了疲惫，却经常这么说。"就当他爸爸死了吧，多攒点钱咱们把以前卖出去的地再买回来。"奶奶对妈妈说道。她们俩的关系很好，连睡觉都舍不得，只是拼命干活。我放学回家时家里经常没人，就像在蔚山烽台山难民村里的时候一样，我总是孤单一人。唯一不同的一点就是没有爸爸和明姬姐姐了，去首尔的姐姐仍旧渺无音讯。当我一个人坐在地板上发呆时，眼泪就会忍不住流下来，当时根本不知道那就是孤单。我对所有的事情都失去了兴趣，一有时间就睡觉。"你个吃货，整天就知道吃睡。"奶奶总是这么骂我，我被骂得委屈就又哭。我觉特别多，那么一来就光长了个大个，同伴总是讽刺我为"傻子温达①"。

那是刚上四年级的时候，同伴们在魔岩十字路口的空地上玩扇洋画，我在那时可扬眉吐气了，和别的孩子比我胳膊长力气大，扇洋画的话十有八九能把对手的给赢过来。"光知道吃烤地瓜的温达原来擅长扇洋画啊！"吉才讽刺道。"我不吃烤地瓜。"我

---

① 《三国史记·列传》记载的关于温达的逸话：温达是高句丽平冈王时期的人，长相丑陋，心地善良，由于家境困难，靠乞讨奉养母亲，因衣衫褴褛地讨饭，被人们称为"傻子温达"。

的话中带着哭腔。吉才接着问："你妈妈不是卖烤地瓜的吗？"入秋以后，妈妈就拉着用油桶做的手推车到三门市场的入口处卖烤地瓜。像平常一样的话，我会把赢朋友的洋画还给他们，然后回家，但那天我生气了。"哥，你说完了吗？"我对比我大两岁的吉才说。"说完了，怎么样吧？"吉才一边说一边向我脸上吐唾沫。也许是太生气了，我的拳头不自觉地就出去了，虽然没怎么用力，吉才还是流鼻血了。在村中小伙伴面前丢脸的吉才抓住我的衣领向我扑来。我下意识地抓住他的腰，腿一扣，不到一秒钟就把他推倒了。"我妈妈是卖烤地瓜的，你买过吗？"我骑在吉才身上举起拳头，直到吉才发誓再也不说那些话了才放了他。我把赢来的洋画扔在地上就往家走，在回家的路上才明白：原来自己还是挺能打架的啊，打过一架才明白打架也没什么特别的。两天后，四年级的学生打倒六年级学生的消息就在学校传开了。傻子温达生气的话就会像项羽将军一样，班里的同学也和以前不一样了，见了我都是躲着不敢看我。

似乎崔吉才跟他们在学校里以打架出名的同班同学杨达洙打小报告了，有人说杨达洙在操场练习少林寺拳法。下课后在教室打扫卫生的时候，杨达洙领着他们班同学出现在四年级的教室，正在打扫卫生的同学吓了一跳。杨达洙指着我说："听说你小子挺能打啊，到密阳江白沙场露两手给我们看看吧。"提起打架，除了刚教训过吉才没有其他经验，我脸发红、心跳也加速起来。杨达洙比我还要强壮，"我先去那等你了。"杨达洙说着话，领着同学离开了教室。我的同学却炸开了锅："四年级的学生招惹毕业班的大哥就是一个错误。""即使打了也是输啊！你还是快回家藏起来得好。""明天来学校也能见着他们啊，能躲到什么时候啊！"大家七嘴八舌的，我也不知道怎么办才好，头像针扎一样痛，离外婆家近的话真想逃到外婆家去。

"我要去白沙场。"我说道。大家都很惊讶，但无论如何也只有这样了。天善问我："你去了怎么办啊？""跪地求饶的话，达洙哥会饶了我的。"大家对我的话表示同意。我耷拉着肩膀被同伴们围着走出了校门，学九问我："如果你求饶了，达洙哥还不饶你怎么办啊？""让他打几下就行了。"我回答道。在蔚山的时候经常挨爸爸的揍，打几下应该没事。

登上密阳江大堤后，看到六年级的学生参差不齐地聚在下面的白沙场上。我像关在父亲摩托车筐子里的狗一样，无精打采地低着头向堤坝下走去。这让我想起了父亲杀过的狗，被绳子捆绑着的狗，在不停地挣扎。这时，我的头又开始疼了并且全身发热。虽然风很冷，我却不停地流汗。我在杨达洙面前跪下，请求他饶恕我。就在此时，一只穿着运动鞋的脚向我的头踢来。我向后栽倒在沙滩上，又像不倒翁似的站了起来。"哥，我这样求饶了你还揍我？"我从嘴里挤出了一句话。"臭小子，现在连敬语也不说了啊！"杨达洙一边骂着一边摆开了练功的姿势，其余的人围着站成了一个圆形的战场。杨达洙的手刀冲着我的脖子就来了。这时爸爸那拿锤子砸狗脑袋时布满血丝的眼在我脑海一闪而过。我躲过了杨达洙的手刀，并弯着腰向他猛冲过去。用胳膊缠住他的腰，把他推倒在地。我骑在这小子的身上不断地抽他的脸，杨达洙的脸一会儿就血肉模糊得像一摊臭虾酱一样。因为这事是在一瞬间发生的，六年级和四年级的学生都吓呆了，张着嘴什么话也说不出来，这场架就这样无聊地结束了。

头从回家时就开始痛，到了晚上还发起了高烧。虽然吃了妈妈从药店买回来的药,但烧还是一夜不退,头也一直痛。后来出现了幻觉,并说起了胡话。我好像看到了爸爸,爸爸让我坐在摩托车的后座上,车子在发动声中向公共墓地出发。月光下我看到了很多坟墓,那些坟墓就像裂开的西瓜一样,尸骨从里边跳了出来。太恐怖了,吓得我都无法呼吸。我气喘吁吁地喊着救命。我蜷缩在被子里,想从那梦魇中醒来,并且开始口吐白沫。

我全身无力,仰面朝天,正处于昏迷状态,这时听到了妈妈和奶奶的对话。"出生的时候就抽风好不容易救过来的,是我妈用针扎了孩子的手才把他救活了。自那以后,这孩子动不动就抽风,脸色发紫,一到这时就用针扎他的手。"妈妈这么说道。"你从还没嫁人的时候就心脏不太好,也不知道宰弼这孩子是不是遗传了这个?"奶奶接过妈妈的话说。妈妈就用爸爸做狗肉生意的事来当借口:"自从他爸爸做了狗肉生意,饭桌上就没缺过狗肉。长期吃狗肉身体倒是长壮了,可是那孩子看到爸爸杀狗就说头痛得厉害……"奶奶打断了妈妈的话说道:"以后不许说孩子爸爸做狗肉生意的事,没啥可炫耀的把这个整天挂在嘴边,这样下去可不行! 还有更重要的事,得先治好我孙子的病。"

几天后,我跟妈妈一起去了郡里的卫生所。医生对我的身体进行了仔细检查,说与年龄相比我的各项身体机能都很好,没有什么异常的地方。妈妈问能不能给头部拍个片,医生说要做脑部CT的话得去釜山的大医院。妈妈就把在蔚山时家里的情况对医生说了。

"孩子不会遗传了精神病吧?"妈妈对医生问道。如果不是精神病,人怎么会对家人做这种坏事。妈妈历数爸爸的种种恶行,哭着说道。

"妈，求你不要再说了。"我也害怕地哭了。好像爸爸正在向卫生所跑来，要把告发自己的妈妈杀死一样。我全身颤抖着不能呼吸。

"看吧，妈妈一说这样的话，孩子的脸就变得像白纸一样还在抽搐，"医生看出我的异常，"好像小时候受到过很大的打击。现在孩子的心脏随时可能发病，这时候要保证绝对的安静。两边家里有患精神病的人吗？"

"婆婆家不知道，娘家是没有患过精神病的人。"妈妈回答说。

医生又问道："家里就这一个孩子吗？"

"刚才不是跟您说过了吗，怎么还会给那种人生孩子啊？连这一个……"妈妈看了看我的眼神就打住了。

"怀着孩子的时候受过什么重大刺激吗？"

"不知道您说的刺激是什么，反正是没有一天舒心的日子。就是这么提心吊胆地过来的，活着就是煎熬，只想死了算了。"妈妈用手帕捂住嘴，忍住了委屈。"看您的心脏好像也不好，对胎儿也是有影响的，成长期间受到的刺激也能成为精神疾病的诱因。"

那天是我第一次听说精神病。这次去卫生所没有什么收获，我和妈妈忧心忡忡地走出了医院大门。从卫生所回来以后，我第一次知道我有从父母那里遗传过来精神病的征兆。同时我对自己的家，对我为什么有时会头痛，对为什么会看到可怕的幻象就抽搐，有了大概的了解。

记得曾在一本书中看到这样的章节，一个人将来的命运九成都取决于他十岁左右的时候，十岁也就是上小学三四年级的时候。经过了五六岁的记忆事物的成长第一阶段，十岁左右就到了认识事物的成长第二阶段，也就是说小孩在十岁左右开始对社会这个集团体制产生认识，其性格和认知能力也初步形成。通过这段时期可以大致衡量其将来，以后要走的人生道路就是在那时决定的。展现在眼前的三条道路中，一条是平坦的，一条是上坡路，另一条是下坡路。不管是谁，都要选择其中的一条。根据学习成绩看，多数人会走平坦的路，成绩一流的少数人一定会拼命挤上光明的上坡路，无法走这两条路的另外少数人也就只能走下坡路了。这不仅仅由才能和努力决定的，性格、家庭环境、健康状况等都会产生很大的影响。成长的第三阶段在二十岁左右，到了具备自我判断能力的时期，也有人会冲破自己正在走的人生道路走上坡路达到人生目的，也有走下坡路堕落到底的情况存在，那些都只是特殊情况。

十岁左右，我就因种种原因走上了不平坦的路，漆黑一片的下坡路摆在了我的面前，为了让自己融入黑暗之中我选择了走下坡路。虽然我独来独往，因为块头大而被同学叫作"傻子温达"，但是在一个偶然的机会打赢了高年级的学生，使我成了同辈中的英雄。因为就算回家也是一个人，所以我开始在外面混。放学的路上，班里的同学都跟着我，掏出口袋里的钱给我买零食和各种玩意儿，这些都诱惑着我。

四年级的寒假，我收到了京畿道富川的明姬姐的来信。姐姐说从春天开始就往蔚山烽台山的山村寄了好几次信，每次都是因为收件人不详被退回去。没办法，姐姐只好寄到沙边的外婆家，这才知道家里的消息和在密阳郡的住所。姐姐信的内容是这样的：1977年2月末她来到首尔，看到了工厂招聘工人的墙报，就到了明木洞的YH假发贸易公司的生产科染色班做临时工，周末还得加班。因为总是接触化学药品,手都裂开了。1979年8月9日,姐姐已经工作两年了,为了告发万恶的事业主并将YH女工恶劣的工作环境公之于众,二百多名成员就去新民党办公处静坐,姐姐就是其中一员,也正是那时候她参加了新民党。11日凌晨两点,警察突然冲了进来,为了抵抗镇压,姐姐从四楼跳了下来,腿骨骨折,落了个残疾。挣了钱衣锦还乡的梦就这样破灭了,姐姐一度陷入绝望中,现在情况有所好转,在富川的皮鞋厂做缝纫工。这是姐姐信中的最后一段:

> 宰弼啊,看在监狱的爸爸、受苦受难的奶奶和妈妈的分上,你也要努力学习啊。只有勤奋和诚实才是这个不幸的家和你的未来的保障。我也会在任何困境中活下去的,让我们姐弟约定成功后再见吧……

妈妈让我给明姬姐姐回信,我实在不知道该说些什么,只能一天一天地拖着。最后还是妈妈给姐姐回了信,姐姐收到信后又给家里寄了挂号邮件,里面有一张汇票,姐姐说虽然少,但是自己的一点心意。

五年级以后,我原本处于潜伏期的精神病开始出现。经常会头痛,更奇怪的是,每当这个时候整个人都会被一种悲观情绪笼罩。就像那句话所说的——在悲伤里留不住希望——每一天的吃喝拉撒呼吸都毫无意义。沉浸在抑郁症中时,眼前的一切都变得模糊了。失神发愣的时候,什么声音也听不到。脑子里就像沸水一样不停地咕嘟咕嘟冒气泡,一切都是不现实的。这时就会毫无理由地向奶奶和妈妈发脾气。

"你爸爸毁了我的一生,连你都要这样吗?宰弼啊,求你了,不要让妈妈流血泪啊……"

妈妈充满委屈、凄凉的话反而常常会使我歇斯底里地大喊,乱砸东西,看到什么砸什么。一清醒过来,就会觉得这样下去不行,就会冲出家门。和同伴一起在外面厮混的日子,使我从虚幻回到现实。我逐渐从少年无赖变成了打手。同伴们说宰弼即使倒下去了也会像不倒翁似的站起来,总是惹事然后把我推出去当挡箭牌。打架的时候很兴奋,即使挨揍也觉得爽。看到鼻子里流出鼻血我就更兴奋。"姜宰弼拳击、柔道、跆拳道都没学过,却这么能打架,简直就是天生的打手啊。不管怎么挨打,就像要决一死战似的向对方猛冲,就是这样才能打败对手。"听到朋友这样的话,我说我就是条疯狗。害怕狗的我竟然自诩为疯狗,这简直就是自虐。也许这样的暴力世界很合我的口味,上了六年级学校里就没有人能打得过我。在城里晃悠,如果碰到中学生找碴就毫不犹豫地扑上去。被我打的孩子的父母总是找到我家和妈妈理论,成了惹事精后连妈妈和奶奶都把我当成没有出息的人对待。我的面前就只有下坡路。

从在釜山监狱服了三年半刑期的父亲大猩猩似的佝偻着身子出现在了礼林里的家里开始,我在这条歪路上越走越远。那年刚入秋,没脸回蔚山烽台山山村里的爸爸回到了魔岩山脚下的老家,在对面的房间住了下来。之前在蔚山的时候,对这个世界充满敌意的、狂暴的性格也被改掉了,张狂的气焰也有所收敛,跟半死人无异。爸爸整天坐在炕头上,除了一日三餐和上厕所便再也不出房门。谁也不见,就像是说这里比牢房好似的,害怕阳光和人。爸爸丧失了说话能力,成了丢了魂的精神病患者。不停地晃着右臂的橡胶手,还念叨着:"我的真手哪儿去了?"就这样,一天天的,完全处于非正常状态。奶奶打开门把饭桌端进屋里的时候,向对面房里瞥了一眼,看到头发花白、胡子有一拃多长的父亲抻着脖子蜷缩着,像科幻电影《E.T》中看到的怪物一样。"一进这房子,就有一股刺鼻的气味。一个月起码应该洗一次澡啊!"奶奶骂道。父亲现在就像关在铁丝网里等待屠杀的狗一样。看着曾经骑着摩托车得意洋洋的爸爸好像变成了另一个人,觉得生前受到这样的惩罚是他的报应。想快点给他收尸,但他的命却异常坚韧。

虽然爸爸在家里似有似无,但对面房像放着一具腐烂的尸体,散发出的一股股恶臭说明有个像畜生一样的人蜷在那里。爸爸的存在本身就是家里的灾难,虽然走上歪路的我也不是什么好东西。爸爸回来后,妈妈就有了精神病的征兆,出去做事筋疲力尽地回到家,只要看到对面紧闭的房门,脸色就变得非常难看。"我不可能和他生活在同一个屋檐下,想到这些心脏就好像要停止了一样。"说只要看到他爸就想吃了他,妈妈连去对面房间送饭都做不到。"不也是一起生活过的,连孩子都生了吗,你看看孩子他爸的脸,他还能把你吃了不成?"听到奶奶的责备,妈妈还是纹丝不动。

妈妈不说话,脸上总是一副害怕的表情,把饭送到对面房就成了奶奶的任务。奶奶也得去打工于是总是在送早饭的时候把午饭一起送过去。

一天晚上妈妈睡觉的时候,不停地磨牙,突然喊出来:"该死的家伙,等着吧,你早晚会下地狱的!"睡着觉耳朵也很灵的奶奶听到了,第二天早上奶奶对我说,不知是不是你妈失身于你爸就怀上了你，没办法才嫁过来的。从那以后不知道奶奶是否理解了妈妈对爸爸的恐惧，但我知道了自己的身世后更可怜妈妈了，对爸爸的憎恨也达到了极限。从那以后我就下定决心绝不伤害柔弱的女人。

1983年春天，我通过考核免试进入了位于三门洞的密阳中学读书。虽然是县里的名校，却有一个不被学校承认的"天使派"社团。据说是因为那个凶巴巴的拿着橡木削成的教鞭上课的教导主任家里的电话号码是1004[①]，所以社团才起的这个名字。作为一个不良小组，这是个挺不错的名字。入学后，"天使派"自然不会放过以打手出名的我，我就这样成了"天使派"的一员，而且被选为十几名一年级会员的班长。KTV店长学九是小学认识的，卡拉OK店长根兆、纸店老板兴规还有在我之后成为会长的烽弼都是在那时候认识的。每周末下午"天使派"定期在学校前面的密阳江白沙场召开团结大会。每天放学后，密阳江的沙滩上都会有集会，也会有特长比赛、歌唱比赛什么的。这个时候，高年级的学生们就会一起喝酒、抽烟，也经常会去野营。会员们还经常向那些不是会员的，家庭条件还不错的学生要钱；见到密城中学的学生，就经常挑拨是非，并把他们围赶到小胡同里，抢夺他们的钱袋。也有一些高年级学生喜欢招惹女孩子，谈恋爱。

到了二年级，会员们再在沙滩上进行摔跤比赛，前辈们都已经不是他们的对手了。我身高一米七，体重达到了七十公斤。学校的摔跤部和排球部都劝说我入会，但我讨厌编制性军队式的组织生活，一个星期后就以精神病为借口两个协会都不再去了。听

---

① 韩国语中"1004"和"天使"的发音相同。

说"天使派"三个高年级同学结伙绑架并轮奸了一名女生，我坚决主张把他们三个从协会中开除出去。自从采取了这个措施以后，我的地位越发地稳固起来。讨厌有父亲在的家，所以我经常去新生会员昌秀的宿舍睡觉。昌秀是我的一个后辈，他的本家是武安面一个叫中山里的村子，因此自己在这租房生活。后来昌秀到首尔找过我，但最终还是移民了。

从那个时候开始，就有两个问题一直困扰着我：一是日渐肥胖的身体，另一个是一旦陷进去就两三天都无法自拔的忧郁症。头痛起来，便觉得身体很沉重，并且做什么事都觉得很烦人，疲劳、失眠、困倦、难过和饥饿也随之而来。在小事上，神经也变得敏感起来，动不动就发脾气。每到这个时候，如果谁用嘲讽的语气顶撞我或者用鄙视的眼神看我，我就会爆发。会员中流传着这样不成文的规定："宰弼精神敏感时一定要小心，招惹他的话，他就会爆发。""天使派"的金斗七会长在三孙体育馆运动，他劝我到体育馆锻炼身体，说这样既可以锻炼身体又可以缓解压力。于是我从夏天开始便和学九一起去体育馆锻炼，每天锻炼两个小时，流很多汗，松弛的肥肉渐渐转变成了肌肉。"天使派"的会员们非常羡慕我身体的变化，我也渐渐地感觉到运动很有意思，于是放学后我一般都会去体育馆。

另外还有一个原因让我渐渐地更讨厌回家。一年前，家里按照奶奶的意愿用几年攒下的钱和用房子作担保拿到的新村金库的融资在魔岩山的斜坡买了一小块地。奶奶辞去了短工和母亲一起种蔬菜和辣椒，母亲再把收获的东西拿到集市上去卖。但是从那时开始，母亲的精神状态逐渐恶化，不能干地里的活儿，也不能到集市上去卖东西。厌食症也使母亲的精神病更加严重，她不仅拒绝饮食，还拒绝一切对她身体上的照顾和物质上的关心，她的身体再也扶不起来地衰弱下去。母亲老念叨着要回沙边，并且老说胡话，突然失踪或者在密阳江堤坝下徘徊的日子也越来越多。看母亲骨瘦如柴的样子，我们的心情就像每天要喝名为悲伤和痛苦的汤药一样。奶奶得把地里收获的东西拿到集市上去卖。奶奶说姜家有了亡兆，似乎确实如此，家里一片混乱。在对面房里坐着的饭桶似的父亲对这些情况完全不了解，像石像一样无动于衷。其实父亲与母亲一样，都是精神病患者。

三年级时，我曾因暴力事件进过一次看守所，又受了两次停学处分。在警察的管制和学校的政策下，"天使派"解散了，有一半的会员退出，"天使派"只能以地下社团的方式维持着命脉。在升上三年级的同时，我成了"天使派"的会长，因为觉得"天使派"这名字散发着一种不良社团的气氛，就把名字改成了"天使会"。为了把"天使会"培养成像天使一样健全的社团，我制定了一些纪律：禁止向镇上中学的学生先挑起是非；禁止向校内的学生以赞助金的名义勒索钱财；想到去首尔后就不见了的姐姐，又严格禁止挑逗女生。因为我喜欢运动，所以周末经常到狮子坪和载药山爬山并开联合会。为了培养会员的冒险精神，还让会员绑着绳索爬峭壁。会员们的神气架势和支配别人的习性被消除后，"天使会"没意思的消息也开始出现，退会的人也渐渐增多。

在晴朗的4月末的一天，班主任老师在课后跟我说道："学校接到电话，说你姐姐从首尔回来了，不要在别的地方停留，快点回家吧！"这段时间虽然和明姬姐姐有过信件和邮汇的来往，但姐姐还是第一次来密阳。我一直住在昌秀的宿舍里，好几天没回家了。明姬姐姐穿着一身漂亮的浅蓝色的韩服来到家里，看到在蔚山时的短发少女已经蜕变成成熟的女性,我惊讶地张开了嘴。姐姐作为一个女孩子也是宽宽的肩膀健壮的身体,像是怕别人说我们不是姐弟似的。

"原来是宰弼啊!长得这么高了,在路上遇见的话都认不出来了。"姐姐虽然这么说,表情却很悲伤。不知道姐姐是不是哭过,眼都肿了。

奶奶或许是去卖菜了,没看到她。母亲傻傻地坐在院子里的角落里,看到我转开了头。姐姐旁边站着的个子很高的青年,说是我的姐夫,要跟我握手。姐姐说婚礼结束后没去新婚旅行,直接来密阳了。姐姐说"你过来一下",然后带着我去屋后了。虽然有裙子遮着,但还是能看出她有一条腿瘸了。屋后有一块三四坪的地,篱笆那边生长着花楸、樱桃树和椿树。花楸的叶子长出来了,樱桃树也开出嫣红色的花。

"家里怎么成这样了?父亲和母亲的精神都不正常,好不容易才认出我来。虽然通过信件大概知道了这样的情况,但没想到家里会这样惨。"我无法回答姐姐的话。看着高处已经发芽的椿树枝,我在心里念叨着:"有朝一日我也会像姐姐一样离开这个家的!"

奶奶从市场上回来,家里的气氛才渐渐缓和。奶奶抱着姐姐说:"你刚过两岁就去了蔚山。那时你的生母怀着长弼,我就背着你去打零工。"两人叙着旧情。姐姐换上衬衫和牛仔裤去赶集,回来后帮着奶奶做晚饭。那天,姐姐、姐夫和奶奶聊家里的状况聊到很晚。我和母亲虽然也在,我却因为觉得生疏别扭而不怎么说话,母亲也一直不好意思看姐姐。大家说起在蔚山时的日子时,对于姐姐的问话,母亲只是毫无意义地笑笑,用"是的,是的"来应答或者说"都是我的错，对不起"这样毫不相干的话。在姐姐面前，母亲就像新娘子似的抬不起头来，精神也时好时坏。虽不能表现出来，但后来渐渐明白过来，母亲作为继母，心里还是有负罪感的。那天晚上，作为传教士的姐夫和姐姐是在对面房里和父亲一起睡的，对面房里的灯过了很久都没有熄灭。为了让父亲说话，姐姐一直在跟父亲说话，但始终没有听到父亲的声音。第二天吃完早饭，姐姐和姐夫就回家了。

进入5月，山踯躅开得绚烂，在春季假期前的一个周末，我们"天使会"和日成高中一二年级组织的"鬣狗派"一起举办了两天一夜的前后辈联谊登山大会，参加者人数限制为十名。"天使会"只有十四名会员，所以就决定不让一年级的参加。周六下午在岭南楼前面集合然后出发，坐公交车到表忠祠。我们在表忠祠的末寺内院庵附近搭起帐篷，直到营火会举办之前后辈之间都还和和气气的。四周的草木葱葱郁郁，山林里清新的味道到处弥漫，我们在明朗的月光下的松林间穿梭，愈是增添了几分韵味。在风靡一时的随身听中插入磁带，大家随着音乐跳起舞来。这时候，醉酒引发了乱子。皮肤黝黑的后辈兴规喝醉酒了，在前辈面前耍弄，挨了"鬣狗派"高年级学生的痛打。兴规的外号是"调皮鬼"，虽然淘气，但是他们怎么能因为这点小事把后辈打成这样呢，在烽弼的煽动下，会员们便联合起来。我们这边的帐篷一骚动，发怒的"鬣狗派"会长朴龙兆便召集起"天使会"的全体成员，把他们训斥了一顿。只有作为会长的我是个例外。"鬣狗派"的会员们一边说你们以为前辈是病猫啊，一边让他们趴下并用棍子打他们的屁股。大概挨了十来下，他们就都扑通扑通跌倒了。我对龙兆大哥说："差不多了，放了他们吧！"朴龙兆说："必须让他们改了这毛病！"然后又让打了二十板子才结束。营火会就在这种杀气腾腾的氛围中结束了。回到营帐，烽弼抑制不住愤怒，放声大哭起来。这哭声很有传染力，所有的会员都相继痛哭起来。为了前后辈的友谊而组织登山的我负有很大的责任，但我什么话也没说，因为精神受到了惊吓，头痛也开始发作起来。那天晚上，我失眠了，睡不着觉，一冲动把分散在两个帐篷里睡觉的"天使会"的会员们召集了起来。

"兴规，明天下山的时候顺便向牛曒大哥传个话，就说我晚上在岭南楼下面的沙场上和他单挑。"所有的会员都被我突然的话吓到了。许多人劝我说："要说也说些靠谱的话啊。初中三年级的学生怎么能赢得了高中二年级的大哥呢？"牛曒朴龙兆曾经作为郡代表选手参加过道民体育大会的拳击比赛，几乎到了中级水平。正如"牛曒"这个外号一样，他的身板也很魁梧。"赢不赢得了得试试才知道，问题是不能容忍被这样欺负，自尊心根本不允许！"听了我的话，大家都不说话了。

一从载药山下山回到镇里，"天使会"和"鬣狗派"就在这种别扭中分开了。牛曒轻轻拍着我的肩膀说道："昨天晚上给那些小不点点颜色看，对不起啊！""鬣狗派"向中国料理店蜂拥而去。下山的时候会员们都在劝我，但我那天晚上下定的决心一点都没有改变。我派最害怕跑腿的兴规去中国料理店，我们则在公交站的里巷里等着。兴规回来后说道，牛曒冷笑着说怎么说也是高中生，怎么能和初中生单挑呢，连万分之一输的可能性都没有，就是赢也是应该的。总之一句话，我的建议没被理睬。我又派烽弼去，他带回了牛曒允许打架的口信："如果真想被打死的话，就让你尝尝厉害！"

星期天傍晚，太阳一落山"天使会"会员和"鬣狗派"会员便聚集到了岭南楼下面的密阳江沙滩上。"鬣狗派"的都在嬉闹着，说打起来根本就不是对手，"天使会"则对结果半信半疑、提心吊胆、忐忑不安。听说这个消息后，也聚集了二十多个来看热闹的两个学校的学生。站在旁观者而非当事人的立场上，没有比看打架和看着火更有趣的热闹了。因为是一对一的单挑，牛暾和我制定了规则，我们的规则很绅士，比赛结束后就撇开胜负，不能有任何报复性行为。只能赤手空脚，不能使用凶器，攻击生殖器周围也算违反规则。被击倒后数到十秒还不能站起来或者向对方投降，就算是决出胜负。"鬣狗派"的牟重植担任裁判。

　　月亮当空升起来了，流动的江水泛着银色的光。路过密阳桥的人瞅着桥下，都好奇为什么会有学生那样聚集在沙滩上。于是我们就把打架的场地转移到江上游的阿娘阁悬崖下。学生们围站着形成一个圆，中间是单挑的场地，我和牛暾脱了篮球鞋，光着脚面对面站着。初三的我的个子已经一米七五，身高虽然和对手差不多，但对手却更强壮些。我虽然在体育馆锻炼过身体，但还没有这样搏斗过。所有人都预测，这场比赛会以拳击选手牛暾的绝对胜利结束，事实上我也知道我不是他的对手。尽管如此，和牛暾对抗纯粹是傲气使然。不，是我的精神病煽动我和他对抗！十六岁的我已经看透结局，大不了就是一死，即使像沙袋那样被打，成为血人也很好。被打五次，我也能攻击一次。不是别的，我是从经历了在蔚山的日子挨父亲的打中得出的经验。

　　牛暾在下巴前面握紧了两拳，典型的拳手姿势，他的身上没有一点漏洞。他龇着牙笑着，好像练习对手或沙袋放在他面前一样。牛暾轻快的直拳飞了过来，我缩手弯腰的，姿势很是糟糕。

第一次，我躲开了牛暾的拳头，但第二次他的拳头便打到了我的下巴上，我的头向后仰去。周围传来的"哇"的喊声，掌声响起来了，我也开始变得神志不清。

我听到了学九的叫喊声："不是和达洙打过架嘛！"这话让我精神一振，我注意到轻松跳跃的牛暾的下半身。就像和杨达洙打架时那样，我决定不管挨几下打，攻击他的腿部，把他打倒。我正想着的时候，牛暾的直拳接连不断地冲来。一道疾光在我眼前闪过，就在那一瞬间一记上勾拳使我向后倒去。牛暾踢蹴着我的肋骨，虽然无法呼吸，我还是咬紧了牙，像弹簧一样弹跳着站了起来。从那时起，牛暾狠辣的拳头就不分青红皂白地不停地打过来。我的鼻子涌出鲜血，额头被打破，再次晕倒了。痛倒没什么，反而是快感掠过全身，要打到死的愤怒使我沸腾了。我的眼皮肿了，眼睛睁不开。我一骨碌爬起来挥舞着拳头，但打出的都是空拳。对方的攻击再次冲向我的脸，挨了无数次打后我再次晕倒了。

"已经结束了，就到此为止吧。""再更彻底地来一次！""宰弼啊，投降吧！""再继续下去宰弼就会死的！"周围的喊叫声掠过耳际。牛暾的腿一直在我的眼前晃悠，像是问是不是"即使这样也不投降"似的。在他放松警惕的当儿我觉得机会来了，我抓住他的一条腿用力推。打架的时候我擅长对好对付的动武，对不好对付的则是打破其平衡。由于突如其来的攻击使牛暾向后倒去，我连忙骑坐在他的身上，现在轮到我置他于死地了。我对着牛暾的脸一顿猛打。我抓住他挡脸的手腕，对着他的头猛打了五六下，他的身子一下子就瘫了下去。牛暾昏了过去，交手只有十五分钟就决出胜负了。

在和牛畷的对决中赢了之后，镇里的学生中如果不知道我的名字就不是密阳出身的。"天使会"的人气沸腾了，入会者渐渐增加。"天使会"会员神气地在镇里穿行只是暂时的，不久三年级的会员钟达就在放学回家途中被"鬣狗派"拉入巷子里围着打了一顿。这时候，也在流传着"鬣狗派"要趁这个机会彻底教训"天使会"的传闻。会员们不敢独自走夜路。从那时候开始，在烽弼的提议下，三年级的会员开始在包里或袜子里藏着刀出去行动。"天使会"三年级的学生到处都可能和"鬣狗派"产生冲撞，经常打架。镇民们嘀咕说："镇里成了学生打群架的战场了。"

6月，牛畷要求再和我来一次对决。他说他以为我会投降，才没有攻击，由于我突然抓住他的腿，他才倒下的，上次打架是我违反了规则。我决定接受再次对决，日期定于一周以后。在再对决前的某一天的半夜，我被袭查体育馆的警察署的刑警逮捕了。密阳警察署经过对不良社团"天使会"和"鬣狗派"一个多月的暗查之后，采取了逮捕行动。"鬣狗派"和"天使会"的会员们在警察署的看守所里见面了。后来，就连镇里的健康健全的学生社团也支离破碎了，"鬣狗派"和"天使会"也只能躲藏于"地下"。被捉拿的"天使会"和"鬣狗派"的会员们大部分都交了检讨，被放了出去，但有四个人受到了学校无期停学的处分。我和牛畷被移送到大邱少年法院。我们两个都受到学校的退学处分，并被移交到金川少年管理所。我在少年监狱呆了五个月。那时，为了打发时间，我喜欢去图书室里借书看，并对此产生了乐趣。我主要读成吉思汗、拿破仑、李舜臣、安重根等伟人的传记和一些推理小说。

那年12月，我出狱回到密阳，地下社团"天使会"已经改为

"白蛇会（104会①）"，朴烽弼担任会长。既然我已经不是学生了，就与该会断绝了来往。姑父让我在山沟里静心休养，于是我寄居在山内面冬柏村的一个远房亲戚家里，那地方在密阳郡内就算是最偏僻的了。冬天我得背着架子去山里搬运柴火。姑父的家族尹氏，曾经是密阳的名门望族，而且姑父曾经是乡绅。他说怎么也会让我取得毕业文凭，让我去冬柏乡的东江中学读书。毕业前夕，为了见在天国疗养院的母亲，我去了蔚山。崇山峻岭横亘在密阳和蔚山之间，坐火车的话要绕路经过釜山，但我选择了直线路线：坐公共汽车到密阳郡山内乡，从那里开始步行，越过有一千米高的迦智山八步山脊，经过蔚山市彦阳乡，再从那里坐公共汽车去蔚山。母亲连自己的孩子都认不出来，只是怯生生地往角落里躲。看完母亲回来后十五天，入住疗养院只有三个月的母亲就结束了她短暂的生命，那时她刚四十岁。病因是厌食症导致的营养失调。

中学一毕业，我在密阳再也呆不下去了，于是我擅自离开了家，去了首尔。

*

半夜零点以后，我喝得醉醺醺的回家了。虽然也是因为晚上睡不着觉，但更多地还是因为担心我，奶奶坐在地板上望着乌黑的院子，等着我。看到我平安无事地回来，奶奶就默默地站了起来。我叫住了向卧室走去的奶奶。

"奶奶，我过几天得去首尔。钱，去赚钱！有钱才能活下去

---

① 韩语中"104"的发音与"白蛇"相同。

啊!"我的舌头不能正常地活动。"怎么说呢,我求求您,请照顾好宗浩。去首尔的话连一间房子都没有,这么流浪着,怎么照顾宗浩啊。并且呢,也该送他去学校了。奶奶,您晚年不孤单寂寞吗?就把他当成说话的伴儿,放个重孙子在身边不也很好嘛……"我的舌头渐渐僵住了。

"醉得不轻啊,进去睡吧。"驼背的奶奶说完这话,便进里屋去了。

我从厕所出来,里屋的灯已经关了。进了对面的屋子,脱了衣服便四仰八叉地昏睡过去了。

"爸爸,太奶奶让我叫醒你。"

听到叫声我睁开眼,是宗浩,天已经亮了。

"我和太奶奶已经吃过饭了,有人来找爸爸。"

我从房间里走了出来,穿着西装的金部长盘腿坐在院子平板床上,这时也站了起来,厨房里的奶奶也向外看。我穿着拖鞋向平板床那边走过去。金部长边谦恭地鞠躬,边说着"昨天晚上对不起"的话。不管说什么话,还是到外面交谈会比较好,于是我先走出了大门。堆放建筑材料的工地上停着一辆小轿车,正是我从监狱里出来时看到的那辆金部长坐的黑色小轿车。里面还有两个跟班的。

"这是带过来的礼物。"金部长递给我了一卷包装好的东西,有名片盒大小。"认识'黑口红'的老板娘吧?让我来密阳的时候交给你。"

昨晚金部长说有礼物要传达的时候,我还以为是罗尚吉会长想要给我些零用钱呢,结果有点出乎意料。

"昨晚也说了,打算什么时候去首尔呢?给个确切时间吧。"

"是啊,一个月?大约需要一个月的时间。"

"在这个小村子里,到底还有什么事情要做啊?不好意思啊,能告诉我吗?如果理由合适的话,我回去报告的时候也有话说啊。"

"实际上,我要在密阳调查一些跟祖父有关的事情,正在把调查的内容写成书。不知道罗会长和金部长会不会认为我在做些徒劳无功的事情,但对我来说这件事情非常的重要。从东北回国时我从机场跑开的事情,你也听说了吧?我是说我去东北调查祖父的行迹。祖父曾是日帝时独立军的成员。昨天我去爬山的时候,也借机调查了有关的祖父的生平。那一带曾是祖父当年打游击的地方。"

"独立军?游击队?"

"是,游击队。"

我朝迦智山道立公园那边望去。在刺眼的晨光的照耀下,那边的山灰蒙蒙一片。初秋的早晨空气很清爽,醉意也渐渐淡去,只是头还有点儿疼。像是在整理思绪一样,金部长低头用皮鞋踢起了地上的土。

"我一直在想如果去首尔的话,是重新开始呢,还是按照会长的意愿干呢。"我缓了一口气,"我是想这儿的事情一结束,就去首尔找会长。"

虽然很屈辱,但还是决定那样做。想要挣钱只能去首尔。就现在而言,除了去找会长,我没有其他的办法。

宗浩噘着嘴来到大门外。"客人没吃早饭的话,进来一起吃吧。"说完,便消失在门里了。"好!"金部长抬起头,说,"我就对会长说你10月的第一周去首尔了。"

"请慢走。"我伸出手和金部长握手。

"再见。"金部长走的时候回头看了我一眼,"手机还好用吧,手机费我们交。"

金部长上了等在那儿的那辆轿车,车子扬长而去,消失在大路上。进了院子,我打开看了看金部长带过来的安娜的礼物盒子。一张叠得皱巴巴的便条和一条男士项链。这是一条镀金的铁丝项链,上面有一个棋子大小的人造宝石,里面镶有像化石一样的东西,是一个翘尾巴发射毒针状的蝎子。蝎子项链?我看了安娜写的便条。

> 我在网上购物的时候,看到这条项链,感觉很适合哥哥,就买了。打算试着饲养蝎子,就从蝎子养殖户那里要了一些小蝎子。知道蝎子是什么昆虫吗?夏天的时候,可以很清楚地看到天蝎座。希腊神话也非常有趣。去首尔的话,我想看到哥哥戴这条项链的样子。

"死丫头,玩疯了。"我无意识地冒出了这些话。

*

从那天开始,我更忙了。在去首尔之前,我得把爷爷的生平资料整理完。10月初去首尔的话,就剩下还不到一个月的时间了。下午六点从图书馆回到家里,熬夜忙着写初稿。之前没有做过类似的工作,再加上时间上的紧迫,感到压力特别大。稍微出现一点儿焦躁的征兆,我就害怕,于是吃些药预防着。买了一瓶洋酒,要喝上三四杯才能入睡。我不能总在图书馆等许君来,我常常第二天早上会拿着初稿去许君家里找他。许君家里用塑料大棚种了西瓜，他正忙着帮着家里摘末茬的西瓜。

一晃半个月过去了。那期间，我分别接到了来自罗尚吉会长、安娜、明姬姐姐的电话。在金部长离开密阳的第二天早上，我接到了罗会长的电话。他说听到我的事情了，是件值得做的事情，还说希望十月初可以见面。几天后的白天，安娜也打电话过来了。一说话就马上问我有没有戴蝎子项链，我说没有戴。或许我的话惹她生气了，她突然说什么人这一辈子也没几次机会。安娜没头没尾的光说了那些话，就挂断了电话。姐姐说从奶奶那了解了我的近况，奶奶最近心态很平和，她也幸福了，你也定下心来了，我很高兴。姐姐说到那儿感觉还很好，提到我去首尔宗浩该怎么办，又勾起了我的烦心事。我说姐姐还是照顾自己的三个孩子吧，姐姐说宗浩也是自己家的孩子。本来就天天因为宗浩的问题过得战战兢兢的，我生气了，挂掉了电话。

我相信经许君润色后的初稿，卢秉植教授应该会进行很认真的检查。因此我花了十五天的时间，马马虎虎地完成了爷爷在哈尔滨近郊的日本关东军731部队度过的十几年的生活的初稿。在去首尔前剩下的日子里，我开始着手整理1945年解放后爷爷带领家人回到密阳试图逆转一代人命运的故事。或许那部分故事在爷爷的生平中，跟独立军的经历一样重要。

我被失眠折磨着，一直睡不着觉，焦躁与抑郁同时席卷而来共同折磨着我。有时候我就在忐忑不安的丧气中瞪着圆睁睁的眼睛，辗转不眠直到天亮。在那样的晚上，各种各样的想法接连不断。是因为9月末完成初稿，10月初就要动身去首尔而心里着急吗？如果是那样的话，我拖到11月份，甚至明年再去首尔也无所谓。明年年初时,再去找罗会长又能怎么样呢?如果他不愿意的话,和罗会长断绝来往也没什么大不了的。如果不是因为以上原因,整理爷爷生平的事情也可以先搁一搁,放到以后去写,那是最简单的方法了。没有必要像临死前的人一样,呕心沥血也要完成。那是因为宗浩的问题吗?仔细想想好像也不是。把那孩子交给奶奶,明年就要到我曾经读过的礼林小学去上学了。奶奶身体还很健康,还可以照顾宗浩,我只要时常寄些钱过去就行了。如果宗浩一定要跟着我去首尔的话,就带他去,把他放到明姬姐姐家里就可以了。就像在蔚山的时候母亲对姐姐那样,姐姐也能够像对待自己的孩子一样照顾宗浩。我决定无论如何也不能把宗浩带在身边。尽管如此,内心仍像沸腾的水那样翻滚着。最终我意识到这可能跟我的病有关系。在现实中找不出能够使我焦躁的具体原因,那就只能是潜伏的精神疾患在作怪。

从像恶性循环一般日渐变糟的我的心理状态来看,我无论如何得在和金部长约好的时间出发去首尔。9月末,我大体上整理完成了爷爷在密阳生活的资料,决定10月1日动身去首尔。我把初稿交给了许君,拜托他整理爷爷生平资料的最后一部分。许君听我说过,他对爷爷曾在俘虏收容所担任翻译和休战后回到密阳直到去世的事情都很了解。我把一百万韩币分成两半,其中一半寄给了卢秉植教授,另一半给了许君。许君拼命拒绝,说经崔主任介绍那天得到那一百万韩币就觉得很多了,我说是金部长留下的钱,硬把那装有钱的信封塞到了他口袋里。

"虽寄居在家里,但还能过得下去,这钱我不能收。我只是一个还没有进入文坛的地方作家,在帮前辈做事的同时,我也能学到很多东西。请收起来吧。真要这样的话,我以后不能见前辈了。"许君想要把装有钱的信封还给我。

"许君，谢谢你能这么说，别这样。我要收回这钱的话，精神病就要复发了。虽然我们相处的时间不长，但你也很了解我的脾气了。"我又把信封放到了许君的手里。

"去首尔马上要怎么生活啊……"

"你的担心怎么那么多啊，总会有活路的。"

听了我的话，许君说如果那样的话就拿出一部分钱请我吃饭为我钱行，剩下的钱给卢教授买份礼物。第二天晚上，永培、崔主任、许君和我在沙浦小学附近的一家海鲜汤饭店里吃的晚饭还喝了酒。永培说很遗憾我稿子还没有写完就要去首尔，无论什么时候我回来都会把用过的书库腾出来。许君说初稿的最后一部分一完成，马上就用邮件发给我，让我到了首尔把邮箱告诉他。安山的子亨教会可能会有那种东西。崔主任接过酒杯，不喝酒也不说话。我明白崔主任是想到最后都和我保持一定距离。不可能了解这个实情的永培没有眼力见儿地一直看着崔主任说："知道你最近比较沉闷，没想到今天会这么沉闷。"她也只是轻轻笑了一下。

"去首尔到底怎么生活啊，我想知道这个。"

听了永培的话，崔主任抬头看着我。她闪烁的目光仿佛她也想知道似的。

"朋友，首尔光人口就一千多万，我就能饿着吗？我得努力挣钱，挣了钱就回密阳。"

"要带儿子一块儿去首尔吗？"崔主任问道。

我没有回答，看到我不高兴的样子，永培识趣地端起了酒杯。

"为了姜宰弼去首尔，我们干了！干杯！"

那天晚上，我们四个人喝的都不多，聚餐结束的时候都还很清醒。最后，崔主任好像还有什么话要给我说一样，可是许君说了句"能搭便车吧"，便坐在了崔主任自行车后座上。两人乘着自行车消失在黑暗中，两人的背影像极了兄妹。像上次一样，永培和我一起经过礼林书院走着回到了家。

在密阳的最后一个晚上，我带着奶奶和宗浩去市中心大街上吃饭。去了一家排骨店，为牙齿不好的奶奶点了一盘猪蹄。我默默地喝着烧酒，奶奶也不说话。几天前奶奶就看出来我最近就要独自去首尔了，就开始把我的外套和内衣洗了，叠好了放在了对面的房间里。

"宗浩是喜欢跟奶奶一起生活呢，还是喜欢跟爸爸一起生活呢？"奶奶看了一眼正在用生菜包肉吃的宗浩问道。

"爸爸要去哪里？"宗浩用疑惑的表情看着我。

"明天去首尔，赚了钱就回来。"我说了我已经打算好要说的话。瞬间，脑海里像闪电一样，闪过了一道极光。

"你父亲去蔚山的时候也说挣钱了就回来。"奶奶的话不连贯了，"从那以后，我谁的话也不信了。"

听了我的话，宗浩好像没了胃口似的，把筷子放到桌子上。宗浩咬着嘴唇站起来，朝鞋柜那边走去。服务员看到宗浩，告诉他了洗手间的位置。

"是够委屈难过的，这孩子懂事了，想一个人哭一下。孩子就应该呆在父母身边啊。"看着厕所那边奶奶自言自语地斥责我，"为什么出现在密阳？刚产生了感情马上就要离开，对孩子是多大的一种伤害呀？"

奶奶扶着膝盖站起来，看着桌子上吃剩下的东西，把服务员叫来，让他把干的湿的饭分别用塑料袋打包好。对像我这样的人来说，送别宴以这样的方式结束也不足为奇，我一直努力保持冷静。

第二天吃完早饭后，我往奶奶手里塞了一百万，之后我手里剩下的也不过十万元了。戴上帽子背上包，离开了家，坐火车离开了密阳。

秋光灿灿的芦苇丛中，密阳江一直跟着火车，并没有远去。劝告我以后要做一个好人、不要再进出监狱的奶奶，和在房间委屈地大哭的宗浩也在晃动的水面上跟过来了。

8

  1933年5月,被囚禁的姜致武和朴文一在符拉迪沃斯托克的日本领事馆下属的宪兵队监狱里接受了审讯。日本宪兵队想要通过审讯他们两个,弄清楚以苏联远东地区和朝鲜人聚居的吉林省为中心的一个朝鲜团体的组织谱系、目的和活动情况、资金调拨和经营方式,以及与韩国和上海那边的组织的关系等。据一起被日本宪兵队拉走并接受审讯的许多证人说,日本当局对反日分子或者不逞鲜人①的审讯,不只是单纯的审问,已经变成严刑拷问。用鞭子抽打或者故意致人伤残,还有水刑电刑都是经常使用的手段。对于那些不是吓唬吓唬就放出来的普通刑事犯而是反日分子来说更是如此。不知道拘留什么时候是个头,连熬过这段日子就可以出去了的希望都没有。拷问的强度日益增加,当长时间的拷问变成日常便饭的时候,很少有人能不降服而严守自己所知道的秘密。或者因忍受不了极刑而一五一十地招供,或者是闪烁其辞把责任推给别人,只要能够说话,肯定就招供了。只有能够忍受住这所有的酷刑的人,才能被热血的论客们称作值得钦佩的志士、义士和烈士。然而那些论客们没有生活在那个时代、没有直接经历过当事者的经历,他们动动笔杆子写出来的话也只是舞文弄墨而已。确实只有极少数伟人能达到一直缄默或者通过自杀来结束生命的境界。笔者对不能详细介绍姜致武和朴文一进行的抗日活动感到很遗憾,但我认为他们在接受审讯的过程中,招了全部或者部分有关他们行为和想法的东西。与其说是为了选择一条生路,倒不如说是在无路可走的情况下,在身心剧痛的状态下,对审讯的一种回应罢了。然而他们两个都彻底隐瞒了曾在长白山麓跟随大韩独立军团打仗的经历。关东军曾彻底地调查报复戏弄"无敌皇军"的大韩独立军团,在这种情况下他们只能退到沿海州,牺牲在"自由市惨变"之下。

一旦日军从审讯中获得了有用的情报,他们便成了没用的"垃圾"。处理"垃圾"有三四种方法:第一,在半残废的状态下将其释放;第二,释放在审讯过程中提供重要情报的协助者,并作为耳目利用;第三,不露痕迹地杀死或活埋;第四,将其移交到日本国内,判重刑后投入监狱。姜致武和朴文一属于被移监的。没经过再次审判,他们被运往的地方不是朝鲜半岛而是牡丹江。这个地处黑龙江省牡丹江沿岸的村子,在日本占领满洲以后发展成了军事交通要地,侵略中国大陆的精锐部队、日本军国主义的象征——关东军的兵力就驻扎在此。那年10月下旬,短暂的秋天结束了,他们两个人也就被火车运往牡丹江宪兵队特殊监狱了。

从海参崴移监到牡丹江的这段过程,笔者的祖母金德顺说她曾听丈夫提起过。将当时口齿不清的姜致武告知妻子的话整理如下:

在海参崴宪兵队,**朴文一**受到了比我更为严厉的拷问。

---

① 不逞鲜人,源于日语"不逞鲜人(ふていせんじん)"。是指朝鲜在被日本统治期间反抗日本政府或朝鲜总督府,不配合其统治行为的人,也可以指具有社会主义思想的不屈服的朝鲜人。

因为他先在海参崴定居，也是他把我拉入了高丽共产党组织。而且他是个有学问的人，而我只是个大老粗，就从这一点上来说，那些家伙只能把审讯集中在朴同志一个人身上。因为**朴文一**精通俄语、汉语和日语。"朴先生刚才交代的内容都对吗？"我接受的主要是这样的确认的审问。就这样我们受了足足四个月的折磨，经历了这样的四个月没有死却坚持下来了，真是个奇迹！我无数次目睹我灵魂的消亡。"不对，我都已经死了还受这样的拷问，这地方是哪啊？"也有过这样的错觉。离开海参崴是在10月下旬。在东北，10月已经是冬季了，我们被装上冷冻室般的火车厢拉走了。朴同志原本就被"拷问后遗症"折磨得半死不活的，又加上寒冷，在冰冷的车厢里，我旁边的病恹恹的他就像要没气儿了一样。比起我那比别人健壮的身材，身为两班子弟的朴同志是个只懂得舞文弄墨的病秧子。我们也不知道将被拉到哪里去。经过足足两天的时间终于到达了目的地。一看，是个几条铁道纵横的大火车站，停着很多装有军需装备的货车。朴同志已经奄奄一息了，我背着他下了火车。据护送宪兵说，这里是牡丹江。从那时开始，才算是摆脱了拷问。虽然被关在监狱里但没有再受到审问，朴同志的身体开始渐渐地恢复了。但牡丹江监狱也仅仅是一个暂留之地。

笔者的祖母金德顺还记得当时和朴文一的妻子任弼礼（海参崴家的）初次见面的场景：

　　解放后回国，我们一家到了密阳，当时除了丈夫家里的人，急匆匆来的还有**朴文一**的妻子，她带着正在上小学的儿子汉基。之前曾听丈夫说，和他在海参崴一同经历生死苦乐的**朴文一**有咸镜北道出身的妻子和儿子，但我是第一次见。由于在海参崴时就认识丈夫，**朴文一**的妻子看到丈夫就伸开腿坐在地上痛哭起来。丈夫却好像非常惊讶汉基的母亲竟然住在密阳似的，不停地问："啊，是汉基他妈吧？是吧？"海参崴家的一个劲地打听被日本宪兵队抓走的自己丈夫的消息，丈夫无以为告，一直保持沉默。过了好一会儿，他才艰难地磕磕绊绊地说："朴同志在海参崴宪兵队受到了严厉的拷问，被移送到牡丹江之后就去世了，我真的是没脸面对嫂子你啊！"说着边磕头边抽泣起来。我第一次看到他哭。**朴文一**的妻子听不清楚丈夫短舌头的话，我只好转述给她。从那以后，**朴文一**的妻子经常带着儿子来我家玩儿。由于老家都在遥远的咸镜道，我就叫她"大嫂"交往着。**朴文一**的妻子来了，丈夫只是躲着她，对于**朴文一**的事只字不提。即使是长大后的汉基想要知道关于自己父亲的一些事，来问丈夫，丈夫也只是挥着手对他说："别问了，别问了，我头疼得很！"

前面已经提到，笔者没有见过祖父姜致武，并且姜致武也没有以文字形式留下自己的履历或者是感想一类的东西。因此直到1945年日本败亡，姜致武在关东军731部队以及哈尔滨度过的十一年的岁月全都是凭着祖母金德顺的回忆记录的，那些历史事实也是根据参考文献资料和网络资料叙述的。对于那段时期能够作证的只有金德顺，因此无论是有夸张，还是有避开现实的虚构，抑或是有美化改编的部分，笔者也只能遵循她的证言。

1931年，日本发动"九一八事变"并借机占领东北。第二年建立了伪满洲国傀儡政权。控制大陆的日本关东军在距哈尔滨七十公里的南岗区宣化街文庙里郊区创办了"关东军防疫给水部"。他们打着保护关东军、预防传染病以及净化水质的旗号，让军医大学的细菌研究权威专家石井四郎准将担任部队研究所的负责人，由关东军精锐武装负责这个防疫部队的警备和收容者的管理问题。防疫部队里还有许多军医大毕业的微生物学研究人员。"关东军防疫给水部"把被收容者称作"圆木"，用日语说就是扒掉皮的木头，或者是木棒子的意思。所谓"圆木"即暗指人体实验的对象。

姜致武和朴文一被当作"圆木"移送到哈尔滨近郊的防疫给水部队的第二年，也就是1934年的2月，在日据地内被逮捕的反日分子中被判死刑的人最后被处决的地点就是关东军防疫给水部（这个部队在1941年8月1日改名为"满洲731部队"）。关东军哈尔滨宪兵队、日本驻哈尔滨领事馆及关东军情报部负责把"圆木"秘密押送到这个特殊监狱。防疫给水部队专门负责押送的机构会去当地交接"圆木"。他们给"圆木"穿上日本军服来掩人耳目，以便秘密移送。

姜致武和朴文一被移送到防疫给水部的时候，部队已经建好一年多了，接收的人不到一百名。"圆木"大多数是汉族人，也混杂着一些满族人、朝鲜人、蒙古人。姜致武和朴文一到达的时候，正值他们调遣中国苦力在严寒中建设住所。因为是特殊目的编成的部队，除了士兵住所以外还需要各种实验用的房屋。土木工程或宿舍建设等一般劳务就叫苦力来干，对于设施物等内部工程就从穿着日本服装的"圆木"中挑选一些人来做。即使把一些机密工作交给"圆木"做，也不用担心他们会泄露出去，因为他们早晚会在部队内部消失。

正如那首脍炙人口的歌曲一样，人的一生就像浮萍，生与死易如反掌。昨天还是好端端的一个人，突然发生交通事故或猝死，一天之隔，就变成了一具新的尸体。也有很多人因为遇上战争或是没赶上好时代而丧了命。然而也有在生死的边缘徘徊时奇迹般地捡回一条命的，在大屠杀中被扫射或在飞机坠落事故中幸存下来的也是有的。因此人们说，人们患疾病时在医生的救助下或是靠着顽强的意志力，虽然能使生命得以延长，但死生问题却不是人的意志能左右的，俗话说"生死在天"。

姜致武的状况就在上面所说的范围之内。由于身高和体重都不够标准，在初次选拔时从一堆人中被刷下来，但在不是标准值的特殊者选拔中却第一个被选上了。他的身体条件可以说是特殊人群中的典型。就这样，姜致武因体格超过了东方人的标准值，在选"圆木"的实验对象时一次性落选。但是正合适做建筑工程的力夫，因此就在那里被选上了。砍伐木材制作桌椅和文件柜时，他因为是个大力士一个人干两个人的活儿。由于他比其他挑出来的"圆木"体格强壮，很快就被督察组组长池田少尉注意到。池田是个大学出身的初级校将，种族观念和占领军的优越感都比较轻。

"圆木"们作为人体实验的对象，最重要的就是身体健康。部队针对青壮年时期应该摄取的卡路里数量制定了食谱，一天三次分配食物，一周还可以吃到两次马肉。由于给"圆木"特别供应食物，姜致武的健康达到了很好的状态。供给的马肉一般是从北方常见的蒙古马中抓到的老马或是病马，姜致武好像是在炫耀力气似的，挺身而出做了屠夫，拿起军刀砍掉马的脖子，又用铁刀把马的骨头一段段地取出并剔出瘦肉来。在一旁观看的池田连声称赞道："姜先生，太厉害了，真了不起！"

从海参崴宪兵队被移送到牡丹江的时候，姜致武想到自己在宪兵队都侥幸没死，肯定是命不该绝。因此决心从现在开始一定要照顾好自己这条命，无论处于怎样的境地都要活下去。自从心态发生转变以后，什么爱国心、正义感、良心等等一切好听的话统统抛到脑后了。他决定像浮萍一样随时间流逝，像牲口一样献身于体力劳动，为了不使自己沦为"圆木"，放弃了过像人的生活。

关东军防疫给水部初期主要进行冻疮实验，研究目的就是在冬季漫长的中国北方地区以及西伯利亚地区长期战斗的时候，怎样克服冻疮。为了备战和中国国共军（蒋介石领导的国民党军队和毛泽东领导的共产党军队）以及苏联的全面战争，也需要进行那样的研究。细究当年拿破仑率领军队攻打俄国战败的原因，那不仅是因军队武装力量和援兵不足，更多的则是冬季的严寒引起的冻伤致使军队士气下降、战斗力削弱，这一点引起了日本领导层的注意。因此冬天他们只给"圆木"穿一层单薄的衣服，把他们扔到零下三四十摄氏度的室外做实验，看他们能坚持多长时间。夏天就把"圆木"的手脚捆绑起来监禁在冷冻室里，调节冷冻室的温度，做人体冷冻试验。等"圆木"的身体到达忍受冷冻的临界点而濒临死亡时，就对他们实行解冻，抽打他们的身体、泼温水或是把他们扔到热水或蒸汽池中，利用这些方法来观察皮肤恢复与否及所引起的反应。在活体实验中"圆木"的健康和肌肉组织也是研究的对象。

姜致武死于肝癌恶化，在去世前的一个月，他好像已经意识到自己的死期临近。一天晚上，他把妻子叫到跟前，说无论如何一定要在死之前将自己隐藏多年的秘密告诉一个人，要不然他死不瞑目。以下是姜致武对妻子说的话：

> 人体冻伤实验与在海参崴的拷问截然不同，比拷问还要狠毒千百倍，简直到了野蛮的极致，在词典中也找不到词语形容，因此就用他们口中所说的"圆木"来表达。以前在审讯过程中遭受体刑的话只有拷问者，但是对"圆木"的拷问却是在低于零下三四十摄氏度的环境下进行的，之后军医还打着给"圆木"治疗的旗号，使用其他方法对其肆意拷问。那年冬天朴同志和其他"圆木"都经历了人体冻伤实验。在那样严寒的环境中朴同志所承受的肉体和精神的痛苦怎么能用文字来表达！虽然不确定应将人类所能承受的痛苦极限定为哪里，但是只有我竟然避开了成为冷冻人的痛苦。活下来很羞耻，那是无法克服死亡的苟活。如果非要承认的话，是我杀死了被冻伤折磨得死去活来的朴同志。朴同志被督察组背回牢房的时候，全身好像是从热汤里捞出来似的，呈黯黑色腐烂的皮肤上面飘飘荡荡地冒着热气。只见他非常痛苦地喘着气。"姜同志，杀了我吧！"他用细若游丝的声音说了这话，也不知道是想要摆脱负罪感的我的错觉还是幻听。就那样，我送朴同志去了一个没有"圆木"的世界。后来，解放后

回到家乡见到朴同志的妻子时我不知该如何向她说明这一切。

虽然那天的朴文一已经处于熬不过夜就要断气的情况,但他死后姜致武却陷入了杀死同志的恐惧中,异常的苦恼。他的绝望从1919年开始,和自己一起度过十多个春秋的故乡的同志就这样永远地离开了。虽然当时他早已决定不过人的生活了,但在内心深处的角落里又有一个声音对他说你是一个人!那天,他抱着朴同志的尸体哭了整整一晚上。

被负罪感折磨的姜致武心境原声转述如下,仍是祖母金德顺所转述的:

> 我当时痛苦绝望得想死。那时觉得自己真的该死,并且也想到了死,决定咬舌自尽。在海参崴宪兵队被拷问时由于受不了他们的威逼,企图咬舌自尽,但是失败了。确定朴同志死后,现在也该轮到我了。没有刀,我就用牙将舌头咬碎后吐出来。督察组巡查时看到我抱着尸体,流血的样子,便对我采取了急救措施。就这样,又一次自杀未遂。看来我就是那种想死都死不了的命啊!

姜致武的舌头就剩下一半,因此说话变得口齿不清,但那使他因祸得福。由于口齿不清,他绝对不会将听到的话说给别人。在海参崴宪兵队时他就假装是大字不识一个的文盲,被转送到关东军防疫给水部时,他的身份明细表上也是以文盲身份记载的。虽然他会说会写朝鲜语,但他觉得被当成文盲反而更轻松,所以才那么做的。从此半哑的他就成了一个绝对不会说话和写字而只会干活的牲畜。

不说话后，姜致武所有的记忆也随之中断了。经历过大韩独立军团战争时期的长白山麓"自由市惨变"，越境到中国在抚远做了一段时间的长工，在海参崴作为地下独立军团成员活动，这一切的一切都像是别人的事一样，只是偶尔会有一些不夹杂一点感情的记忆的碎片掠过脑海。他变成了只会点头哈腰做事的忠实的狗。事实上，在部队里，他也被调去饲养和训练负责侦察和狩猎的二十多条军用犬。就这样，他苟活了下来。

在需要保守秘密又需要人力的时候，需要一个像他那样的人。被池田少尉看中的姜致武也取得了他的充分信任。比起听话的军用犬，池田更愿意让比自己高三十厘米又听话的姜致武来做手下。于是他向上头递交推荐书时写道："半岛人姜致武和本地人（日本人）很亲和，性情温顺，体格壮大魁梧，而且是个哑巴，适合做哨兵。"从此姜致武被选中，成了哨所哨兵的助手。做了哨兵后，他开始留起了络腮胡子，像是要遮挡脸和嘴似的。

1935年发生了越狱事件。那段时间，中国的"圆木"们偷偷地挖了地洞，从部队逃了出去。"圆木"的牢房原有二十个，六七个牢房的"圆木"成功逃脱，共计二十八名逃亡者。由于姜致武在哨所工作，不知道"圆木"们的计划，也就没能参与其中。因为那时候他已经成为日本关东军忠实的猎狗。姜致武作为督察组的一员被派去追捕逃亡者，他牵着军用犬跟着部队四处搜捕逃犯。在地广人稀的东北，持续的搜索是不可能的。

越狱事件发生后，关东军驻哈尔滨司令部认为731部队距哈尔滨较远，不能迅速地调动兵力进行追捕，此外部队选址在水路设施和通信网等方面都存在瑕疵。于是关东军司令部决定将部队转移到距离哈尔滨较近的平原地区，并开始了新的建设工程。1935年初南岗区宣化街文庙关东军防疫给水部被炸掉，没有留下一丝痕迹。

*

2002年夏天，笔者来中国东北旅游，初次参观了大韩独立军团的战争遗址，随后在朝鲜族导游的陪同下进入俄罗斯沿海州参观了海参崴的新韩村一带。回国前，最后又去了哈尔滨。我的行程是按照姜致武的足迹制定的，即他在"三一运动"后从密阳来到新兴武官学校这一段路程。

日本关东军731部队的原址位于距哈尔滨市中心向北二十千米的平原地区。我去参观时正值夏季最为炎热的8月中旬的午后，我和酒店介绍的朝鲜族的导游一起去的。出租车在凹凸不平的水泥路上颠簸了三十多分钟，终于到达了目的地。在大路边上有一座看似学校或官公署的两层建筑，正门屋檐下贴着写有"侵华日军第七三一部队遗址"的立式大型招牌。那座两层建筑物就是当时部队总部的建筑，现在已被改建成学校，周边是新建的五层的居民楼。据导游介绍，这里和1937年日本发动的"南京大屠杀"一同被看作是日本带给中国的最大耻辱的地方。这个遗址就像当年的波兰奥斯威辛集中营，为了铭记那段历史，现在这儿已经作为旅游景点被记入哈尔滨观光地图。

在太平洋战争中败局已定的关东军，在撤退之前，为了消灭证据，炸毁了731部队的大部分主要建筑。在1995年，也就是这里成为废墟五十年后，中国政府认识到日本所犯暴行的历史保存价值，在731部队遗址地建造了纪念馆。我去那里的时候，工人们冒着酷暑正在拆除几十年间遗址周围未经许可的民居建筑并平整土地。纪念馆里面到处都贴着封条，正在进行挖掘工作。

我和导游花了三个多小时的时间看了一部录像。录像再现了日本为了与西方列强进行细菌战而进行的活体实验的现场和实验过程。在中国、日本和西方游客中偶尔可以发现韩国游客。看过罪证陈列馆的展示物品，我一直沉浸在一股异常悲伤的情绪中。活体实验后死去的人的尸体从大型木材箱里被拖下的场面，埋葬坑前堆叠如山的尸体……放大后轮廓模糊的相片资料都很好地说明了当时的惨状。里面还陈列着各种医用手术工具、脚镣、手铐、生锈的枪支机械之类的东西。照片再现了将活体解剖露出脏器的"圆木"放在手术台上供医疗队伍围观研究的场面，虽然不是真实的场面，仍然具有很强的冲击力。看着所有证据的游客们都屏住了呼吸，只有带着便携式麦克风讲解的翻译的声音显得很吵闹。

731部队主体建筑形态保存得比较完整，最北边距其一百米左右的地方是动力班①，也就是曾经为部队提供电力的一座建筑。从外墙看去它呈四方形，十分坚固，当时堆筑起的两个烟囱仍旧高高地伫立着。主体建筑的左后方，是一座较小的二层建筑，导游介绍说那是饲养活体实验用的老鼠的地方。731部队最多时饲养了几万只活体实验所需的老鼠，仿佛形成了一个老鼠集中营。细菌保管所的地上建筑坍塌，只保留下了地下部分。一进入这个地下室，我的头就开始针扎似的痛。我赶快拿出系在腰间的手提

---

① 动力班在日本731部队细菌工厂遗址。

袋里的药瓶，吃了两粒白蛋白。地下室有二十多坪，由于没有空调就像是进了蒸汽房一样，我汗流浃背，不停地吞咽着口水。看到我这副模样，导游说我身材高大更怕热，便给我买来了矿泉水。我一口气喝光了水，但还是感到口渴。

看了当时不知道用来干什么的附属建筑之后，我们来到了731部队建筑中形态保存得比较完整的南门前。围墙前的水泥高台上空荡荡地放着一块大石头，一面削平了刻着"南门卫兵所"的字样。看起来像整修了一番的卫兵所就在石头标记的后面。那个建筑——正如祖母金德顺的证词所说："丈夫当时是南门哨兵。"——就是姜致武当哨兵助手时工作过的地方。如果这个建筑是在1935年建成的话，金德顺与姜致武第一次见面就是在这个卫兵所。

我的头很痛，这种燥热的天气又很容易疲乏，便蹲在柳树下乘凉。我眼中的卫兵所在热气中像遇到地震一样，轮廓不再清晰，开始摇晃起来。

*

从图们江边一个叫会宁的地方向南，地形顺着斜坡升高，沿着溪谷，不用往里走很远，就到了大树遮天、层峦叠嶂的深山幽谷。这一带最高的山是由五个山岭重叠起伏形成的五峰山，海拔一千三百多米，在山脚下郁郁葱葱的树林中零星散落有三四个小村庄。即便是开垦的梯田，由于土壤肥沃，在时节较短的夏季，玉米、谷子、燕麦、大豆、土豆等农作物的长势也很好。哪怕是在漫长的冬日，山谷中的人们也不会因为粮食而发愁，就这样一代代相互帮助生活着。

笔者的祖母金德顺熬夜把她八岁之前生活过的加实里的故事讲给我听。这里只摘选出其中的一部分。

大家都说加实里是天底下最适合人类居住的地方，一直过着太平盛世的日子。随着季节的变换，花开花落，老虎、熊等陆地动物都在这生活着，漫长的冬季积雪有时候会像房屋一般高，人们就会在自己家和邻居家之间挖洞往来。偶尔会有猎人到这个小村庄来。穿过满是遮天的红松、白桦树的林间小路，翻山越水才能到达大约四十里外的会宁镇。朝鲜灭亡的消息传进山沟里的时候，连老人们也不知道那话是什么意思。祖祖辈辈靠种地打猎为生的山里人认为，即便他们知道也不能改变现实。然而外面发生的事情还是影响到了这层层山谷，使这里迎来了开天辟地的时代。那便是看到穿军装、骑马挎枪的日本兵出现在村子里的时候，来到山谷的日本人使唤朝鲜人搬运木材和煤来铺铁路。附近也出现了矿山，也修好了去会宁的铁路，开始有面生的外地人来到山里。身强力壮的男人们都被抓去当了劳工，村子里只剩下女人、孩子和老人。我们家也只剩下奶奶、妈妈、哥哥、姐姐和不懂事的弟弟这五口人了。有一年的秋天，被抓去当伐木工的父亲在离开家一年后，从图们江边的一个砍伐场里憔悴不堪地逃回来了。那段时间，了解了外面世界消息的父亲说不能再这样生活了，去延边那片新天地吧，于是就慌忙地离开了有着深厚感情的加实里。

金业宝拖家带口离开了会宁，跨过图们江，从三合村步行三十里后遇到阻挡的山岭就是五峰山。从那里再走十五里,到黄昏才看到了家家户户都亮着灯光的和平的村子,那就是朝鲜人聚居的明东村。这是五个来自会宁和钟城的儒生凑钱从中国官府那里买的地,开辟的新的世外桃源。他们建村、垦地、种田,这样过了二十多年,把这里变成了一个拥有五十多户的村庄,家家户户都丰衣足食。金业宝在那里落户,一边租地种田,一边努力开垦属于自己的土地。德顺说也是那时第一次见到缝纫机这种缝补衣服的机器。村子里有教授小学和中学课程的基督教学校,也有共建的女子学校。因为村子里的女孩子们都去读书,正好德顺也到了上学的年龄,就去上学了。那是 1908 年设立的明东学校。德顺在那里读了四年书。那个学校在 1925 年就关门了,因为当时的日本领事馆驻扎在距离明东村大约三十里的大城市龙井,他们认为明东村是当时"不逞鲜人"的老窝,而学校就是据点,所以采取了废校措施。日军之所以认为学校是据点,是因为以建校的金跃渊[1]为首的明东村的乡绅们和学校里的老师们,始终怀着朝鲜人的自豪感走在民族运动的前线。或许由于明东村的这种氛围,那里的每个青少年都燃烧着一颗爱国之心。

金德顺的哥哥金范受了这种爱国情绪的影响,放下了犁头,参加了朝鲜独立军。他不顾父母的反对,在 1931 年发生九一八事变后的一个深夜离开了家。第二年,德顺的姐姐嫁给了一个在龙井做胶皮鞋生意的人。直到那时,离开家的金范还没有消息。1935 年金业宝收到了龙井日本总领事馆的出庭要求。业宝毫不知情地到了官厅一看,说儿子金范因为反满抗日罪被判十五年有期

---

[1] 金跃渊,独立运动家、教育家,号归岩,生于咸镜北道会宁市。

徒刑，正在哈尔滨监狱里反省思过。控制了伪满洲国的日本在炫耀国力的同时，也为了消除其他民族的抵触情绪，把在囚的犯人的消息通知给犯人的家人。

日本统治伪满洲国以后，反对日本殖民统治的爱国势力到处进行武装暴动。从1932年起的两年时间内朝鲜独立军团与中国护路军吉林省自卫队组编成了联合部队，并与日军及亲日傀儡政权——伪满军在哈尔滨附近的军事据点发生了几起战斗。1932年7月在大甸子岭与日军的斗争中，五百余名朝鲜独立军团及两千余名中国军人参加了战斗并取得了胜利。但在9月份东陵县的攻击战中，朝鲜独立军团遭受了巨大损失节节败退。在撤退的过程中，金范沦为日本的俘虏。当时朝鲜独立军团的总司令是池青天[①]。

1935年4月天气渐渐回暖，金业宝为了看儿子一眼去了哈尔滨。他的妻子说要是不知道这个消息也就那么过了，这监狱生活怎么熬呀，便执意要跟过来。金业宝安顿好妻子，就去了延吉，从那里坐上火车，花了两天的时间到了哈尔滨。他暂住在监狱前的民房里，并提出申请要和儿子见面。在监狱门口张望了两天后的那个晚上，哨声与车子发动的声音传入他的耳朵。金业宝出去一看，监狱大门敞开着，几辆军用卡车发动了引擎正在待命中，一些用绳子绑着的人上了卡车。金业宝判断那些上车的人都是罪犯，他们被装上卡车移动到某个地方去了。

因为当时的局势，监狱暂时回绝一切会面，虽然很失望，但他还是从当地居民那里打听到一些新的消息。在哈尔滨郊区平原

[①] 池青天（1888—1959），独立运动家、政治家。本名大亨，号白山。

地区，关东军正在组建一支新的部队，所以正在征召按周领工钱的苦力们去当劳力。知道了儿子作为犯人被调到那里去当工人，为了能见到儿子，金业宝就又动身去了哈尔滨北部五十里外的平原地区。整个工地上乱哄哄一片。卡车在不停地运送木材和石头，许多工人被调到了土木工程部和建设工程部，正在大汗淋漓地干着活。到处都有挎着枪的日本军人在监督施工现场。金业宝住在一个中国农民家的仓库里，距离施工现场仅三四里路远，每天都会去那里看看。中国商人们闻到了这里有买卖可做的味道，摆上小凳卖酒和烧饼给那些苦力们。金业宝从一个在采石场磨石头的满族工人那里得知，囚犯们也在工地里干活的，但他们与一般的工人不同，主要做挖掘地下室的工作，太阳落山后还要被关进新建的牢房里。金业宝在平原施工现场张望了四天之后，终于打听出了儿子在的地方并和儿子取得了联系。金范知道父亲来找自己，便写了张便条让人顺便捎了出去。便条上内容简短，只是写了写对父母的歉意和自己身体很健康。农忙时节就要开始了，金业宝说今后再来，就回明东村去了。

*

9月中旬，西北风开始肆虐，始终思念儿子的泉谷家的带着女儿德顺去了哈尔滨。秋收一结束她便遣散了人手，拿着卖掉秋收货物的钱踏上了见儿子的路途。她之所以带着女儿同去，不仅因为比起无知的山村妇女女儿既明理又聪明，而且女儿还会一点中国话和日本话，出去的话，像买火车票或者申请与金范会面这样的事会很方便。

由于去年夏天几百名苦力和罪犯都被拉去建造房屋，加快了工程进度，泉谷家的和金德顺找到建设哈尔滨郊区日本军宿舍的施工现场的时候，外墙和主体建筑都已完工，宿舍和别栋建筑也已进入收尾阶段。人们把这个部队叫"关东军防疫给水部"。在这个两层的主体建筑物入口处建立了正门卫兵所。

作为后门的南门卫兵所处，有一个十坪多的圆木建筑。比之正门，为部队运送补给品的重型车辆或牛马车都从南门进出，因此南门的检查和管理也相对宽松。供给仓库、食堂、兵器仓等都建在南门旁边。

南门外面几处低矮的丘陵顺着田庄绵延开来，散布着几户农家。防疫给水部的建设工程正进行得热火朝天时，南门前面形成了集市，热闹非凡。但是白天渐渐变短，天气渐渐转凉，苦力们都纷纷离开了，小摊也都撤走了。那段时间在私市摆摊卖烤饼的五十多岁的独眼老头便用牛马车把木板拉来，叫了几个人力车夫，只用了几天的时间就建起了一个临时的小屋。是个只带一个后屋，连地板都没有铺，地面还裸露着土的酒铺。独眼的老头在那小店卖起了小日用品和烟酒。他认为在南门前开店铺的话，不仅能从部队那里尝到甜头，而且这附近的中国佃户和开垦水田的朝鲜人也都会给他带来生意。

那时姜致武是南门卫兵所卫兵的助手。日军要是想找个使唤人，比起同族人，异族人更容易。姜致武的工作就是站岗，兼做送食物和燃料、刷碗、清理厕所等琐事。

不管是在哪怎么样打听到的，时常有听说了关东军防疫给水部里有监狱的消息，而前来探监的家人们在卫兵所的窗户门前，拿着写有亲人信息的纸条询问"有没有这个人"。但即使那个人是被选出来当苦力的罪犯也不能安排会面探监。卫兵们只能回答说这里不是监狱，让他们默默地回去。

由于关东军防疫给水部是执行特殊任务的细菌学研究所，除日本人之外，一概不允许会面。虽然防疫给水部的人员都穿着一样的军装，但实际上医科大学出身的医务人员和普通士兵一样多，部队工作者要绝对保密防疫给水部的具体目的。部队人员在出差时，遵守部队的原则是最高命令。

气温骤然降至零摄氏度左右，狂风肆虐。戴着毛围巾，裹着毛帽子，穿着厚重衣服的母女俩从昨天开始就在南门卫兵所门口徘徊，这就是从外表一看就知道是朝鲜人的金业宝的妻子和她十六岁的女儿金德顺。

野村卫兵组长通过窗户看到她们母女俩，告诉姜致武，让他去把昨天就看到的朝鲜母女俩赶走。姜致武拿着枪走出了哨所。他用枪口指着母女俩，假装吓唬她们。泉谷家的被穿着日本衣服拿着长枪的姜致武吓得退了老远，金德顺反而认为是个机会，就唐突地走上前去。

"我是来找人的。"她用清晰的朝鲜语说。姜致武虽然能听懂这个少女的话，却没有回答。"听说哈尔滨监狱里的囚犯现在也在部队里是吗？我哥哥叫金范，请让我们见一面吧。"

金德顺看出了留着络腮胡子高大的人不是日本人而是朝鲜人。

日本伪满傀儡政权成立之初的两三年间，东北境内的反满抗日的武装斗争非常激烈。但去年，关东军和伪满军几乎镇压了吉林省和周边省的所有暴动，那里也都恢复了平静。关东军装备着现代化武器，地方军阀势力的护路军或者朝鲜独立军团根本就不是他们的对手。屡战屡败的护路军和朝鲜独立军团约定了以后再战，便逃向了中国内地、蒙古和苏联。由于被抓的俘虏太多，日军考虑到若全部处刑将会引起不良的国际舆论，影响将来的伪满洲国统治，所以决定施恩于乞求活命的俘虏，把他们流放到边境；那些至死抵抗的人只经过了形式上的审判，便关进了监狱；能识文断字的人也都被关进监狱了。

姜致武当然知道被关押在哈尔滨监狱里的犯人们被拉到防疫给水部的建筑工地上来干活的事，所以他认为少女要找的哥哥是反满抗日的"不逞鲜人"。

"快走！快走！"又想起以前的日子，姜致武像要打碎那个记忆一样大声地叫着。他踱步回到卫兵所，回头一看，女孩正跪在地上看着卫兵所这边。那天就那样过去了，第二天一早，这对母女又出现在了卫兵所门前。姜致武要是赶她们的话，她们就退一点，然后再偷偷地跟过来。

虽然那段时间被关东军防疫给水部调来的大部分囚犯都已经回到了哈尔滨监狱，但还是有三十多名强烈反日的犯人被留了下来，以完成各个研究所内部的建设和地下室收尾的工作。这些囚犯是被指定为活体实验的实验对象而留下来的。野村给人事科负责管理囚犯的人打了通长途电话，问了很久，了解清楚情况之后，让姜致武赶紧把她们母女赶出去。

那天母女俩并没有离开卫兵所，但从第二天开始就是金德顺一个人在卫兵所门前走来走去。两天后的那天夜里，姜致武正在值班，一个叫一梦的上等兵使唤他去小杂货铺买一瓶烈酒来。到了小杂货铺，一眼就看见三个留着辫子的满族人在木质麻将桌上打麻将。穿着脏兮兮袍子的金德顺看到姜致武，非常高兴。

"我就知道姜先生是朝鲜人,有点结巴。"

"什么?"

"妈妈生了重病,不能回延边了。我决定在这里帮忙做事,一直到见到哥哥为止。"

泉谷家的得了重感冒气喘又犯了,母亲一病倒后金德顺便去小杂货店当使唤丫头,而且小杂货店里也需要干些杂活的丫头。小杂货店给母女俩提供食宿,但是金德顺要负责做饭和收拾桌子。德顺去村子里用背水架背来了水,又运来了烧火用的生煤。

姜致武走到店铺后面去解手。满族人建房子的时候基本不造厕所,大便也是找一个离房子远的地方蹲着解决,不到两天就风化了。在空地上解手的时候,姜致武隐约听见后房传来奄奄一息的声音,有人用朝鲜语说"我要死了"。后房的门开着,泉谷家的盖着一床破棉被躺在黑漆漆的屋子角落里。她病得连门开着都不知道,涨红的脸上起了很多红疹,病得很严重。

第二天,姜致武去了部队的药店,拿了退烧药交给金德顺,虽然他知道不能同情外人的规定,但是两个人就此结缘了。金德顺感激地接过药,从那开始两个人走得越来越近。在交往上金德顺相对比较积极,因为他是在卫兵所工作的朝鲜人,是她打听部队消息的唯一渠道。金德顺保证一定会保守秘密,姜致武便告诉她确实关押着一个叫金范的朝鲜人。得知不允许见面,德顺给哥哥写了封信。姜致武偷偷地把那封信转交给了金范。

笔者的祖母金德顺在回忆当时的事情时,这样说道:

  杂货店后面还有一个小屋,店长是个中国人,我们和店长夫妇共用这个小屋。狡猾无比的王老板是一个独眼龙,已经五十多岁了，却不知道从哪儿买了一个像女儿一样的老婆。老板娘身材肥胖，很笨，连饭都不会做。就是那个时候，王先生一看到我，就花言巧语地让我去店里帮忙照看。我们一直共用的那个小屋处处散发着霉味，王老板又是个色情狂成天地调戏他年轻的老婆，我根本没法好好睡觉。当时女子年满十六岁，就到了结婚年龄，大致上什么都懂了，而且在明东村的时候经常有媒婆来我家。虽然吃了他从部队买回来的药，但母亲的病情依然没有好转，一直在发烧，精神恍恍惚惚的，所以并不知道那些事。我也给哥哥写了信，也收到了回信。虽然很想回明东村，但是担心母亲再冒着严寒上路可能会冻死在路上，便不想回了。那段时间王老板纠缠不休，我每天都过着地狱般的生活，只有身为同胞的他对我们母女俩的关怀和照顾是一种慰藉。一个月就这么过去了，我从闲聊中了解到他的过去，我们两个人像兄妹一样，互相安慰可怜的境遇，就这样产生了青涩的感情。

说要去哈尔滨见儿子的妻子和女儿已经将近两个月杳无音讯了，所以一进入12月金业宝就去了哈尔滨，在关东军防疫给水部南门前的中国人开的杂货店里，他见到了妻子和女儿。小屋里卧病在床的泉谷家的头发都掉光了，瘦得只剩下骨头。金业宝用被子包严妻子，背着她离开了杂货店。金德顺甚至没来得及和姜致武道别，就跟着父亲回延边的老家了。天气冷得像要把人的鼻子冻掉一样。他们乘火车回到延吉，去了亲家的胶鞋店。到那儿时，泉谷家的还有一口气，躺在暖和的炕头上，吃完东西后，才渐渐缓过神来。

第二年春天,金德顺的肚子渐渐鼓起来了,她如实告诉父亲自己怀上了关东军防疫给水部南门卫兵所的朝鲜卫兵姜致武的孩子。

"不管怎样,都得去找一下姜先生,顺便去确认一下哥哥是留在了传染病研究部队还是被送到了哈尔滨监狱。"

就这样,金德顺收拾好行李离开了明东村。

再次来到哈尔滨近郊防疫给水部南门卫兵所的金德顺一见到姜致武,就告诉他自己肚子里已经怀上了他的孩子,现在只能呆在他身边了。金德顺还打听了哥哥的消息。哥哥金范被指控为反日分子的核心级人物,还关押在部队,现在被调到机场做劳工。

"我一个朝鲜人,不过就是一个跑腿的,就是牲畜。"姜致武表示在金范的问题上,自己也帮不上什么忙。

金德顺在南门卫兵所外面的中国人开的杂货店里住了下来,在那儿做女佣,就能经常见到姜致武了。姜致武害怕卫兵所的同事们知道了自己和店里的朝鲜族姑娘相好后,他会失去工作,所以更忠诚了,绝对服从命令,甘愿受训,忍受着戏弄和嘲讽。因为是个结巴,沉默帮他隐忍。

1936年秋,金德顺在杂货店的小后屋里分娩了。第二天,姜致武来到小屋,看到金德顺生了个儿子,为了让儿子能像雷声一样响亮,便取名叫天动。未婚的女子生了孩子就会招来别人的闲言碎语,于是金德顺离开了部队南门的杂货店,去了哈尔滨市。其实她之所以下定决心换工作也是另有原因,王老板不知从哪儿买来三四个年幼姑娘,开始陆续地有日本人进来嫖娼。柜台后面连着一个房间，到了晚上，日本兵们就在房门前排队。金德顺离开后，防疫给水部的规模扩大了，兵力也越来越多。与此相对应地，南门前面的民房也渐渐多了起来。几年后，随着房屋的不断增多，不知不觉间就形成了小吃街和私娼街。

来到哈尔滨市区的金德顺在松花江鸦片窟的一个中国饭店里当厨房丫头。为了看妻子和儿子，姜致武每两三个月都会去一次鸦片窟，看完他们之后就又匆匆地离开。

两年后，金范因为被用作活体实验，感染了黑死病，在部队的焚化炉里变成一撮烟灰消失了。虽然姜致武知道这件事的始末，但没有告诉年轻的妻子。

关东军防疫给水部的规模逐年扩大，甚至还有飞机场，每天都有飞机起落。人员最多的时候，常驻的关东军达到了八千人，设有八个部门，在加紧进行通过活体实验的传染病研究和细菌武器开发。他们陆陆续续地从关东军宪兵司令部那里接收活体实验者，当活体实验者的数目增加到数千人后，就开始不断地增设足以容纳他们的设施。

岁月无情地流逝着。1937 年 7 月，日本发动侵华战争，从那年的 12 月到次年 1 月，日军在进攻南京的过程中，制造了惨绝人寰的"南京大屠杀"，杀害了三十多万中国平民。欧洲大陆也卷入了战争的漩涡。1939 年 9 月，德军入侵波兰，第二次世界大战爆发。1941 年 8 月"关东军防疫给水部"改名为"关东军 731 部队"。12 月，日军偷袭夏威夷珍珠港，太平洋战争爆发。战争初期，以德国、意大利、日本为轴心的同盟军接连获胜，占优势地位。但是自 1943 年以后，战争的局势开始逆转：1944 年 6 月，美英联合军的诺曼底登陆作战成功解放了巴黎，同年 11 月，美军开始对日本本土发起空袭,同盟军的战局发生了巨大的变化。日本发布总动员令,鼓励誓死"圣战",但是1945年3月日本本土的最后防线——硫黄岛营地也被美国海军陆战队攻破,日本大本营"圣战必胜"的幻想破灭了。7月,日本又在中国战败,大败给了国共合作成立的联合军。

哈尔滨近郊的关东军731部队也意识到局势的严峻性,但是却无法独立决策。8月9日,日本长崎遭到原子弹袭击,这天日本陆军部下达紧急指令,命令销毁731部队的所有设施。从9日一直到13日,仅仅四天时间,司令官石井四郎少将用毒气杀害了四百余名活体实验者,然后把他们堆放进挖好的坑中,洒上汽油焚烧。接着紧急投入工兵部队,除了保留残留兵力将使用的主楼以外,炸毁了所有的主要建筑。石井四郎销毁了普通的证据文案,只带着活体实验的绝密研究资料乘飞机经朝鲜回到了日本。

从731部队销毁证据的程度上看,当时仍在南门卫兵所工作的朝鲜人姜致武应该在毒气残害的时候就牺牲了的。多亏了十一年前推荐他做卫兵所助手的池田,他才得以保住了性命。后来池田晋升为少校,作为日军残留部队防御队长留了下来。池田少校认定姜致武不是叛徒,便将他从处理对象名单中删除了。

姜致武也没有预料到日本会如此轻易地战败。当战局对日军不利的消息传来时,他也相信局部战争中的失败只是暂时的,早晚会逆转的,就像卫兵们说的一样。但是除了主楼以外,部队的建筑都被炸毁了,看来好像又不是那样。姜致武看到了活体实验者一个接一个地被拉进毒气室。部队陷入了极其混乱的局面,731部队只留下了三个残余中队,其他的都投入到撤退作战中去了。懂得见机行事的人是可以乘混乱伺机逃离的,但是姜致武连这样的勇气都没有，他不过是一个失去了判断力的傀儡。

8月15日，日本天皇通过广播正式宣布投降，南门卫兵所立即化为恸哭的海洋。少年兵出身的大西极其悲愤，脱掉了上衣，光着上身高呼天皇万岁，随后就用戒刀剖腹自杀了。受军国主义思想洗脑的他所作出的剖腹行为，让所有的劳工都震惊了。看到大西肠子涌出腹外死去的那一幕，姜致武才缓过神来，他反问自己我会为别人死吗，但他马上又意识到他是不会因为谁而献出生命的。

按照必有一战的觉悟，部队戒备森严、万无一失，一周之内也没有发生任何事情，就连内犯或者掠夺者也没有，整个部队一片死寂。一听说苏联军和八路军迟早也将进驻哈尔滨，残留的兵力也都忙着撤退，正收拾行囊的野村组长叫住了姜致武："姜先生也解放了，我们就要回国了，你也可以回家了。"他扔给姜致武一个马粪纸包裹物，是个装着日币和伪满洲国纸币的箱子。

姜致武虽然没有真切地感受到解放，但是他知道自己的任务结束了，立即换上便装，刮掉了络腮胡子，背着背包来到了哈尔滨市。刚迎来解放的哈尔滨市的治安很差，日本人经营的公司和商店都遭到抢劫并被放火，到处一片混乱。姜致武在码头鸦片窟见到了妻子和儿子，他把钱交给了妻子，金德顺用包袱把钱包起来，跑去了犹太人经营的当铺把纸币换成了金饰品。

*

姜致武坦言，他抹去了青少年时期参加的长白山大韩独立军团时代的记忆，在关东军731部队当走狗为他们服务了十一年，那段时间金德顺也没有去看在延边明东村的亲人。金德顺说："我那也是混日子，但是我丈夫也只是想要活下来，才会效忠于他们。"姜致武被称作卖国奴也是应当的，但是笔者的奶奶说可以理解他，"平时像哑巴一样，不怎么说话，但是每当听到他不知怎地说出来的结结巴巴的话，就好像看到了他颓废的心一样，很是可怜，不自觉地也会流下眼泪"。

对于这件事，笔者的奶奶金德顺说道：

虽然结成了夫妻，但是丈夫却住在部队。本来哪有夫妻不吃一锅饭的，但是在那个年代，全都如此。男人们都离开了家，关东军也是把妻子和儿女留在日本而只身来到那里开始兵役生活的。提到了关东军，我觉得虽然他们把包括我哥哥在内的很多人作为医学研究对象进行实验，或许是因为没有亲眼看到他们的恶行，我认为并非所有的日本人都是坏人，即便大多数是坏人，也有好人。在我工作的饭店里有一位老顾客就是日本人，他是一位很有礼貌的关东军掌教。丈夫在做守卫的时候，也因为有日本兵的认可和帮助，才得以在漫长的岁月中安然地生存下来……

笔者认为没有必要按年代逐条记录金德顺和姜致武在哈尔滨度过的岁月。在那漫长的动荡的岁月里，姜致武常常目睹活体实验现场，虽然早已将自己年轻时的记忆从头脑中抹掉了，但是眼看着同胞被日本人作为传染病研究对象而死去的样子，对于一般人来说无疑是极其残忍的。然而见惯了那种现象，知觉本身也就变得麻木了，整个人就会变得很漠然。

这种郁症渗透到人的潜意识里，就会因错觉而发狂或者相反地陷入蒙昧之中。姜致武在731部队度过了的蒙昧的岁月，也在这种状态下迎来了战争的结束。然而在他仅存的一丝记忆中，永远抹不去那些活人被当作医学用品进行试验的场景，直到去世的那一天，除了妻子他没有对其他任何人说起过。笔者的奶奶金德顺说她为了遵守与丈夫的约定，一直隐瞒着这个秘密，从没有对家人以外的任何人提过这件事。儿子姜天动只说父亲是大韩独立军，因为未曾目睹父亲为日军工作，所以对此也是三缄其口。只是到了晚年精神不太正常的时候，才不经意间说出了小时候在哈尔滨的时候，曾看到过父亲穿着日本军装的样子。

祖父姜致武戴着这个沉重的枷锁过完了自己的一生，父亲继承了他的基因，笔者的血液甚至是头发、指甲、趾甲中也存在着祖父的这个基因。不是说构成人类的躯体的细胞数足有一百兆个吗？

在一个阴雨连绵的晚上，笔者的奶奶金德顺给我讲述了她在哈尔滨时的生活：

我去了哈尔滨市，在一家中国饭店工作时，最大的困难是得带着像累赘一样的姜天动。我把他放在饭店后的阁楼里，常常是只有在喂奶时才顺便去看一下。慢慢地姜天动会爬了，我担心他会从阁楼上摔下来，就把他的脚踝拴在一根柱子上，然后出去干活。他肚子饿了找妈妈时，不知哭得多厉害。等到我去给他喂奶时，他的眼睛都肿了，嗓子也哑了，绑着的脚踝也勒出了血道子。姜天动下边的弟弟出生后，担心大儿子打他，所以把他们分开拴着。即便是像畜生息子一样被关着，他们还是健康地长大了。姜天动大一点的时候，就开始背着弟弟上街了。因为无法按时为他们准备吃的东西，姜天动就在后街到处翻垃圾桶，兄弟俩是吃从饭店里找到的残渣剩饭长大的。想到他们是在根本不知道亲情和家庭是什么样的情况下长大的，也会觉得很可怜。战争结束时，天动已经九岁了，还没能送他去上学。在那样严酷岁月的逼迫下，那样抚养孩子，还希望孩子将来可以过上正常人的生活，那种心理也只能是父母的空想吧。

奶奶金德顺一边回想着在北方哈尔滨生活时过着的拮据的日子，一边说尽管那样仍想再去看看那个曾埋没了她的花季年华的哈尔滨，就给我讲起了当时哈尔滨的风情。听完那些话，我很是后悔，三年前带着安娜而没有带奶奶去东北旅行。

如果说人们设想的天堂和地狱都存在的话，那么当时哈尔滨的上流社会和近郊的731部队就无异于一个天堂一个地狱。笔者依据客观资料概括了当时的哈尔滨风情和臭名远扬的731部队，以此来结束对姜致武在哈尔滨的岁月的记述。

从1926年开始的三年间，韩国最早的女性西洋画家罗蕙锡[①]一家人跟着当时在安东县任副领事的丈夫，实现了环世界豪华游。她的随笔《苏俄之旅》中曾提到仲夏时节在哈尔滨停留的六

[①] 罗蕙锡（1896—1948），韩国首位女权主义者，也是韩国首位被寄予厚望的女画家。

天期间见到的上流社会妇女的生活：早晨九点起床，早饭是面包和茶，饭后去市场购买以牛肉为主的各种食物。从十二点到下午二点，一家人围着餐桌其乐融融地吃午饭。这时候，商店关门，街道上也没有人了，也是主妇们午睡的时间。晚餐凑合着吃中午剩下的。化妆后外出去活动影楼、剧场、舞厅等场所尽情玩乐。早上五点到六点左右才回家。接着罗蕙锡又记录了松花江边的游玩经历。

> 全家人一起坐在草丛上面，品尝着美味可口的食物。还有两腿交错、手牵手窃窃私语的恋人们。有袒胸露背的女孩儿在那儿漫步，还有在小柳间三三五五结伴遛弯的人……（中略）实际上松花江成为哈尔滨人必不可少的纳凉之地。

在罗蕙锡游历哈尔滨十一年后的1938年，小说家咸大勋[①]也去了哈尔滨并于次年7月将其见闻——《南北东北遍踏记》在《朝光》[②]上发表了。其中一部分内容如下：

> （前略）人口五十万的哈尔滨，是北满的政治、经济、文化中心，作为文化之都素有"东方巴黎"的美称，也是我一直向往的地方。因此刚到哈尔滨时，不知道从什么开始看起，也不知该怎样做才好……（中略）哈尔滨的形成得益于对东北虎视眈眈的沙俄的野心，而且自日俄战争以来由于俄

---

① 咸大勋，小说家，翻译介绍俄罗斯文学的同时，介绍行为主义、人道主义。主张成立韩国知识分子联盟。发表长篇小说《暴风前夜》等。
② 《朝光》，当时介绍韩国文学的主流及各种形式、流派等文学现象的杂志。

国的彻底失败，入侵东北的计划突然受挫。俄国势力渐衰，这里有三万一千多白俄①，六千多苏联人，三万二千多日本人，三十八万五千多东北人，八千多朝鲜人……

当时，受到俄罗斯红军的驱赶经西伯利亚逃到哈尔滨的犹太富人有两万多人。在那里落脚的犹太人都擅长经商，不久便掌握了哈尔滨的商权。咸大勋游览了到处都是俄语招牌的犹太人商店的街道，记载了各种各样的轶闻，包括朝鲜人建的同文学院、俄罗斯人的公墓以及带给哈尔滨人无限浪漫的松花江还有妓女们招揽客人的妓院和鸦片窟。

笔者根据亲历的"侵华日军第七三一部队遗址"、导游的讲解以及网络资料，将关东军731部队所制造的"圆木"介绍如下。

那时正值三伏时节，笔者在密阳市立图书馆全身心地投入到还原祖父姜致武生平事迹的工作中，图书管理主任告诉我2005年8月3日的《朝鲜日报》上登载了这样一则新闻。

标题是"日帝生物实验中的'六名朝鲜人'身份得到证实"。哈尔滨社会科学院"731部队"研究所所长金成民经过二十余年的努力，公开了一千四百六十三名在关东军731部队生物实验中被当作试验品牺牲的受害者的名单，并指出已经有六名朝鲜人的身份得到了确认。金成民所长表示，日本关东军宪兵司令部为

---

① 白俄，指20世纪上半叶流亡于中国上海和东北等地的亲近俄国沙皇政府的俄罗斯难民，他们集中居住于旧上海租界，特别是旧上海法租界中。

731 部队生物实验所提供的一千四百六十三名实验对象,主要是作为地下共产党或八路军或抗日战士积极活动的中国人、朝鲜人、苏联人和蒙古人,并表示这些真相已经通过调查中央档案馆、黑龙江档案馆以及吉林档案馆所保管的日军档案文件得到了证实。

731 部队初期的试验是对试验者进行冻疮实验,并将各种细菌混在他们的日常食物如饭菜、水果、饮料中,给他们食用。如果试验对象知道这些并拒绝吃下去的话,就会被绑起来强制投药,要么就是通过给肌肉注入细菌,观察细菌的病变反应。另一种是植入实验,他们会将实验者的皮剥开进行皮下注射。最残忍的是为了"采集标本"而解剖人体。实验者经历了各种实验之后会被解剖,有的甚至会在麻醉状态下直接被放进火化炉中。解剖以后被切割下来的身体器官和皮肤,在病理研究完后,就会被送去标本陈列室。据说军营内有数十个专门盛装那些昏厥或是断气的实验者的浴槽,里面整天散发着甲酚的气味。

为了准备大规模的细菌战争,731 部队又研究鼠疫细菌。此外,伤寒、痢疾、麻疹、梅毒等数十种传染细菌他们也有研究,并增加了生产贮藏量。如果所有的设备同时运作的话,每个月能生产出三百千克超级细菌,七百千克子午痧菌。为了研究超级细菌,731 部队还专门建立了动物饲养班,大量养殖实验用鼠,另外还运营着大规模的鼠房。仅 1945 年 5 月,就制造了数百千克的炭疽菌和超级细菌。

战后,日本当局以没有实据为借口,对 731 部队的所作所为保持一贯的沉默。虽然如此,仅根据中国出示关于 731 部队的研究资料，便足以推测在实验中牺牲的人数有一万名之多。

*

1945年8月，日本战败之后，姜致武才回过神来，想不到与大国作战并从未想过自己会败北的强悍日军，竟然也有失败的一天。为此，他受到不小的冲击。接下来他便意识到即使日本战败了自己仍不能回到祖国的耻辱，尽管自己那么急切地想要返回获得解放的祖国、返回故乡密阳，却有一种没有谁能接受自己甚至连祖国山川也不容纳自己的感觉。金德顺轻轻地拍着意志消沉的姜致武，安慰道："是时代把你弄成了这个样子，不能去追究谁的过错。"8月下旬，姜致武听了妻子的意见，决定去延边明东村定居，既然没脸回到故乡，不如去妻子的村子。

姜致武带着妻子回到明东村，金德顺离家整整九年重返故土，娘家人却不太欢迎，对他们很冷淡，因为女婿曾在日本军队里做过事，又是以败兵的身份回来的。所以姜致武在妻子娘家的衣食住行都十分谨慎。

金业宝家族在抵抗日军的作战中英雄辈出，倍受乡民的称赞，可是现在却开始传出一些负面新闻，说是在妻子家生活的姜致武曾在日本关东军哈尔滨部队里做哨兵。还说，他好像曾经以大韩独立军的身份参加过"青山里战斗"，可后来却背叛了自己的民族，当了日军的走狗。这些话也传到了姜致武的耳朵里。金业宝也越来越为难，于是对女婿说："你应该挺身站到乡邻面前为自己辩解才对啊！如果把你为什么会断了舌头向他们解释清楚，这也算是赎罪啊！"断了舌头的姜致武却一言不发，只是摇摇头。金业宝把女儿叫到面前建议说，明东村是一个充满民族正气的村子，曾涌现出许多革命家，你要和姜女婿继续留在这里怕是很难，还是和他离开去你姑妈的村子吧，你觉得怎么样？

姜致武嘀咕，我为什么要背井离乡的在这里看同族的脸色活着呢？在密阳，好像没人知道我曾在731部队工作过，"三一运动"之后和五名同志一起进入东北的事情也都过去了，即使那时知情的人，大概到现在也都记忆模糊了吧。国家刚从日帝殖民统治的铁链下挣脱出来获得解放，家乡焦急等待自己回去的父母和兄弟姐妹们的脸，也时常鲜明地浮现在他眼前。一时间，他再也无法抑制回家的念头。10月，姜致武下定决心重返家乡。

"回去，我要回去！回到我的老家去。"姜致武对妻子说。他下定决心，如果妻子不随他一道回去的话，就算把妻子留在延边自己也要回去。

最开始金德顺并没有要离开自己的父母兄弟姐妹跟随丈夫回朝鲜南道的念头，但姜致武认为就算变卖金器，回到家乡做点小买卖也可以养活全家四口，由于丈夫意志格外坚定，自己又无法说服他，俗话说"嫁鸡随鸡嫁狗随狗"，于是金德顺最终决定跟随丈夫一起离开。

寒冷的冬天正慢慢逼近，一家四口头顶着行李，越过了五峰山，渡过了图们江又乘火车过了清津到了元山。铁路从元山路段开始断掉，从那以后他们就只能沿海岸线徒步前行。还没到襄阳，就遇到三八线的阻挡，还好安全无事地趁着深夜警备松懈的时候和别的行人一起蒙混了过去。

姜致武一家四口1月下旬到的密阳。凝望着这座被密阳江环绕的小镇，他感慨万千。妻子承诺，从他嘴里听到的话，会谨记在心永远也不说出去。姜致武还告诫妻子绝对不能对外声张自己曾在关东军731部队里做哨兵的事情，让妻子对外就说自己是在牡丹江宪兵队中遭受拷问时，为了不泄露在长白山地区的大韩独立军以及沿海州独立运动的情况，自行咬断舌头的。听了丈夫的一席话，金德顺又仔细地想了想，便理解了丈夫的想法。她又问丈夫，那样的话，在哈尔滨的十年生活要怎么编凑出来。姜致武像早就已经把这一切都斟酌好了，让妻子对外就说：他在哈尔滨监狱坐了一年牢，从释放后到解放为止，一直在月台前做人力车夫，以维持生活。做人力车夫的时候，认识了在中国食堂工作的妻子并结婚，生下了儿子天动。姜致武还对懂事的大儿子天动也多次强调过，父亲是大韩独立军出身，在哈尔滨后做了多年人力车夫。到了密阳的婆家安顿好后，家人和村里人询问起他们在东北的生活情况时，金德顺果然按照丈夫嘱咐的话去对答。

*

再次返回故乡，父母已经不在人世了，与阔别多年的兄弟们重逢，姜致武受到了热情地款待。当初由于征兵等各种原因背井离乡的很多人，在解放后也都纷纷返回家乡，而村民们对姜致武一家人格外热情。"三一运动"以后离开故乡去往东北新兴武官学校的五名同志，解放后在乡里露过面的只有韩凤根兄弟俩和姜致武三人，朴文一已经在731部队的人体试验中牺牲了，"自由市惨变"后金相润也失去消息了。尹世胄和韩凤根韩凤仁兄弟追随金元凤去集安参加了义烈团，尹世胄以义烈团团员的身份持炸弹混进国内，被日本警察逮捕并判处七年徒刑。服役期满后，他再次逃亡到中国，和金元凤一起参加了朝鲜义勇军。朝鲜半岛解放后，尹世胄的妻子在密阳短期停留过，从她口中得知，尹世胄在

1942年同日军进行的太行山战役中殉国。韩凤根在东北和朝鲜国内之间来回奔波，参与了义烈团成员金始显、黄旭投掷炸弹的义举，还大力协助了罗锡畴同志运输掷弹器等工作。韩凤仁也积极献身国内的独立运动，1925年参与了向密阳警察局投掷炸弹的事件，之后义烈团军用资金主要聚集在密阳，他的活动也就逐渐在密阳发展开来。

幸而韩凤根兄弟主要停留在国内，对姜致武"自由市惨变"之后的消息全然不知。他们问姜致武："从朴文一家那儿听过你的消息，但是到后来又杳无音信，这些年你在东北都做什么？"

作为新兴武官学校出身的独立军勇士，姜致武和韩凤根兄弟在密阳这个地方声望很高。姜致武在日本宪兵队的拷问中为了不出卖独立军组织的机密，甚至不惜咬断自己的舌头的这件事情被夸大并在镇上广泛流传。在这里海参崴家的所说的他曾在海参崴作为独立运动者活动过的证言也起了很大作用。在镇上公堂举行的"谴责日帝蛮横行为"的活动中，姜致武作为仍在世的证人同韩凤根兄弟一起受到款待，并排坐在台上。姜致武以说话不方便为借口，委婉地把发表演说的事情推给了韩凤根兄弟。走在镇上，不时有人认出身材魁梧的姜致武并且与他搭话，甚至使他觉得要少去外面。韩凤根兄弟提议，解放了，一起在祖国开创一番事业，而姜致武却一心按照自己的意愿开始蛰居生活。

整个冬天，姜致武的家人就住在驾谷洞的本家兄弟姜致旭家的一间屋子里。开春雪一融化，他们就来到密阳江对岸的魔岩山下的礼林里盖了三间草屋，准备在那好好过日子。他们单家独户在山脚下修了三间屋，哥哥姜致旭阻拦说，像这样把房子建在离密阳江岸这么远的地方，出入镇里岂不是很不方便。但是姜致武恰恰是看中了这一点，还用金德顺典卖金器的钱在那里买房置地，好歹算是摆脱了佃农的身份。解放后，由于三八线的阻隔，南北交易中断，东北南部金矿也处于停止开采的状态。并且解放以后，很多地方开始大摆婚宴，家境比较好的都会拿金戒指作为彩礼给新娘子。因而金子供不应求，价格也暴涨。

姜致武下定决心隐居山野，不问世事，希望这样能让人们渐渐忘记他的存在。已经超过入学年龄的天动和快到七岁的莫动进入了镇上的小学，往返于两地他们俩每天要走半马场的距离，但姜致武还是不去镇上。到了5月，霍乱病在三南地方疯狂地蔓延开来，两个儿子又发高烧又腹泻挣扎在生死边缘，但姜致武和金德顺却没有什么异样。卧病在床半个月后，天动渐渐恢复，勉强能坐起来了，但是小儿子却再也没有好起来。自那以后，奶奶的言语之中经常流露出失去爱子的悲痛：天动光有个好身板没有实货，莫动活泼机灵，比哥哥天动聪明十倍，上学之前，就已经识得好多字了。

一次偶然的机会使姜致武再次涉足外界。1946年9月，若山金元凤第二次探访故乡，原本姜致武并不知道此事，那时候正是稻子开始成熟的时节，姜致武扎完稻草人后回家吃午饭，天动去上学了，妻子也去了镇上，家里没人，海参崴家的正坐在大厅里等待主人回来。

"我是见金元凤将军来的，先生内野洞的家中已是人山人海了，很多人为了见先生一面远道而来。韩凤根兄弟去了首尔，所以不在场。我去给金元凤老师请安，他像上次那样一眼就认出我来了，说原来是朴文一同志的夫人啊！也不知道将军下次再来密阳是什么时候了，天动他爸也去见一面吧，先生定会非常高兴的！"海参崴家的一直缠着姜致武说一起去。并且她知道丈夫朴文一和姜致武金元凤一起在东北柳河县的新兴武官学校接受过训练的事情，在武官学校的时候姜致武称呼金元凤为大哥，姜致武现在四十七岁，金元凤四十九岁。

姜致武说，等妻子从镇上回来，下午自己就去镇上。话虽这么说，姜致武是不可能去见金元凤的。去年2月，金元凤第一次回乡访问的时候他就有意避而不见，因为觉得金元凤好像知道他曾在731部队里做哨兵的事情。十一年时间可是不短，一直在部队南门入口站岗，被当作试验品抓过来的朝鲜独立军人们也都会看见自己。或许一个留着络腮胡子的高个儿朝鲜人在南门卫兵所做事的消息，早已经在义烈团和朝鲜独立军中传开了。

若山金元凤出生于密阳，作为日帝统治时期独立运动的证人，不仅在密阳，就是在全国范围内也是赫赫有名的人物。二十二岁的金元凤退出新兴武官学校，在东北吉林创立了义烈团，多次向国内密派团员并成功地向日本官厅投掷炸弹多次。崔寿凤曾向密阳警察局投掷炸弹，金益相曾向朝鲜总督府投掷炸弹，罗锡畴曾向殖产银行和东洋拓殖公司投掷炸弹，这些都是义烈团的义举，给日本殖民统治沉重的打击，使之闻风丧胆。1932年，金元凤决定建立抗日同盟，并且成立了朝鲜革命干部学校，连续培养了三届毕业生投入抗日前线。1938年金元凤创建朝鲜义勇队，并担任队长。在那种恶劣的环境下，朝鲜义勇军（后同光复军合并，1942年将朝鲜义勇队更名为朝鲜义勇军）横穿中国大陆，与中国国共军队并肩奋战，共同开展抗日斗争，直到1945年迎来解放那天为止。八路军方面以少将级别礼遇金元凤，称他作将军。解放后，金元凤成为临时政府军务部部长，去年12月归国后他更明确地阐述了自己的政治路线，即"民主主义的民族战线（民战）"。在担任联合主席时，他主张的民战包括朝鲜共产党、朝鲜人民党、独立同盟、全评（朝鲜劳动组合全国议评会）、全农（全国农民总联盟）等左派团体。

解放政局下的金元凤日程安排得很紧凑，去年2月下旬才回到阔别二十八年之久的故乡密阳，为了推动民族战线的形成，他又开始了全国巡回演讲。去过大邱之后，坐私家车返回自己的故乡，受到家乡人民的热情欢迎。"金元凤将军衣锦还乡万岁""朝鲜独立运动的英雄""若山金元凤将军回乡了"这样的横幅挂满了大街小巷。连密阳中学和密阳农赞学校的乐队也被动员来参加欢迎仪式。访问故乡的第二天，金元凤在岭南下面的沙滩做了大众演讲，姜致武混入人群中听了演讲。

由于活儿不顺手，姜致武经常是到了下午就撒手不干了，天一黑就瞒着妻子悄悄地从家里溜出来了。本来已经下定决心不再去外面，但始终没能抑制住想去见一眼大哥金元凤的心情。于是，姜致武沿着密阳江江堤路，越过密州桥到了镇上。年轻时在全鸿杓校长家里当跑腿的时候，曾出入过金元凤在内野洞的家，因此知道在哪儿。姜致武从大门进入院子，绕过后院进去，厢房那边特别明亮。厢房的屏障门和后窗都开着，屋里坐满了镇上有钱有势的乡绅们。厢房的走廊和拐角处也都挤满了人，密切关注着屋里的动静。

去年12月末，莫斯科"三国外长会议"决定的朝鲜半岛信托统治案，到现在正反两方面的舆论都还没有淡下去。金元凤以此为话题进行了深入的讲解，他认为没有外来势力的干涉，马上就要建立主权国家的反托管运动并没有什么实质意义。而且现在三八线南北分隔，南朝鲜仍没摆脱左派右派的内乱纷争。考虑到南朝鲜的这种形势，"亲托运动"也算是个现实可行的方案，这也是照用在三八线以北建国时路线的主张。

"那就意味着，金九先生为首的临时政府要员和李承晚博士等人主导的反托运动有分歧吧？不加入反托运动的人，不是被当作背叛民族并受到指责吗？若山将军作为临时政府的一员怎么能主张反托呢？"有密阳大粮户之称的大地主韩吉弼疑惑地问道。

"我也对老人家说的话有同感。"警察所长也顺势说道。

"我认为煽动民心的反托运动是存在问题的。煽动说托管的五年时间将使南朝鲜回到日本殖民统治，这是目光短浅的狭隘之见。看看现在混乱的政局，出现统一政府的可能性存在么？因为我们没能以自己的力量把日本殖民势力赶出去，一旦亲苏派的势力和亲美派的势力互相碰撞，只会造成血流成河的悲剧。从这个角度上看，我们应该尊重将我们从日帝铁蹄之下解救出来的联合军的决议。独立建立统一政府之前，应该先统一政治路线。左派和右派这样斗争下去，还提什么建立国家之类的话？就是要将这五年看成是为实现民族统一强化自主能力的机会。"

听完金元凤的话，没有人再站出来答话。接下来，金元凤批判了美国军政的粮食政策的失败。他们打着解决粮食不足的旗号下达谷物收集令，强制人民交售之后，导致大米短缺，使大米价格飞涨一百倍之多。不管城里还是农村的弱势群体、穷苦大众都面临饥饿，全国因饥饿死去的人更是不计其数，又引发霍乱蔓延。美军政府就连谷物转移也要加以控制，整个城市的人们不堪忍受饥饿，时刻会有人掀起暴动，民心惶惶。

"两千万人民中七成是农民，并且农民中又有九成的人都是没有自己土地的租佃农，不是么？"金元凤极其沉重地说，"朝鲜当前的课题是，通过对土地问题的革命性改革，立即把全国的土地无偿分配给现耕农。同时，提高民族自主性的方法就是将所有亲日派全部控制起来，到目前为止，他们一直过着养尊处优的生活，他们是应该受到惩罚的。"接着，他还说，"民战的实施纲领是建立万民平等的社会，承认男女权利平等，实现自主性的民族统一，而这些都需要各个地方人们积极地配合。"

厢房和走廊拐角处聚集的人们对于房间里反托还是亲托的演说似懂非懂，但土地的无偿分配之说，引得他们竖起耳朵用心倾听，大家都喊着"金元凤将军说的对"，人群中爆发出了一阵热烈的掌声。听了金元凤的话，姜致武就想起了在海参崴的时候和同志们聚集到一起时的主张：应该在建设立足于分配平等的理想社会的基础上推进独立运动。李东辉领导的独立运动者们都是怀抱着这一信念团结到一起的。

"这不是姜致武先生吗？"一个在院子中徘徊的年轻人向他打招呼。

摇曳的烛光下映照的是一张陌生的面孔，年轻人说自己是来见金元凤先生的，但是群氓出身的自己连个和先生打招呼的机会都没有。他一边劝姜致武坐在檐下台阶上，自己也坐了下来。

"我听过很多关于先生您的事迹，先生在荒凉的北方风餐露宿的时候受了不少苦吧？我是丹场面的郑斗三，现在负责免债的有关事宜。"

"免债"这个词对姜致武来说很是陌生，他默默无语地看着眼前的这个年轻人。听郑斗三说，现在丹场面也成立了地方人民委员会，而郑斗三本人正负责那里的工作。

"那是个什么样的组织啊?"

"人民委员会是什么组织?那可是将来要成为新国家建设支柱的朝鲜人民共和国所领导的地方组织啊!人民委员会可是受农民支持的,警察们对此很是嫉妒,说人民委员会是赤色分子的巢穴,但是事实并非如此。吕运亨①先生就是一位主张抛开派系之别,同心协力独立自主地建设新国家的坚定的中立主义者。

郑斗三认为人民委员会正是因不接受亲日派和地主阶层,得到了人民的绝对支持。对此姜致武也有所耳闻,祭祀时他曾在哥哥家听说过朝鲜建国准备委员会成立之后的事,这个政治团体成立于去年9月份,但是没想到人民委员以密阳郡为单位的活动都已经开展到了农村。"姜先生也加入我们人民委员会吧。"

这时又走过来了一个年轻人,说是学习时间到了,拽了拽郑斗三的袖口,好像是要去参加人民委员会在哪召开的教养学习集会。

"姜先生也会加入我们的集会吧?"

"我,我也去吗?"姜致武从台阶上站起来,像是要跟去但是迈不开步子,"下……下次再去吧……"

"那么我们以后会再来拜访先生的。据我所知,先生您住在魔岩山下的礼林里吧?"郑斗三向姜致武行了一个礼就和同事一起消失在了后院外面。

郑斗三走开后,姜致武仿佛下定决心似的走到后门大声咳嗽了一声,穿着男式短上衣的大块头一出现在后门,房间里的人们

---

① 吕运亨(1886—1947),韩国独立运动者,政治家,新韩青年党的发起者,2005年被授予建国勋章总统奖,2008年被授予建国勋章大韩民国奖。

都将视线集中在了他身上。

"哦,我……我是姜……姜……致武,东……东北武官……官学校的……时候……"姜致武看着金元凤结巴地说。

"哎呀,这是谁啊!"认出了姜致武的金元凤霍地站起身跨过后门的门槛抓住了他的手。"你回到老家的消息还是从朴文一的夫人那里听来的呢,你活着回到了家乡,真是太高兴了!快进屋来,跟我说说你在东北时的那些事儿。"

姜致武指了指自己的嘴摆了摆手,"大哥,不……不了……"说着向金元凤行了一个礼,就像完成了任务似的转身离开了。

"不要埋没了自己,要像同志们一样站出来呀,你要为解放后的祖国做的事情还很多,像你这样的壮士,就算是为了家乡也要特别地出一份力啊!"金元凤看着正走向大门入口处门房的姜致武的背影大声呼喊。

第二天,金元凤在密阳第一初中的操场上召开了时局演讲会。郡民们都被调动起来,这是前所未有的盛况。大约有三万多郡民聚集到一起,甚至在学校后面的小山坡上,也挤满了穿白衣服的人们。姜致武也到了现场,他见到了金元凤,但没和他打招呼。

9月23日,在朝鲜共产党的领导下,七千名釜山铁路工人的大罢工揭开了序幕,全评领导的全国工会也投入到了轰轰烈烈的总罢工活动中。工人们与美军还有警察展开了武装斗争,学生们也宣布罢课以支持工人罢工。在混乱的时局中"十月事件"[①]爆发了。10月1日,约有一万名大邱市民聚集到市政府,声称将在饥

[①] 十月事件,也称为"大邱10·1事件"或"十月暴动事件"。是1946年10月1日,在美国军政期间大邱地区爆发的大规模示威游行事件。

饿中死去，揭开了农商界大运动的序幕。聚集在大邱站的左派示威队与警察发生了冲突，警察的射击造成了人员伤亡，于是市民也加入示威队伍。"大邱10·1事件"发生时正值农村秋收，该事件又引发了"秋收起义①"并逐步扩大到全国范围。靠农具、竹长矛武装起来的农民终于向长期痛恨的官公署、支署及地主家发动了袭击。

密阳也不例外，10月8日，二百名密阳毛纺工厂的工人们开始罢工，郡内的农民们也都聚集到镇子上武装示威。在密阳各个人民委员会的动员下，农民们组织了起来，仅由少数警察和一个美军中队组成的兵力根本挡不住示威队伍。示威队伍放火点着了官公署和镇里乡绅富户的家，砸毁了警察署和西青②（西北青年会）的器物并将它们付之一炬。

现在密阳还有许多证人能证明当年姜致武在示威队伍里打头阵的这一事实。遇到金元凤可能是致使姜致武产生心理变化的直接动机，使原本打算过与世隔绝的平静隐居生活的姜致武走在了乡镇秋收起义队伍前面。在困难小家庭出身的姜致武，内心就是一位"无产者解放"的支持者，他的怨恨一瞬间爆发。

就这件事，笔者的奶奶金德顺曾经这样证实道：

那段时间丹场面郑斗三一伙人经常来我们家找姜致武，那一群人来了后叽叽咕咕讨论最多的就是土地问题。对农民来说土地可是命根子。按照他们的意思，土地应该被全部没

---

① 秋收起义，又称为"十月蜂起""十月抗争"和"秋天起义"。
② 1946年11月30日，在汉城成立的右翼青年运动团体。

收然后再平均分配给农民，只有那样农民们才能真正得到解放。那时我家那人只是默默地听着。也是那时，郑斗三带来了大邱发生暴乱的消息。说大邱的暴乱正逐渐向清道郡、昌宁郡蔓延。国家如此混乱，可怜的农民们因为不堪忍受饥饿纷纷揭竿起义。大约在十月初九，愤怒的农民率先发难，密阳镇乱成了一窝蜂。那天清晨，他把草鞋包上了脚布，之后招呼都没打就去了镇子里。午饭后，大嫂急急忙忙赶来，说是他在游行队伍中打头阵。这也是提起这件事我才这么说，他就是适合做这样的事，一开始他就不是一个顾家的人，既不会抚慰妻子又不知道怎样去疼爱孩子，农活也都是我在做，总之我家那人就是个半调子……

土地无偿分配即刻得到了实施。10月末，以声讨亲日派、美军军政和警察的横行霸道为开始的"秋收起义"席卷三南地区。全国发布了戒严令，在发动了坦克的美军和警察的强力镇压下，11月以后，全国的治安才逐步得到恢复。警察署以逮捕秋收起义的背后主使者的名义对左翼人士下达了扫荡令，全国掀起了一股逮捕左翼人士的风潮。密阳警察署也开始打着韩青①（大韩青年团）、西青的名义逮捕煽动秋收起义的人士。

姜致武也被带到了警察局，煽动示威队伍闹事的郑斗三因为躲到了表忠祠后面的狮子坪的芦苇丛中从而躲过了逮捕。被逮捕的人在警察署经过严刑拷打之后，或死或残或者被法庭判以重

---

① 韩青，大韩青年团的简称。1949年12月19日在汉城成立的右翼青年运动团体。

刑。幸亏姜致武是大韩独立军出身，考虑到他的经历，让他在劳教所坐了五个月的牢就放他出狱了。其实他能够只受这点刑罚是有人帮了他的忙。治安队保安科长出身的警察尹昌河先生是姜致武嫁到尹家的姐姐致顺的小叔子，就是他明里暗里地帮了他。但五个月的牢狱生活好像是更加坚定了姜致武的信念，一得到释放他就正式加入了密阳人民委员会。

1947年左翼和右翼分别在首尔广场和南山举行了纪念8·15活动，纪念仪式过后，两派又在街头游行中相互冲突并发生了流血事件，国家以此为契机开始大规模拘留左翼人士。11月，朝鲜共产党与人民党及新民党合并，改称为朝鲜劳动党。姜致武负责朝鲜劳动党密阳郡党军事班的工作，郑斗三还是负责丹场面的工作。由于左翼政党被不合法化，南韩的朝鲜劳动党（从现在起为了和北朝鲜劳动党相区分，南朝鲜劳动党简称为"南劳党"）只得转移到地下工作。

得到人民支持的南劳党在全国范围内强化组织，声势逐渐壮大，美军军政不可能对此采取放任的态度。美军军政对左派的政策由原先的绥靖政策急转为打着保护"法律和秩序"名义的大扫荡。左翼与北朝鲜的联系被掐断，并且美军大肆逮捕政治界、国军警备队以及经济界和大学社会等社会各界左翼人士。日帝时期在宪兵队和警察署任职，并曾强力逮捕过反日民族主义者的亲日派搜查官们被大举任用，并领导此次逮捕活动。在这里日帝时期明里暗里站在亲日立场上的极右集团势力起到了巨大作用。

1948年1月7日，南韩单独政府（单政）成立前夕，联合国韩国委员会选举观察团一行抵韩。南劳党积极反对成立单独政府并决定举行"2·7救国斗争"①。这也是中央党限于搜查当局的追捕无法展开正常的大众斗争，无计可施之下实行的代行方案。按照庆南道党的指示，南劳党密阳支部决定进行入山斗争，党内的青年党员们纷纷进入到智异山、五台山、太白山等山区，年龄大的留在当地。身负密阳郡党重责的姜致武领导着大约一百名年轻党员们向约一千米高的"岭南阿尔卑斯"挺进。

4月中旬，镇上内野洞金元凤将军的本家知道了金元凤带领家人越北的消息。现在镇上无论是谁都不能提及"共产主义者金元凤"的名字，他显赫的名声也逐渐消失到了地下。

笔者是这样解释姜致武站在左翼前线队伍中的动机的：他因为给日军服役背叛了祖国，他对此认罪，并且本是怀着忏悔的心情回到故乡，决定不再过问世事，想要过隐姓埋名生活的。但是金元凤的鼓励给了他力量，使他意识到消极的隐遁并不可取，自己还可以为祖国的解放献出最后一份力量。在海参崴，他和朴文一一起从事的高丽共产党走的也是一条无产阶级民族解放之路。姜致武认为只有献身才是一条积极的赎罪之路。

当时社会的整体氛围就是这样的，社会主义的国家建设理念提出后不久就得到了全国大多数民众的支持，因为它立足于将人民从阶级压迫和饥饿中解放出来、建立福利国家。但20世纪80年代中期开始，苏联及东欧各国的社会主义体制都因为无法克服理想与现实的悖离而遇到挫折，在东欧社会主义国家死守着公平分配至上的平均主义的时候，资本主义国家却在个人创新能力的

---

① 2·7救国斗争，又称为"2·7事件""2·7罢工""2·7暴动"。是1948年2月7日，为反对大韩民国建立而发生的罢工和起义事件。

基础上进行科技革新，并提高了生产力，改善了人们的生活水平。

大讨伐从1948年2月开始一直持续到1949年冬季，在这一年半的时间内，游击队、野山队和武装队的队员们被人们称为"夜客"，就像田鼠一样在密林深山中活动。尽管他们首次入山时队伍还很整齐威武，由于得不到任何团体或个人的支援，他们逐渐沦落为孤儿，成为被追捕的逃亡者。白天，他们为了躲避讨伐队的追捕只能在山林中活动，到了晚上，则竖起旗帜来到村子里，一边高喊着人民解放，一边像山中的野兽一样靠掠夺补给来活命。

生活在山里面的老人们现在都还可以记起那段不安的岁月，当时游击队天天下山到村子里袭击支署和高房大院，他们一来到农家就用竹矛对准百姓要粮食。他们穿得像山中的野兽一样破破烂烂的，眼中布满了血丝。到了晚上，他们点上火把爬上山顶，村里能够隐隐约约地听到从山顶传来他们的歌声，那些歌唱人民解放的悲怆之音，听起来就像梦魇一样。

回想起那个时候，笔者的奶奶金德顺还牙齿打颤。

他和同志们结伙入山后，一到晚上我就会害怕得全身起鸡皮疙瘩。时不时地会有一帮西青、韩青巡查的人来，把我拉到警察署问姜致武回来了没有，并用棒槌狠狠地打我。果然有一天他半夜回到家，他要我请人帮忙把地卖了把钱给他。我匆匆忙忙地就照他的话做了。但不料这件事却被警察署知道了，他们把我抓起来审问，我在看守所里关了二十天，受到了各种拷问。即使被鞭子打到昏过去，我也拼死没有开口。回头看我经历过的风浪，我一个妇道人家竟然比男子汉还坎坷。那帮坏家伙鞭打我的时候，我想起被日本鬼子宪兵队拷问的丈夫和被日本兵撕裂四肢而死的哥哥，就咬紧了牙关。直到战争爆发后我们家还是经常来警察。那个时候天动连学校都不能去，我们母子就躺在屋子里挨着饿活下去。虽然本家给我们送过粮食，但因为我们是赤色分子后来就与我们完全断绝了往来。我们母子抱着必死的决心，没了怨恨，再也没有什么好害怕的了……

镇压丽水国军叛乱事件后的秋天，李承晚政府动员国军和警察正式开始讨伐游击队。尽管因丽水顺天事件①被追捕的逃亡者主要逃往智异山和太白山，但是其他各地的国军和警察也都开始了对当地的游击队的联合讨伐。这里也包括夹着迦智山的密阳。游击队以太白山脉山尾表忠祠后山险峻的山势为依托隐藏了起来，一旦讨伐队穿过了载药山向他们迫近，游击队员们就逃向神佛山和天皇山，与进入云门山的"清道军党"一起忙着在迦智山中到处寻找可以避身的地方。从那年初冬开始截止到第二年春天，由于讨伐队的讨伐，多数队员都已经牺牲了，剩下的队员由于饥寒交迫疲惫不堪士气低下，也都下山投降了。1949年绿树成荫的时候，山上的密阳郡党游击队员总共还有不到三十名，姜致武和郑斗三领导剩下的队员们继续坚持。

郑斗三先生的儿子——丹场面的郑世炳先生从父亲那听说了

---

① 丽水顺天事件，1948年10月19日，驻扎在全罗南道丽水地区的国防警备队第14连队内部一部分官兵起义的事件。

地方游击队（野山队）的衰落，关于那段时期他是这样证明的：

战争爆发前一年即1949年，夏天在山中生活还是可以忍受的，但过了满山红叶的秋天逐渐入冬的时候，他们又碰到了讨伐队，那时仅剩二十余名队员。对策会议讨论的结果是大部分人认为继续进行入山斗争是行不通的，只能是解散队伍让队员们自行选择去向。投降就会被杀死，只好将队伍分散下山，并且家乡的村子是不能再回去了，队员们只好漫无目的地流亡他乡。被抓住的人就在警察厅被打死或被法院判以重刑。父亲就是在那个时候回家的，并且在后山挖了一个地窖躲在里面，家人们偷偷地来给他送饭。姜致武先生应该也是那时候一起下山的，后来听说他找到了治安队的尹昌河先生并向他求救。又听说国家要大发慈悲，为左翼分子制定了必须自首的时间，如果在规定时间内自首就能好歹留一条命。1950年1月，国家真的设定了那样的自首时间，大家纷纷前去自首，好像全国有二三十万名。但父亲说他不信那样的话，一直躲到战争爆发。在警察治安能力低下的山沟里，藏身之处不是有很多嘛。说是先见之明也好，算是明智之举也罢，果然不出他所料，战争爆发后，人民军下了山。在进入人民共和国时期之前，不是有过预备管制一说嘛，国家从自首者当中挑选出一部分执行了枪决，每个村子都展开了疯狂的大屠杀。爸爸因为没有自首留了一条命，但那年秋天回家后就被逮捕了，并被法院判了二十年的有期徒刑。

在人民军经过忠清道向庆尚北道挺进的时候，笔者的祖父姜致武先生觉得时机来了，想走越北路于是频繁去大邱。那样一来，因为他正好离开家，所以在警察们逮捕自首者的时候他幸运逃脱，救了自己一命。人民军到了洛东江，为了越北他带领全家逃往大邱。金德顺觉得这可能是回家乡的机会所以就没有阻止丈夫。"话说到这了，想到当时在密阳警察署受的拷问，我也有向北方故乡去的心思。"奶奶金德顺这样向笔者讲述那时的心情。但是姜致武没能走上越北这条路，他只能带着妻儿老小重新回到密阳。7军团人民游击队（又名南道部部队，因为部队共有七百六十六名队员，因此也叫766部队）虽然占领了神佛山和天皇山正气势高涨，但想起在野山队受了很多苦，也就没有再入山的想法了。或许他们已经知道自己是要被抛弃的了，这个时候，姜致武第一次放弃了他的左派幻想。

和在关东军731部队的时候一样，在陷入危急时，姜致武对于用谎言免罪很有自己的一套。不仅仅是他，人们不管是谁都会本能地寻找出路，为自己谋求一张护身符。对姜致武来说最坚实的后盾就是尹昌河先生，姜致武决定要是找不到活路，就在他面前跪下磕头求他。对此姑父也曾对我说，那位确实是命大。从此姜致武在密阳郡偏僻的丹场面、山内面等地的亲戚家中流亡逃命，好不容易挨过了1950年。由于志愿军的参战便有了一些志愿军俘虏，第二年巨济道俘虏收容所开始需要翻译人员。收容所要招募汉语翻译人员，并将翻译人员按文官级别优待的协助公文下达到了密阳郡厅。不时出入郡厅的尹昌河先生听到了这个消息后，就把在山内面冬柏里的尹家一边打长工一边躲命的姜致武叫到了镇子上，尹昌河劝姜致武说你现在仍是当局的缉捕对象，就暂时到巨济道去躲避一下。尽管发音不标准，姜致武在和中国人对话的时候会有障碍，但将汉语翻译写成韩语是没问题的。

　　姜致武从1951年4月开始为巨济岛俘虏收容所工作，结束了为期十个月的工作后他又重返家乡。现在，他成了个完完全全的自由人，但直到他去世那七年间他也只是在魔岩山下，往返于密阳江和临近的蓄水池之间，把垂钓视为唯一的消遣方式，过着与尘世隔绝的生活。

9

早上，我坐着"新村号"离开了密阳，到首尔站时已是正午了。出了检票口，我和金荣甲部长通了电话。金部长说他现在在来首尔的路上，约我晚上六点在新村的"黑口红"见面。于是我就决定一直休息到晚上。来首尔的路上，车厢里的我一直备受煎熬。今日一别，便不知何时再能与奶奶还有宗浩见面，他们的面孔总是隐隐约约地浮现在车窗前，爷爷的晚年密阳生活也在那交织重叠。在过去两个半月的时间里，我一直从事着这件陌生的文字工作，一回想起来，我精神上所承受的那些痛苦和煎熬就一起涌上了心头。

我把我的半生和爷爷的一生放在天平上称重比较了一下，当然我们的生命足迹不同，某种程度上说我们并不能成为相比较的对象。但之所以会产生这种想法，是因为爷爷用他的生涯给了我无形的压力，让我不得不反省一下自己的人生。爷爷在晚年时反对建立南韩独立政权并反对外界势力的干涉，选择了入山斗争作为民族统一的斗争方法。但是那些隐居山林的革命斗争者，却遭受到左右两派彻彻底底的抛弃。若从被社会或是集团所抛弃这一点上来看，我的半生和爷爷的一生是一致的。所以在密阳的时候，我想更仔细地描绘爷爷进山斗争的过程。补充资料倒是很充分，但是由于时间不允许，就只进行了略述。在去首尔的路上我仔细思考了一下，难道是因为我整理爷爷生涯的热情已经冷却了？最后还是决定撇开其他的事，必须先把这件事做个了断才行。把收尾工作全都推迟了许君才得以上京，对爷爷生涯的记录尚没有完成只能是处于收尾的状态。所谓人生大概就是达不到完结，就在未完成的状态下结束吧。有了这种想法之后，突然又开始怀疑那期间做的工作是不是都是蛮干、都白费劲了。这两种想法一起涌进了我的脑海。

越靠近首尔，这种只能做人"佣兵"的宿命般的无力感就越发地折磨着我，比其他任何事物都强烈，因为这种命运我只能接受却不能抗拒。爷爷是这样的，爸爸也是这样挣扎着却不能从注定了的命运牢笼中挣脱出来。我不能像别人那样在平坦的路上顺利地走下去，在我眼前的只有那个石子堆砌而成的下坡路。我仿佛在火车和路轨嘎嘎吱吱的摩擦声中听到了爸爸的声音，爸爸好像在那下面说："你未来的路还有的选择吗？"我也很纳闷爸爸为什么会突然浮现在我的脑海中。

我感觉精神很疲惫，所以就在车站附近找了个按摩馆，把身体交给了按摩师。他把我身体翻过来，然后他用大拇指在我脊椎上一按，一时间我的神经就像是被针扎了一样，很痛，我呻吟着扭动四肢。按摩师问我身体有哪里不舒服吗？但我当时已经被冷汗浸湿，连痛都说不出了。我跟跟跄跄地来到睡眠室，就像是从繁重的体力劳动中解脱出来一样，一下子倒在床上就沉沉地睡过去了。我做了一个噩梦，虽然记不清内容了，但它一直折磨着我，直到我感觉到恶心并醒来。然后我就跑进卫生间，把中午在车厢吃的便当全吐了出来。不是因为食物坏了或是消化不良，而是因为胃肠神经性的拒绝反应，过去忧郁症一发病，呕吐症状就会随之出现。情急之下我把抗忧郁症药物倒进口中。药也吃完了，迟早要再去医院开处方了。

醒来已经是下午五点了。感觉浑身乏力。所有的症状都归结于要见罗尚吉会长而产生的心理负担。我截下了一辆出租车，车子驶向预先约定的地点——新村。

到"黑口红"时，下午五点半了。昏暗的室内装饰，还是和之前一样，也许是时间还早，现在厅里非常冷清。过了一会儿，安娜出现了，一头直发，素面朝天。

"黑色夹克很适合你嘛！这段时间头发也没怎么长长嘛！"

那件黑夹克是进了秋天我没有可穿的衣服，就在密阳的自由市场买了条牛仔裤，顺便一起买的，然后又去裁缝店改了一下尺寸。还有，我很讨厌头发长长，就故意在理发店理了个光头。安娜盯着我的脖子，我没戴着那个蝎子项链，应该放在背包某个角落里了。

"眼睛怎么了？白眼珠怎么那么红？"

"毛细血管是不是看起来像是快爆了一样。"也许是我在按摩工作室呕吐得太厉害，刺激到视神经了吧。

和安娜一起，边喝着咖啡，我说了那期间在密阳生活的大体情况。安娜说她上个夏天比哪一年都过得无聊，生意不景气，日子过得很厌烦。那期间她割了双眼皮，摘除了下眼袋，并且做了隆胸手术，因此身体到处都是伤。

"变年轻点了吧？胸是不是也变丰满了？"

安娜挺着她那鼓起来的胸，我只是淡然一笑。

"这儿有过一次动乱。黑社会收到消息说在'白宫'创立纪念日那天，很多担任要职的人都会聚到这里，黑社会分子的突然造访把这儿翻了个底朝天。和我们的弟兄们冲突的时候，幸好所有人都从安全出口逃出去了,这才免于一难。几扇门窗和酒桌被摔得稀烂,那个请来的歌手和我们的人都受了点伤。我也擦伤了好几处……"

"哪来的人?"

"说是 R 保安公司动员起来的人。最近有传闻说私立保安公司很像那么回事。他们正在对付工会呢,就有老板来请他们;正在阻止市民示威呢,又来老板把他们招走了,还有去当电影里打仗镜头的临时演员的,生活可是变富裕了。政府一介入,私营企业就面临破产,而这里自从遭到暴徒们的攻击,生意就更没生气了……"安娜嘟囔着说,"说起去了一趟密阳的金部长,我们营业场一个不干了的女孩散播了些谣言,但不知道是不是真的。"

我盯着安娜那自以为是地张着的小嘴巴。

"据说是罗会长在外面的私生子。上大学的时候胡搞然后就有了现在的金部长,因为家里反对,接着就分开了。"

"好像在监狱听罗会长轻描淡写地提过这件事。"

"据传言,金部长的妈妈嫁给一大富豪做填房,把金部长的户口也落在那家了,并将他养大成人。金部长上大学后,他妈妈才把他亲生父亲是谁告诉了他,就带着他离开家来找罗会长了。只有四个女儿的罗会长也正在努力寻找自己失散的儿子,所以是正中其下怀。金部长不是退伍后就被'白宫'接纳为职员了么。罗会长的原配夫人到现在还不知道这件事。"

"像在拍电视剧似的。"

"反正,这就是个很戏剧的电视剧。但是据说金部长对父亲的大孝心,那可真是无人能比。罗会长留下了爆炸性的遗言说是不会把一手经营的企业留给自己的后代,而是留给有能力的继承人，不知道现在是不是把'白宫'的经营权留给金部长了。因为原配接连生了四个女儿，罗会长最后说了这个大谎。现在的孩子们只要一说钱就不分水火争破头，说不定金部长也是想独吞财产才这般尽忠尽力。"

"背阴处长出来的毒蕈，要想除掉它，还不是朝夕之间的事啊。"说完这话后我回头想了想自己，不禁打了个寒颤。

"也可能是那样的。但是，金部长是一个常带着温柔的微笑，但背后隐藏着巨大野心的年轻人。不是有句话说嘛，血脉是骗不了人的，这一点他和罗会长很像，可不能小看他！"

真的很像小说里的故事情节。这时我的手机响了。果然不出我所料，是金部长。

"姜博士，你现在在'黑口红'吗？从左边下来就能看到我的车在LG便利店前面等着，司机会把您带到这儿来的。"金部长说完话就挂了。

"我得去找找我的摇钱树去了。"我戴上帽子，把书包带儿挂在一边的肩上，站起来走出去了。

我虽然不知道金部长会给我下达什么样的事务，但现在就是一切的开始。不管以后我接到怎样的任务，即便是让我干进监狱的活儿，我也打算接受。这样的事情，这一次也是最后一次了。下定决心之后，我就起身走出了"黑口红"。心绪调整的关键在于决心。佣兵就只需要照吩咐做事，履行完义务，领取报酬就行了。

"任务完成后，给我打电话。我请你喝一杯。"安娜送我到门口。

熙熙攘攘的年轻人致使通行很不方便，穿过人群来到下面的路段，就看到了一辆打着闪灯的黑色小轿车在路边等着。

小轿车驶过九老洞，把我送到驿谷驿附近的一个二手车交易所。原来听安娜说罗会长的房产咨询公司"白宫"还在狎鸥亭洞，但现在却沦落到了郊外驿谷的二手车交易所，这让我久久不能释然。各种各样的二手车挤满了宽敞的空地。在众多二手车包围的中间地方有一个偌大的铁质临时建筑，那就是办公室。司机走在前头，办公室里有几个穿着制服的男女职员正在忙着自己的工作。司机在那里待命，一个女职员在托盘上放了四个绿茶罐给我引路。经过走廊，里面有个门，装饰后的招待室还挺像样，地面铺着地毯，左右两边各整齐地摆放着五个椅子。里面有三个人正在蹲着看电视，看到我来了，就赶紧站起身来。罗会长不在，只有金部长接待我。另外两个人中的其中一个家伙和我有过一面之缘，就是那个穿着黑色衣服来过密阳的马尾辫，现在他把头发剪了，做了个爆炸式刺猬头。他见了我立马打招呼道："很荣幸再次见到您！"

"让姜博士来这种地方，真是不好意思。这里是我们的临时工作地。"金部长把电视关了，请我坐到对面的座位上，然后向我介绍另外两个人，"打个招呼，这位是你们以后要服侍的姜博士。"

"说什么博士啊。您就不要再套用会长的玩笑话了。金部长，就直接叫我宰弼吧，不然叫我哥也行。"

"我是遵照会长的意思，想要表示尊敬来着……那么以后就叫您大哥了。"

两个人向我打招呼说些拜托之类的话，一边向我介绍自己的名字，但估计都是假名。金部长说，这段时间两个人都会跟随在我左右，直到任务完成。二十五岁左右的两个小伙子留意到了我布满红血丝的眼睛，但什么话也没说。我打开绿茶，边喝边打量着这两个我未来的手下。穿两个纽扣样式的黑西服的那个小伙子，身材很是肥胖，体型像是相扑运动员，而且还留着光头，就只看他的块头，就会感觉到危险了。另外一个刺猬头是个硬汉型的。金部长让他们两个出去等着。两个人前脚一出去，那个端绿茶的女职员就带着数码相机进来了。女职员看着我说，因为得给我拍护照用的照片，让我去这边的墙前站一下。女职员拍完照片就出去了。警察署或是劳改所制作犯人名单时也是这么做的。

"我们所遭受的那一切，现在要原原本本地还给他们！"只剩下我们两个人的时候，金部长开口说道。

金部长打开放在旁边椅子上的007皮包，拿出文件夹并翻开，首先是张放大了的照片的影印版。大概是什么的总会场，能看见在主席台后面挂着的横幅的下端和有几位扎着领带的中年人成排地坐在罗汉椅上。金部长指着坐在中间的五十来岁的人，说："这是建设公司'欢喜座'的赵会长，别的人都可以放过，但这个家伙非得收拾一下不可。"

"欢喜座"的赵会长笑容满面，坐在接待室椅子上。金部长翻到下一张，对工程的概况进行了说明：

这是光明市温寺洞K区的二十多年了的五层的市营公寓的重建工程。

建设咨询企业"欢喜座"给开发工会的干部提供了工会建设和工会长选举的资金，把工会长变成傀儡后，再按约定从工会那里得到一定的权利和佣金。各大建筑企业围绕施工权激烈竞争，"欢喜座"方面给了工会长和工会干部数十亿的回扣，使其最终选定Y建设公司。以这个为条件，"欢喜座"和Y建筑公司相互勾结，将实际上测定两千六百五十亿元的总工程费虚报成三千六百亿，这样"欢喜座"可以从 Y 建筑公司那里拿到五百亿的回扣。进行到那一步时，"欢喜座"大规模地扩张，并把"白宫"作为同行拉了进来。"白宫"是个收支预算相吻合的企业。此后，两个咨询公司就这样开始了他们同床异梦的未来。Y 建筑公司把工会的干部和公寓妇女协会大妈们叫到饭店或是卡拉 OK 请他们吃饭，光给他们的礼物和日薪等就泼出去了数亿元。为了得到由地方自治团体公务员和教授们组成的环境评价团的许可，派说客去游说的费用也少不了。警察、税务公务员也不能不管，把这些费用加起来也超过了二十亿了。

"……光是施工现场食堂的所有权就是数亿的买卖。"

"具体什么内容我大体上了解了。"直觉告诉我罗会长是遭到"欢喜座"的背叛了。

"受'欢喜座'赵会长的邀请，我们投了十八亿，本以为我们可以收到 20% 份额的回扣，也很认真地做了。但是工会成员涌到总会场揭发工会的不合理行为，这消息也已经传出去了。那就是说'欢喜座'也得拜托号称'动员能力三百'的 R 保安公司去收拾总会场。"

"有话就直说吧。"

对于金部长的冗长的介绍，我有点烦了。如果说安娜向我透漏的那些是对的，那么罗会长确实是得了个可靠的儿子。

"即使是作为协助的条件，劳务公司得到外包工程的权利是业界的惯例，但总会一结束，保安公司的组织职员就像马蜂一样一下子涌入，并攻击了我们在狎鸥亭洞的办公室。说是我们提供信息把总会场弄得乱七八糟。他们不是还说向检察机关揭发，也是我们做的手脚吗？那里面也有我们的回扣啊，为什么要干这种下流的勾当！我们已经严厉警告'欢喜座'了，和 R 保安公司打配合出老千的牌现在也赶紧收手吧。但是他们又说在开工前先接受检察，但是这样一来我们 20% 的回扣也都成空头支票了。要是单是那样也好，我们也有可以动员的组织，不会那么轻易退出的！本来相互之间窃取信息也是正常的，但是事情是在别的地方出了差错。已经过去一个月了吧，这事还见报了呢，你知道吗？"

"我不看报纸。"

"会长和游戏业界的朋友们去菲律宾玩高尔夫了。就当是海外出差，每个月会长都会出去一次，我也陪着去了。转到第 18 个洞的时候，后面有两个韩国人。一直不把我们放在眼里，这算什么啊！刚开始我还过去劝了劝，年纪轻轻的，这样下去早晚是要吃亏的。但最后还是打了起来，一个小伙子制造混乱，另一个使出浑身解数，抡起球杆照准社长的脚脖来了个长杆儿，社长就那么'噗'的一下倒下了，脚脖子上的血直往外喷。那个家伙抡的不是高尔夫杆儿，而是特殊制作的夹着刀刃的利器，斩断了社长右腿的肌腱。随后惹起事端的两个小子就溜走了。报纸上登载了海外高尔夫场上一群有竞争关系的中小型企业在势力竞争中尽显丑态的内容。但实际上这是'欢喜座'一手谋划的一次恐怖行动，追到菲律宾，弄出这种事。追查过下手的那两个人，他们至今都没有踏进韩国一步。一开始也对 R 保安公司产生过怀疑，但是后来证实其中一个人正是赵会长的前警护员。"

"那现在罗会长……？"

"正在某处疗养呢，后半辈子都得靠轮椅行走了。"

翻开文件夹的第一张，我仔细观察了一下金部长指认的那个赵会长。赵会长额头秃秃的，看起来硬邦邦的，五十岁出头，体格粗壮，戴着眼镜，个子中等。

"'欢喜座'的会长，从在拍卖投标上中标开始，在'国民政府'时靠不动产起家。他们就像是背阴处生长的毒蕈。"

我沉默不语，脑子里浮现出了盆唐老夫妇的绑架事件，金部长又继续做了说明："大哥出狱的那天是在菲律宾事件之前，之所以派我去，是想让大哥作为队长出面和'欢喜座'进行协商并妥善解决那件事情。以大哥的博学，肯定能树立威信。为了能让大哥能快点过来，我才经常打电话。"说完递上来一支烟，金部长用打火机给我点上火，自己也点上一支。"但是现在和'欢喜座'的回扣问题已经不算是核心问题了。'白宫'应该说是这片地区成功的榜样，一直以来倍受尊敬，但是'欢喜座'让我们会长丢了面子。现在真是要以牙还牙，以眼还眼了！不能就此罢休，就这么放过赵会长！"

"所以才会这么急急忙忙地赶到密阳去的？"

"是这样的，本来去那里是要去解释明白的，但是因为局面被打破了……"

"你想让我收拾一下赵会长，再大老远的跑到菲律宾去把那两个家伙捉回来吗？"

"已经另外派人过去追查菲律宾的那两个家伙了，大哥尽管把赵会长这件事搞定就可以了，这个是会长的意思。"

金部长把文件夹翻到下一页，里面是江南驿三洞摩天公寓的照片。往后翻的几张是公寓的外观和一楼入口、大厅、走廊的照片。

"赵会长现在住在'金塔'2008号房，由警备公司专门负责警戒，从入口就开始彻底的身份检查，出入者的一举一动都被监视器监视着，和'盆唐事件'时的个人邸宅不一样了。"金部长又把文件夹翻到下一页，里面是建筑物的照片。"'欢喜座'的总公司长江大厦就坐落在德黑兰百货大楼后面，赵会长现在就在这上班。"

德黑兰大楼位于后街小吃胡同拐角处，是一个八层大楼。一楼是有一个用大型霓虹灯装饰着名叫"北海道"的日食店。二楼挂着台球厅和网吧的招牌，照片照下了转过拐角建筑物的侧面，人才中介事务所、便利店还有地下停车场的入口都能看到。

"必要的时候会多加派一些人手过去的。"

"'金塔'现在住着几户人家？"

"有一个已经出嫁的女儿和家人一起住，女婿是'欢喜座'的专务。"见我沉默了，金部长马上从钱包里掏出了一张银行卡。"随便花吧，密码是0007，三个0一个7。"

收起银行卡我才发现，不知道我兜里剩下的钱还有没有五万元。我在监狱的这三年，这片地区的交易惯例也变了许多，现在就算在大众食堂吃一顿午饭也是要用卡来支付的。虽然不是现金，但在接到卡的瞬间，我就知道我正一步步深陷到这摊泥淖中。在下坡路的底端父亲总是唠叨地说，你这小子，当佣兵的话，应该先讲好价钱酬劳的，边说着边挥动着他的那只用橡胶做的假手。

"作为'白宫'的总管本部长，真是太辛苦了，罗会长看人的眼光真是不错。"我对金部长恭维地说。

"下次见面的时候，我会把必要的材料复印一遍然后给您。"金部长把资料夹放到了007皮包里，接着说，"兄弟们现在正在外面等着呢,晚上一起吃个晚饭吧,大哥的住所弟兄们会为您带路的。"

金部长说,很抱歉要去见会长,不能陪我了,并约好了明天上午十点再在这儿见面。

我背着包出了办公室,然后就只剩下了一名男职员,没看见上次介绍给我的那两个人。走出了灯火通明的办公室,夜幕已经降临,阵阵凉风袭来。临时建筑物的前面停着的二手车打开了后门,刚才见过的那两个人从里面跳了出来。大个儿把我的背包接了过去,背包塞得满满的,其实里面只装着奶奶给我准备的内衣之类的东西。一起出了门卫室,我四下看了看。从现在开始,不管在哪,我都必须好好观察周围的情况。金部长正好从办公室出来,从临时建筑物周围的几辆二手车里下来一些穿着黑西服的人,围在他身后保护他。二手车是保镖的藏身之处。这确实能让人感受到金荣甲部长的地位。他果然是担心自己会遭受警备公司或是"欢喜座"方面的攻击。

"去哪儿把肚子填饱吧!"我拍了拍大个儿的肩膀说。这个家伙名叫千奉洙。我观察了一下周围的情况,并没有发现正准备停的出租车或私人轿车。从现在开始就有人埋伏下眼线密切监视我们也说不定。我们三个人去了驿谷驿附近的小食街的一家烤肉店,找了位子坐下后,先点了五份鲜里脊肉和烧酒。火盘上正烤着的鲜里脊肉发出滋啦啦的声音,我想起了从蔚山赶往密阳路过彦阳时吃过的排骨。不过是两个月前的事,但是头脑中勾勒出的场景貌似已经很久远了。

硬汉给我倒满了酒,并问我:"我大体上听部长说起过,说是大哥来的话我们就立刻着手去做?"他的名字叫申群道,跟着金

291

部长的叫法也叫我一声大哥。

"在酒桌上不要谈公事。"

我们三个人五瓶烧酒下了肚，期间关于"欢喜座"赵会长的话题我们再也没谈起过。两个人大体上知道要对付的是"欢喜座"，但好像还不知道是赵会长。我们大概地互相交代了自己的老底儿，千奉洙分别有一次强奸和诈骗前科，申群道有过两次暴力前科。他们听说我出狱还没多长时间，都说想知道我以前的经历。

"从密阳初中毕了业，来首尔后主要是靠自己单枪匹马地打拼。在进入'白宫'之前，我并没有参加过什么组织。"

"或许是机缘吧，在牢房里认识了罗会长，就加入组织了，在监狱里生活了三年，合起来总共在监狱里呆了七年之久。"我的话音一落，千奉洙感叹道："大哥称得上是这个地盘上的老前辈了啊！"

事实上在见到罗会长之前，我是职业盗贼，专门针对财阀富户人家。我一直是独来独往，单枪匹马地搞定任务以后得到大笔的钱。安娜大体知道我的来历后，讥笑我说，精神病不都是自己慢悠悠行动的独行侠吗？这话没错，我要是瞄上哪家个人住宅的话，先观察几天住宅周围的情况，再把警备用电话线给弄断，再用"天使会"时期和会员们一起飞檐走壁的经验技术翻过围墙，像蜘蛛侠一样，顺着雨水檐或水槽或瓦斯管进入到二楼内室。不必携带凶器，只是带着切割机、抽球、手电筒、绳子之类的东西就可以大功告成了。他们到底是在社会上都有名声的人，也不会向警察申报失窃物品，对于他们来说不受伤才是最重要的，丢失的东西与他们的财力相比就是九牛一毛。算起来"盆唐老夫妇绑架事件"也是因为有共犯才暴露的，如果这次也失败的话，应该也会是因为我面前坐的这两个人。

千奉洙说就这点量怎么能维持体力呢，听了这话，我又点了三份排骨。就在点菜的时候，安娜打电话来了。我跟她说我现在驿谷驿附近的烤肉店。安娜本以为我要过去找她，说是换房了怕我过去扑了空，还自顾自地说现在她在"黑口红"后街的咖啡店"摩那吧"，要是我过去的话给她打电话。安娜做每件事都是以我为中心，但她本人从来没有意识到这个缺点。要想更清楚地掌握"白宫"的近况，我必须去见见安娜。

出烤肉店的时候我用信用卡结了账。走到大路上，千奉洙说这附近有一家熟悉的酒吧。

"刚才大哥好像有约了吧？"申群道问我。

"您住在哪？"

"大哥以后别说敬语了。在永登浦延坪岛，离汉江岸边很近，您来的时候打我手机就行，跟司机说去永登浦四街的健康药店前面就可以。"

千奉洙接过我的手机，把两个人的手机号码输了进去，也在他们的手机里记下了我的电话。我打车去了新村。

在新村的后街看到了一个写着"MW"红色霓虹的招牌。安娜已经到了，叼着烟并一口一口地喝着酒。

安娜一边给我倒酒一边问道："现在决定接下这活儿了？"

"'白宫'的办公室不是在狎鸥亭洞嘛，罗会长经常在城郊出没，难道也做二手车的生意？"

"现在不是要跟'欢喜座'较量一番嘛，在狎鸥亭洞太暴露了，不安全。听说是准备进入驿谷那边的再开发工程的时候，看中了二手车交易所就把它收购了。"安娜提议干一杯，所以就举起杯子碰了一下,"那你将成为打击'欢喜座'的主力了?"

"我有什么本事能对抗那么大的企业。"

"反正不管接了什么活肯定是接了吧。挺无聊的要不也算我一个,我也赚点好处。"安娜笑着说。

"最近没有缠着你的人吗?"

"我的眼光很高的,可不是随便就跟了别人的!"

"等事情处理好再见吧,就是还不知道到时候还是不是活着呢。"

无名之火顿时涌上心头,我喝干了杯子里的酒,酒瓶也空了。

"上次的出狱酒也没请,今天来首尔酒该请了吧!"安娜说着,然后又要了一瓶酒和一份凉菜。

"用这个取点现金。"我拿出了信用卡,"所有的都取出来,密码是三个0一个7。"

*

我把脱下来的裤子扔到了床底下,里面的手机一直响个不停。昨晚我没去延坪岛,应该是那两个等我的人想要确认一下我是不是安全。睁开眼睛,透过窗口直射进来的晨光有点刺眼。想起来昨晚去了"黑口红"附近的安娜的一居室,一进房间,两个人就互相给对方脱衣服,两个身体互相缠绕交叠在一起来回翻滚。当汗水浸透,我们就去洗澡了,两个人的身体在水里贴得更近了,还伴随着我们俩的叫喊声。

安娜说大早晨的女的去接电话不太好,说是第三遍打来了,让我接一下电话看看有什么事。我看了一眼墙上挂着的表,已经九点多了。

"昨晚您也没打电话……"是千奉洙。

"对不起,昨晚喝多了,太醉了。"因为约好十点去见金部长,我就跟他说在二手车交易所见面,然后就把电话挂了。

"真的好久没有为男人做早饭了。"站在水池旁边的安娜说道。

锅里正烧着水,安娜正在拆速食明太鱼汤的包装袋。对面墙前面的台子上放着电视和一个长方形的水族箱。鱼缸里并没有观赏用的金鱼,只有沙子、泥土、石头和树根。我穿好裤子,走向玻璃箱,观察了一番。石头之间好像有低着脑袋一动不动的东西——是两只蝎子——能看到在翘起来的尾巴顶端有锋利的毒针。

"哎呀,你还养动物啊!"

"从网上购物的时候人家分养给我的。"

"它们被关在这里吃什么啊?"

"因为是肉食性动物,所以蟑螂、苍蝇、蚂蚁、蟋蟀等昆虫都可以喂,订购的话就会给送过来。"

"把蝎子当宠物养吗?"

"希腊神话里的巨人猎人俄里翁[①]知道吗?据说是个了不起的美男。"

"不是有个那个名字的饼干吗?"脑袋又开始了针扎般的疼痛。

"那边应该有星座的书吧,你去找找猎户座。"

---

① 俄里翁(Orion),希腊神话中俊美而强壮的猎人,为阿忒拉斯的七个女儿所爱,死后变成猎户座。

295

"真是没事干,都开始看书了啊。"

我卷着吃在明太鱼汤里热过的米饭,吃的时候我一直在想处理赵会长的方法,金部长只说过要收拾一下赵会长,但不知道到底是让杀了他,还是把他变成残疾。如果见到金部长,我的回扣也得定下来。安娜说她经常不吃早饭,在餐桌上放了一杯咖啡和一根香蕉,然后坐在桌子前面。

"想什么想得这么入神?"

"想解决一个人。"

"厄诺皮昂王把猎户变成了瞎子,你和想要报仇的猎户是一样的啊。"安娜一口气把咖啡喝光了。

"成了瞎子的猎户向王复仇?我看起来是这样的吗?"

"这个是天蝎座的神话,得到神托的猎户后来恢复了视力,复仇之心也在女神阿尔特弥斯的劝说下改变了。阿尔特弥斯的哥哥是太阳神阿波罗,阿波罗怕妹妹爱上美男猎户,就派蝎子去保护妹妹,最后猎户就被蝎子的毒针毒死了。"

"一大早的,别说这么扫兴的事了。"

我放下勺子,看了一下时间,快十点了。约好在驿谷见面的,看来要迟到了。我戴上帽子,拿上背包就走了。

安娜一直跟我到门口,对我说:"小心点蝎子啊,我给你的项链就算作是护身符吧!"

"不是说俄里翁死在了蝎毒之下吗?还让我戴蝎子项链。"

"以毒攻毒才是最好的治疗方法,不是吗?"

"是吗?我不是俄里翁,是蝎子。"

出了房间,走到大路上,坐上出租车,在去驿谷二手车交易所的路上有两通电话打了进来。一个是金部长的电话,说会长已经在那儿等着了。连罗会长都出面了，我开始有点心急了。还有一个是明姬姐的电话，说打电话到密阳去结果说我去首尔了，所以想确认一下我的住处。其实我现在很挂念在密阳的宗浩，但神经都紧绷到头皮上了，在这个时候怎么能提什么担心子女而让自己分心呢。一挂断电话，我就想起了姐夫教会的电子邮件。许君说会把爷爷在巨济岛的活动和最后的密阳的生活做一下整理，然后用电子邮件发给我。我现在的处境就像刹车失灵的汽车在下坡路上拼命下滑，整理爷爷生涯究竟还有什么意义呢？这种虚妄的想法不断地浮现在我的脑海里。直到几天前，我还竭尽全力做那项工作，而现在，这段时光倏忽已逝，我觉得就像一个悠闲的书呆子在整理家谱一样。快到十点半了。

到了二手车交易所，我不顾传达室的制止让出租车一直开到了空地，在办公室前面徘徊的一群膀大腰圆的年轻人向出租车这边跑过来，金部长的司机认出了我，制止了他们。我慌忙进了办公室，女职员把我带进了招待室。门开了，对面的正中央，罗尚吉会长拄着拐杖坐在轮椅上，金荣甲部长站在轮椅的后面。两边的招待椅上一边坐着三个人，一共有六个人一齐向我这边转过头来。其中也有在大麻派的时候认识的人。因为罗会长亲自到场，看起来似乎是"白宫"的重量级人物悉数出动了。好像一直在等我似的，气氛很严肃，没人说话。

"姜宰弼来了。"我摘下了帽子，向罗会长低头行礼。

"好久不见，姜博，很高兴见到你啊！"

罗会长干哑的声音没有一点力气，最后一次见到罗会长还是跟安娜一起去东北之前，一晃三年过去了，这三年间罗会长的头发愈加苍白，脸也消瘦了不少。

"听说在写什么东西，收尾了吗？"

"还没有收尾就过来了。"

"听说你在里面看了很多关于精神病的书。"

"是的。"

"我就只知道姜博是大人物，我经常跟这些孩子们说姜博是又有知识又有义气的男人。姜博既细心又有活力！"我在旁边默不作声，罗会长又问我："这三年你肯定一直在埋怨我吧。"

"没有。"我的脑袋突然一阵剧痛。

"日本占领时期，我祖父也是作威作福的，在东大门外有很多地，解放后父亲也一直活跃在政治领域，还在苑南洞建了三十间房子。"罗会长将往事娓娓道来，"一到了军人的天下，家里就没落了，所以年轻的时候在外面东躲西藏的，也受过很多苦。"

虽然罗会长没有直接说祖父是亲日派，但他说的话对我很有冲击性，我在监狱的时候听说过他父亲的事情，但他祖父的事情今天还是第一次听说。在罗会长的祖父享受荣华富贵的殖民地时期，我的爷爷做了些什么呢？突然间我觉得，我和罗会长仿佛在冥冥之中已被那所谓的因缘宿命捆绑在一起了。犹如凉水灌顶，我的眼前开始一片模糊，不是愤怒，而是悲伤侵蚀了我的心。

"说起来我也是个罪该万死之人啊，最近这种想法一下子冒了出来。做了很多无颜面对祖宗的事……"罗会长也不再说下去了。"以明洞地盘的 savoy 为舞台，在金上士派手底下锻炼胆量的日子也很遥远了，现在我也老了，气数将近了，诸位都是我信任的跟着我的人，为了你们的未来我恐怕应该退下来了。"

"会长，您这是什么话！这个是您一手建立起来的企业啊，在市场经济的支配下,我们的企业还会继续发展的啊!"坐在罗会长旁边的矮矮的五十出头的人说。

"现在我们已经是四面楚歌了,还说什么发展?别说这些没用的话了!"罗会长用刚才一直拄着的拐杖使劲地敲着地板,发出咚咚的声音,"你们都给我出去!"

听了罗会长的话,六个人齐行注目礼,然后退了出去,出去的时候都小心翼翼地迈着步子,现在就只剩罗会长、金部长和我了。

"姜博,听说你在写参加过独立运动的祖父的事迹?"

"是的。"

"那还能接我这件事吗?"

我沉默着。

"都是过去的事了,这样走过来看,世上的事就是这样,血融到水里就变成了水,就算这一辈子是仇人,到下一辈也就和解了,两家结亲的话两家的血就融在一起了……"罗会长顿了顿,然后问我,"姜博最近还失眠吗?不吸毒了?"

"没有,那个已经戒了。"

"如果想起这次的事,我就一晚上都睡不着了,过来,让我握握姜博的手。"

我放下背包,走到罗会长跟前。由于他坐在轮椅上,所以,个子比较高的我不得不跪着。

"这件事情一定要交给你办,我才派金部长亲自去密阳。"罗会长颤声问道,"就算是为了我,你会接这个活吧?"

我突然想到了电影《教父》里坐着轮椅的马龙·白兰度向跪在自己面前的儿子艾尔·帕西诺交代事业的情节。安娜的话如果是事实的话，那么金部长有朝一日会演出那样的场面的。我现在的处境不是在搞事业，而是通过杀人获取报酬。虽然罗会长在董事们面前一边反思自己的生活，一边感叹人生的空虚，但其实他只不过是像软掉的屌一样装死罢了。他一边受着失眠的折磨，另一边却又在磨着匕首。正像我掩饰不了自己的性格一样，罗会长果然也无法掩饰本性。仔细想一想，或许这生活本身就像演戏一样呢。我算是看到了矛盾的一个侧面。

"与别人相比，大哥您更深得会长信任。"后面站着的金部长说了句。

"你是那种不做则已，一做就一定会成功的人，不是吗？"

"您的意思我明白了。"我站起身说道。

"金部长，把准备好的箱子给我。"

金部长把会客椅后面放着的密码箱拿到桌子上，按了按钮，打开了箱子盖。箱子里装着一沓面额五千元的崭新的赠品用文化商品券。

"尽管不是现金，但与现金没什么区别。"

"这是一亿一千万。在'海的故事'交换所能换成现金。给他们10%的提成的一千万也给补上了。"金部长说。

"看到姜博的脸就可以了。那么，成事之后再见吧。以后，你就代替我不能活动的腿吧。我该走了。"

罗会长一说完，金部长就推着轮椅出去了。他们从办公室出去的时候，罗会长冲着站在身后的我挥动了手杖。从他能够握着拐杖挥动的情况来看，他只是不能用两条腿阔步走路而已，看起来健康状况是很不错的。

那天白天，我和金部长、"白宫"董事会的金融组成员李常务、建设组的张理事，还有二手车交易所店长金所长，在驿谷驿前面的日本料理店的包间里吃午饭。在丰盛的生鱼片宴上，每人先干了一杯啤酒。主食点了河豚辣汤。我们谈了很多，"欢喜座"的贿赂和主人赵会长的背信弃义以及温寺洞重新开发事业的检察缉查的进行，乃至警察署智能组总出动的游戏娱乐场和网吧的管制行动等都成了我们的话题。李常务忿忿不平地控诉道，最多的时候地下钱庄对信用不良者要收取 23% 的利息，政府却打算制定最高 60% 的利息限制法，这有什么现实性吗？

"虽然要和商号储蓄银行的利率水平看齐，但如果私设金融市场罢市的话，没有担保的人上哪去找急转资金？政府又不是傻子，怎么会不知道 300% 的高利率会使地下金融横行？"

"到最后经济萧条之风席卷金融市场，证券洗钱、股价操纵、投机公司、不法地合并接管企业等智能型金融业不正之风才陆续暴露。"金部长说。

这些沉重的话题之后，张理事哄笑道会长太偏爱姜博了，以至于让人嫉妒！我说除了身材高大点之外，我还懂什么啊！我话音一落，他就把过去的"盆唐老夫妇绑架事件"给摊了出来。大麻派时期张理事还只是个部长，三年之间职衔就升到了理事。

"姜博办事不是很干净利落嘛！虽然韩明秀收尾有点潦草。"张理事这次也将我要担任的角色悄悄地暗示了出来。

"在张理事的眼中，我总是狙击手的角色，是吧？"我把眼神定住。

"不是不是，当然不是，我就是那么一说。"张理事慌忙搪塞道。

饭菜一上来，金所长就一边咽着口水一边说，秋风一起，这河豚的美味就飘到了鼻子边上。

"河豚毒是毒中之冠，这家店应该是请了做河豚的专业料理师吧。"张理事一边往盘子里捞河豚肉一边说。

"端到这里之前，毒素已经全清除出去了。听说血液、卵巢和内脏里都有毒素。春季毒性尤其强烈，到了4月一定要尽量避免吃河豚料理。"金所长不懂装懂地说。

话题一往毒的方向展开，我就想起了早上安娜说的蝎子的毒针。小时候和妈妈一起去沙边的外婆家，经常吃外婆煮的河豚汤。

刚一吃完饭，李常务、张理事和金所长像是约好了似的，都说很忙，抽身离开了。只有金部长和我留了下来。

"您眼睛怎么了？"

"发烧太厉害了吧，毛细血管破了。"

金部长沉默了一会儿开始步入正题。

"我们在'欢喜座'遭受的损失，正在另寻对策。工会总会那里，即使是选定新的建设企业，我们的回扣大概也仍旧有效。大哥您的任务是只收拾赵会长一个人。"

"这我了解，怎么做呢？"

"只要把我们会长遭到的毒手原样奉还就行了。如果把他整得太严重了的话，大哥您和我们这边也会受到牵连。会长的意思也是，就到那为止吧……"

"意思是让我把他整残废？"

"会长交代过，不要伤害他本人以外的家人。"

金部长当时也在菲律宾高尔夫球场，但是"欢喜座"的打手并没有对金部长下毒手。即使在冤冤相报、恶性循环的世界里，家人还是受到保护的，否则从最起码的道义上说，这也是个卑劣的想法。

"这次的事，除了我和大哥您之外，谁也不知道。估计需要多长时间？"

"是啊……"我还连个什么计划都没制订呢，"虽然不确定，大概十天半个月吧！"

着手办的话，首先必须要掌握赵会长每天的日程。赵会长不会独自行动，秘书自然会跟着，但现在不知道是不是连保镖也配上了。要下手的话，得把他们都支开，并且得紧紧靠近赵会长才行。事情结束后，我的安全问题也不能不考虑。

"护照和飞机票会准备的。据说最近越南胡志明市很适合韩国游客度假。"

金部长这是话里有话，意思是叫我在事成之后，下发通缉之前逃出国外啊。

回想起了跟安娜逃到东北的事情。一想到事情在世人耳目中慢慢沉寂之前，要在海外流亡，我就觉得脚下正踩着的土地浮到了空中。

"收下这个箱子吧。箱子的密码也是0007。"

金部长站起身来，像是想说的话都说完了的样子。我对他说自己还有些话要对部下们说，让他先走。金部长从自己的密码箱里掏出材料袋，说是复印了昨天给我看的一部分材料，并说里面还有别的内容可供参考。他一离开，我就用手机给千奉洙打了个电话，让他和申君一起来日本料理店。我掏出金部长刚才给我的材料，想在两个人往这儿赶的期间翻看一下。参考内容打印在两张 A4 纸上，上面罗列着赵会长公司的不法勾当。

1998 年 6 月，为了让负责水原市梅滩洞拆迁工作的企业放弃重建工程，"欢喜座"这边的保安公司动员暴徒绑架了施工公司的总经理，并用凶器刺其膝盖相要挟，敲诈勒索了五亿韩元。他们被选定为拆迁企业后，又利用拆迁权获利三亿韩元。

2000 年 4 月，以在工会提供过帮助为名，向负责首都圈再开发议政府市龙岘洞国营公寓再施工的公司敲诈勒索了十一亿韩元。

2003 年 10 月，在贞陵二三区再建设事业中，"欢喜座"和施工公司暗中勾结，变更了工程内容。楼房户主原本是一千五百七十户，"欢喜座"将无偿分担率定为 117%，把无偿分担率和楼房户主数大幅减少，以商品房坪数大型化为条件签署了临时合同，占了四百亿韩元的追加开发利益金。那之外的五六年间，还有两桩类似的事情。"白宫"通过擀面杖（内部举报者）挖到了这些消息，向检察厅告发了"欢喜座"的恶行。利用企业间激烈竞争导致的告发对手企业行为或者失势的内部人员的揭发，检察厅算是占了节省线人费的便宜。

我忍不住笑了出来。看来，罗会长也好，赵会长也好，他们的致富手段是不相上下啊。市场经济阴影下的正是弱肉强食的世界。

千奉洙和申群道来了。他们在我对面的位置坐了下来，我立马按下了服务铃。两个人说已经和金部长的司机吃过午饭了。服务员来了，我要了一壶精盅米酒，点了三份熟河豚肉作下酒菜。

"知道'欢喜座'的公司大楼吗？"女服务员一出去，我就问申群道。

"去德黑兰路的话，沿街就是，那一带是花街柳巷。"

"一层是日本料理店'北海道'。说到赵会长，他也会经常出入'北海道'吧，要是能用河豚汤招待他一次就好了。千奉洙，你来假扮厨师长，应该可以吧，怎么样？"

"您的意思是不去毒的河豚汤？"

"你说出来干吗？"申群道答应了一句。

"稍微加点毒作为作料的话，汤的味道绝对是一级棒吧？"我说了句。

"又不是熟练工，想在日式料理店的厨房里找份工作，也不是那么容易的啊？"千奉洙摇着头。

河豚熟肉的碟子和精盅酒上来了。河豚皮凉菜也跟着上来了。

"算了，不提了，就是那么说说。来，吃吧。"

三个人为预祝以后作战的成功，先干了一杯。因为我没再说话，他俩也只是一边观察我的神色，一边推杯换盏。

"要教训教训赵会长才行啊。"碟子快空了的时候，那块熟肉成了众矢之的，但是被我一下子抢过来了。

"怎么做呢？"千奉洙眨着眼睛问道。

这家伙真笨！让他站前面，用他的大块头来吓吓人兴许会有点效果，除此之外，交给他办点啥事，十有八九给你办得乱七八糟。

"奉洙君，能做到吧？"

"应……应该可以吧。"

"你啊，还是去把风吧，除此之外什么都不能交给你干。"说完后，我开始指派给申群道任务，"赵住在江南'金塔'的第二十层，首先得摸清那里的警戒程度，然后是赵的每天的日程。几点去长江大厦上班，呆多长时间，中午主要去哪里吃饭，晚上的时间怎么度过，大约几点回'金塔'，这些都要弄清楚。当然，赵贴身的秘书和保镖的情况也得掌握清楚。"

"明白您的意思了。"申群道回答说。

"从明天起，四天，给你充分的四天时间。四天后，我们再一起吃晚饭。"我把背包里放着的一百万分出一半给申群道，"照片也尽量多拍一些。需要花更多的钱的话，先用你们的卡结账，到时候把发票给我。三天之内不用跟着我。这期间我得好好思考一下，别找我。"

约好了再联系，我站起身来。

申群道问我今晚上在哪睡觉。我告诉他们，我会打电话再联系他们的，不用等我。然后，我又特别地嘱咐他俩：

"虽然这种事你俩有经验，也能帮我，但从现在开始，嘴严点儿！别走漏风声！有可能暗地里被谁杀死都不知道，所以，一定要探查好前后左右。晚上要特别小心，隔墙有耳啊！而且要努力地准备，多多地忙活是成功的保证。如果失败的话，知道会怎么样吧？因为有前科，最少要烂在牢里，白瞎五年工夫！"

*

这四天，我是独自度过的，想睡觉的话就去按摩院或者二十四小时营业的桑拿浴池休息大厅里休息。我眼里遍布的红血丝逐渐消退了。这几天，我主要是奔走于钟路区和中区大街上，把被大肆宣传的"海的故事"文化商品券分捆兑换成现金。去年我还呆在监狱里的时候，忽然间新兴起了一个成人娱乐室"海的故事",它就像会生金蛋的鹅一样,人气颇高。在商业地区的马路边以及马路上占道经营的"海的故事",占用大约七八十坪的面积作为自己的营业场所,上面摆放着七八十台的游戏机,由于平民赌鬼的光顾,时常满员。天棚、墙壁和游艺机上充斥着迷离绚烂的闪光灯和嘈杂迷醉的音乐以及缭绕的烟雾,服务员不时地通过广播打托。"恭喜三十一号顾客。哦耶,哇哦,哇哦!终于通关啦!""五十二号顾客,鲸鱼要过去啦!要火啦!哦耶,好哇!大家一起来祝贺一下五十二号顾客!""七十二号老板运气太好了。十二万奖金了,加油!连打开始了。巨额二十五万奖金快开奖了啦!诸位老板也能把喜转到自己那里啊!"

以前我就对赌博没什么特别的兴趣。我平时就经常头疼,更没必要在赌场里为了猜别人的牌而伤脑筋。一换完钱,我就去了银行。以三年到期的整存整取的方式存入银行八千万,一千万换成美元,一千万换成旅行支票装进背包里,废弃了原来的那个密码箱。现在总算是真正地踏上了"自力更生"的道路了吧,忽然间浮现出这种想法,却又因为手上攥着的钱并不是靠自己的汗水赚来的而感到惭愧。

我在有很多医院入驻的医院专用大楼里,找到了神经精神科,并向护士说明我没有医保。专家医生和我一般年纪,我跟医生说了从小以来的病例,给他看了我吃剩下的几粒百忧解,并且告诉他我从监狱出来时带的药已经吃完了。医生通过用图表标示的几种临床试验,给我进行了诊断。不知道医生是不是因为给身体强壮的黑社会诊疗有所顾虑,没给什么特别的建议,就开了张处方。我拿着处方,来到了护士介绍给我的药店,那儿的神经精神科药品十分齐全,买了两个月剂量的百忧解和去甲替林。

就这么过了三天，第四天的白天，我又重走了一遍自1987年进京以来去过的地方。在遍布着卑贱生活踪影的首尔站、南大门市场和明洞等地方转了转。我也去了在乙支路三街时做过运动的体育馆，那儿曾是国家级的拳击选手和摔跤选手集训的练习场。原本在明宝剧场后面的体育馆不见了，附近的浴池如今也被一家汽车旅馆取代了，以前运动后经常去冲洗汗水或者为了减掉脂肪而去蒸桑拿。我也去了曾经去偷过的城北洞和奖忠洞，在富人区的安静的胡同里转悠了一下。我抬起头，望着那堵处处安装着监视用的闭路电视和警报器的高墙，想当时是怎么翻越那堵墙的呢。我也曾洗劫过当年暴发户们渡过汉江住的清潭洞，在去那一带的路上，顺便去了德黑兰路，参观了一下现代百货公司后面的长江大厦和道谷洞的"金塔"高层公寓。也按照赵会长轿车会经过的马路路线从"金塔"到德黑兰路走了一遍。在长江大厦，我坐着电梯，把每一层都转着看了一下，但坐电梯只能到六楼，七楼和八楼被钢化玻璃门堵上了。"欢喜座"使用七楼和八楼，如果没有身份验证用的电子卡，就没办法出入这两层。玻璃门旁边，写着"欢喜两倍'欢喜座'"的标志下面，挂着写有"（株）建设咨询'欢喜座'"的铁制镀金的公司牌匾。正好是白天，我就去了去北海道日本料理店，坐在烹调台前面的座位上，点了一份河豚辣汤，解决了午饭。这家日本料理店里客人们拥挤不堪，除了包间外，大厅里的五十来个座位总是满的。

道谷洞"金塔"就像所说的那样戒备森严，如果不是入住者的家人，出入这儿就像出入政府大楼一样，出示了居民身份证，还要填写上交访问申请书，送入访问者的时候，还得得到入住者的肯定才被允许，过了检查台才可以乘坐电梯。我在那里的美食城吃了顿韩餐,就当是晚饭了,还喝了杯酒。

我就这样度过了只有我自己的四天时间,同时我一直在考虑收拾赵会长的办法和我自己的出路,偶尔也想一下死亡和坐牢。我对"活着"这件事情感到厌倦,空虚无味,心情总是很抑郁。这四天的时间里,我接到了很多地方的电话。除了随时打进来的千奉洙和申群道的电话外,还有一通金部长的问候电话。我告诉金部长,在我联系他之前,别给我打电话。至于安娜,则每天晚上给我打电话,来问我今天做了什么事、晚上在哪儿睡等等。我对她说每天被各种各样的想法折磨着,心情不好,不想和安娜见面。明姬姐姐也打给我一个问候电话,这才问了姐夫教会的电子邮件。"我正到处找工作呢,类似健身俱乐部教练的工作,安定了之后会叫宗浩来的。"我对姐姐只说了这些。

第四天晚上,我去了明宝剧场附近那家以前经常去的"恩城蹄儿汤"饭店,还好现在还在原来的地方。点了份熟蹄子肉。倒酒的时候,密阳的许君打来了电话。他问候了我一下。

"我正物色工作呢。"

"巨济岛部分差不多结束了。去巨济岛看了一下才知道,说朝鲜人民军的俘虏还好,一说是志愿军的俘虏,哪有谁会给作证啊?完成的那部分给卢秉植教授发邮件了。"说完后,又问我能收到的邮件地址,也就是要把原稿发过来。

"许君,不好意思,到密阳为止的那部分完成的话再一次性发送吧。我现在的处境,实在不方便读改。"我把心情坦白地说了出来。子亨教会的电子邮箱虽然已经记在了小本子上,但是嫌麻烦就没说。

关于爷爷在巨济岛的生活,尹纯旭先生提到过他离世的父亲曾帮忙给介绍过翻译工作,奶奶也讲过他是在巨济岛大概呆了十个月后又回来的,除此之外,什么资料都没有。"跟他说你在满洲时用过的汉语都忘光了吧,他也只字不提巨济岛的生活。就像在哈尔滨当哨兵时候的事,连想都不愿想。"奶奶是这样对我说的。以此推测,我猜想,许君是以这两位的简单证言为基础构架,适当地创作了爷爷在巨济岛十个月的生活。

事实上,没人能证实爷爷是怎样遇到郑斗三并转变观念的,许君为此煞费苦心,他提议把这部分写成爷爷在去内野洞金元凤家找金元凤时偶然遇见了郑斗三。虽然两人有可能在那样的地方相遇,继而发展成为同志关系,但那只是许君的创作。照许君的话说,只有那样的相遇,才比较容易展开故事情节,不然其他场面也得虚构。我犹犹豫豫地接受了许君的建议,朴文一做"圆木"牺牲以及爷爷咬舌自尽的场面也都是这样创作出来的。仔细推究起来,爷爷的自白还有奶奶的证言都是一样。他们从回忆里评价自己生活的时代,在此过程中记忆难免被美化或歪曲。那些必须要以证言为依据的记录者也会带着各自的成见,在此基础上进行虚构。如此一来,不管是自传还是传记,都不能不让人怀疑究竟多少才是真实的。历史本身就在隐藏着真相或多或少地伪装着,随着岁月的流逝、时代的变迁,真实也会随之弯曲。

我深陷回忆的旋涡,心情些许沉重,许君的话仍在继续:

"……现在要写爷爷从巨济岛回来后在密阳度过的最后时光了,这部分有包括奶奶在内的很多见证人,可以进行较为真实的叙述了。"

"我想对他来说密阳那段他生命中最后的时光并不是那么重要,几乎都是在钓鱼中打发空虚,生活在沉默的世界里,作为一个失败的人生经营者，要那么多见证人有什么用……"需要的时候，没有可靠的人证物证，末了却证人泛滥，这种矛盾很让人无奈。

"对了，为了查有关巨济岛俘虏收容所的资料，我去了趟市立图书馆，在那儿见到了崔主任，正好还看到了宗浩，他正坐在书桌前学写数字呢。"

"宗浩在图书馆里？"

"听宗浩说只要崔阿姨去他家，他就坐在自行车后面跟着去图书馆，又看画册又学习，还显摆说崔阿姨还买午饭给他吃。看来你们父子还真是跟图书馆有缘啊。"

"……"我不知说什么好。

崔主任想知道这个没有父母，和太奶奶相依为命的孩子是怎么过的，因此曾去礼林里的家里探访过，可能是看正在厢房和孩子们一起玩的宗浩连自己的名字都不会写，觉得可怜，就决定教他学习。

"前辈，那以后我会再联系您的。"

关掉手机我一时怔住了。因为自己是没有孩子的寡妇，所以她想要把感情投注到宗浩身上吗？这让没尽到父亲责任的我感到阵阵悲怆。回首尔后我只想到过崔主任一次，我想要是对付完赵会长，又要开始逃亡生活的话，去她丈夫学习时曾呆过的载药山那儿偏僻的窝棚也行，要是躲在那里再能把爷爷生命最后的部分整理一下也不错。

要和千奉洙还有申群道见面的那天下午的三点，我给安娜打了个电话，她接过电话说在"海的故事"，现在赢了十万块。

"鲸鱼出来才有戏啊，不出来吗？"

"赢了也没意思,这是我们的地方,输也就输个本钱。"

虽然是为了解闷儿,但大白天的就靠赌博打发时间实在没什么意思。安娜说正好有话要和我说,问我在哪,她随即就到。

"到德黑兰路现代百货店,后面有条美食街,进去后有个叫'北海道'的日本料理店,那对面是'太能排骨',我一个人在排骨店里喝酒。"

我在大玻璃窗边坐着,从这儿能看到马路对面的长江大厦。时间不早不晚的,就我一个客人。我已经就着两份里脊肉喝了半瓶烧酒了。

三十分钟后安娜出现了,说地铁就是快,换乘了两次车来的。

"北海道那个大厦是'欢喜座'。"我看着窗外说。

"二层还有台球室呢,常去我们那儿打球的孩子们要去那边玩了吧。"安娜喝了一杯酒后压低嗓门说,"已经过去四天了啊,躲哪儿去了,也不联系……"

"想修理一下某个家伙,不会太过分。"

"赵会长?所以才每天都来这儿盯着大厦?"

"你想说什么?"

"昨天有两个人过来喝酒,问大哥有没有回来。不是有个刺猬头嘛,每天往'黑口红'打电话问哥哥的消息,他们好像负责每天向金部长报告。和他们喝酒的时候猜的。"

"哪儿有可信的家伙?我身上的两只手也不是我的手啊,两只手相互监视而已。"

仔细想想,父亲的假手正是如此。或许安娜也是脚踩两只船,有必要保留只有我知道的情报。

"赵会长一出现就冲过去吗？"

"你也要每天给部长报告？"

"你这么看我？"

"对了，你没有车吧？"我喝了一口酒。

"可以借的嘛，逃跑的时候用？"

"在大厦里得手了，要脱身得有接应的车才行。"

"这事儿交给我吧，去灵兴岛或巨济岛开个生鱼片店，躲在那儿，哥哥看书，我做生鱼片。"

"这世界不会像拍黑帮片儿那么简单的，还是喝你的酒吧。"

我喝了一瓶半，安娜喝了一瓶。下午五点，我们走出排骨店，晚上安娜要回去看店，我也想在叫千奉洙和申群道之前先休息一小时，清醒一下。过了一个路口，安娜脸颊绯红，露出酒窝，笑着说，一起去哪儿休息一个小时吧。在前面一百米远处往综合运动场去的路边能看到旅店的牌子。

"大事之前不能那样。"

"晦气？"

"我再和你联系，你打听一下从哪儿借车。"

和安娜分开后，我进了阿维尼翁旅店，在总台要了二层应急楼梯旁的房间，并付了一天的房费。进了房间我就给千奉洙打了个电话，让他在六点半时到210，并把房间电话告诉了他。然后我就在浴盆里泡冷水澡，直到六点。

千奉洙和申群道准时到了房间，两人把四天来明察暗访得到的情报向我做了汇报，"欢喜座"赵会长的活动范围、"金塔"的警卫情况、长江大厦内部构造等都做了说明。我嘱咐的照片也洗

313

了一卷带过来了，有"金塔"里不知是哪层的走廊、长江大厦周边和内部的情形还有行驶中的赵会长和女婿的专用车。

"赵会长每周一、三、四去办公室上班。上午十点半左右上班，下午下班时间不定。周二去高尔夫球场，周末休息时和家人一起在家里。"申群道说。

"上班时赵会长和秘书坐一辆车，女婿的车先走，车里总有一个不知是保镖还是秘书的家伙。"千奉洙说。

"若在'金塔'和长江大厦动手会比较困难，要是在上班路上发生擦碰事故后，再伺机较量一番咋样？"申群道说边挑出一张道路的照片，"在京畿高中入口的十字路口处动手比较合适。"

"那边加上司机有六人，我们这边也得五个人吧？让他们先在路口等着，双方开始交涉的时候，我们就去收拾赵会长，大哥不露面也行。"千奉洙说。

"知道你的意思了，别把他弄死。让他得到应有的报应就行，没必要对其他人动手。"

"那就把赵会长的腿打烂。"申群道说。

"我做东，出去吃晚饭吧！"

我穿上夹克，把背包塞在床底。

"太周密了反而会露出马脚，这种事不能拖太久，要速战速决。"我边说边往走廊走。

三人出了房间，沿着与长江大厦相反的方向走，进了"墨湖生鱼片"店。覆盆子酒就着牙鲆生鱼片，主食吃的是寿司。饭局上再也没提赵会长。我说再去喝一杯，就带他俩去了附近的酒吧，给他俩叫了小姐，然后开始轮番喝炮弹酒。千奉洙唱歌，申群道跳舞，喝完两瓶洋酒兑成的炮弹酒之后全都醉了。

"尽情玩吧，明早十一点左右来我房间。"

我用卡结了账，先出了酒吧，顺着原路回到房间倒头就睡了。

第二天，两个人按约定时间到了，之后我便说了一下计划。

"开始行动，钟路五街农药店里有除草用的百草枯，买一瓶，价格也便宜。"

"干吗用？"千奉洙问。

"失败的时候自杀！"我笑着说。

"怎么说那么不吉利的话。"千奉洙也跟着笑了。

"自杀的人都喜欢用百草枯，一口毙命，嗓子眼一沾到毒液，血管就会爆裂，一旦毒性渗入血液，人就会因为呼吸困难而在四十八小时内死亡，给赵会长来点百草枯。"

我也曾经用百草枯自杀过。

"你不是说只是要适当地修理一下吗？"

千奉洙还有点不明就里，我没有理会接着说：

"再买个注射器，注射葡萄糖用的那种五百毫升的大号。鞭炮也买一捆，再到宠物中心买只猫或狗，得做实验。"我掏出床底的背包，准备出去，"现在就开始吧，今晚在杨坪洞睡，去之前先打个电话。"

我在"黑口红"那里和安娜闲聊了一个下午，尽量保持平常的心态，努力不去想那些头疼的事情。和安娜一起吃的晚饭，这次没有喝酒，之后我打车去了杨坪洞，千奉洙在"健康药品"店前面等着我。到了他们的房间一看，一瓶百草枯，一个注射器，一捆鞭炮，一只吉娃娃宠物狗，都买来了。

我用注射器取了些百草枯，让申群道抓住吉娃娃，不让它动，我对准狗惊恐的眼睛一针扎进去。小狗一边哀叫一边挣扎着。记得小时候在烽台山的村子时，爸爸杀狗的时候为了不让狗叫，就往狗耳朵里打农药，现在我也成为爸爸一样的人了。

"太残忍了。"千奉洙说。

"也给你来一针？"我模仿爸爸的声音说。

第二天早上，我去看了看绑在门口的小狗，它耷拉着脑袋，低吟不止，身体不停地颤动。用鞋拔子碰碰一点反应也没有，一直在抖，看来眼睛已经瞎了。

"大后天动手，星期三上午开始行动。赵会长进长江大厦的时候我们三个人就动手，赵由我来处理。"

这时候我才把计划全部说了出来。

赵会长的秘书、女婿还有保镖站在电梯前，可能还有其他要坐电梯的人。电梯打开之前，申群道点燃事先准备好的鞭炮，在受惊吓的人们往那边看的瞬间，千奉洙堵住电梯口，我把赵会长一个人推进电梯里，抓住赵的领口按下六层的按钮，千奉洙处理那些想要跟进电梯的人。电梯关上时，我就掏出内兜的注射器向赵会长圆睁的眼睛里注射。

"你们到时候看情况撤退，我从楼梯走，到时候"黑口红"的女老板会在安全出口方向的胡同里准备好车等着咱们。"

"现在已经完全知道是什么意思了。"

"我们一定会全力以赴的。"

千奉洙和申群道自信地低头回答。

那天下午，我给金部长打了个电话，告诉他我决定周三上午动手。他已经知道了我的"周三计划"。

"大哥制订的计划已经听说了，方法很好。护照和机票已经给申君了，机票是任意时间的。"

*

动手的前一天，也就是周二的上班时间，我只背了一个包，走出阿维尼翁旅店，一身便装上了出租车。从此以后，"白宫"和"欢喜座"的那摊浑水还有生死是非都是他们的事了，再与我没有任何瓜葛了。目的地是仁川机场。最少在海外呆三年不回国，我要用两千万的本钱努力开始我的新生活。天地之大，只要有人生活的地方就有我藏身之处，并且在哪里也能收到许君的邮件。出租车拐弯上了奥林匹克大道。

十点半，在登上飞往越南胡志明市的飞机之前要进行最后一次检查，这时候也没人制止或者注意我。登上飞机，我找到指定的窗边座位坐了下来，可能是最近太过焦虑，头又开始针刺似的疼。我便向服务员要了杯凉水，吃了一片百忧解，之后就靠在椅背上闭上了眼睛，身子慢慢软了下去，紧绷的神经也一点点放松，迷迷糊糊地睡过去了。

我把捂着眼睛挣扎的赵会长放在电梯里，往安全楼梯方向跑过去。父亲和爷爷在生命的最后一刻没能按自己的意志行事，他们只是听天由命，并渐渐成为被遗忘的存在，最终在无奈中结束了苦痛疲惫的一生。在这一瞬间，我意识到我的命运可以由我自己来决定，我把针管里剩了一半的百草枯注入了自己的喉咙里，直到最后一滴……

我从混乱的梦中醒来，睁开眼睛，从飞机内电视上显示的飞行航路来看，现在飞机正飞离济州岛飞往中国东海。白云上面，碧空万里。

译者后记

翻译完韩国著名作家金源一先生的倾力之作《蝎子》的最后一个字，手中的笔久久舍不得放下，早已古井无波多年的心底深处竟然泛起了不小的波澜。

这就是小说的魅力吗？使人震动，发人深省，却又让人着迷。似有某种力量牵引着、推动着我，使整个翻译过程如有神助，水到渠成，没有感到劳苦，反而时时在享受。脑海中一幕幕场景次第浮现，如品佳肴，愈嚼愈香；拙笔下一篇篇文字不断涌出，似饮好酒，回甘无穷。

故事设定开始于20世纪与21世纪之交，彼时韩国以"亚洲四小龙"之一的腾飞之姿完成了社会转型，成为世界上最具经济活力的地区之一。然而，举国高速发展并不必然惠及每一位国民，现在的辉煌也无法改变历史上的黯淡时刻。《蝎子》所聚焦的正是这样与时代格格不入的小人物和那些不堪回首的历史尘埃。

小说的主人公姜宰弼刚刚出狱时想道："像我这样的人怎么会变得像冷血动物一样？这个问题我反复琢磨也不曾琢磨透。我曾经怀疑是不是我从父母那里遗传的基因出了问题，但是DNA检查证明了这是个无聊的想法。我遗传的是父母的染色体，而父亲遗传的应该是爷爷的染色体。"为了解开这个谜团，几乎没有受过正规教育的姜宰弼决心完成一件几乎不可能完成的事业：搜集真人真事作为证言，亲笔撰写曾经身为东北抗联义勇军祖父的传记，这件事对他而言难如登天却具有特殊的意义，似乎完成这部传记，便足以洗涤自身的罪孽，让已经变得冷酷无情的自己重获新生。三代人的人生历程就此在小说中拉开大幕，一个个鲜活的生命个体，在中韩两国近代史大舞台上，开始在不同时空同步上演各自平凡而又惊人、真实可信却让人不敢相信的故事。

20世纪初期，日本帝国主义侵吞了朝鲜半岛，祖父姜致武参加了著名的"三一运动"和东北抗联独立军的抗日活动，在悬殊的实力对比之下，独立军节节败退，姜致武也在经历了九死一生之后，为求生存而为哈尔滨近郊的关东军731部队服务，成了一名日伪军哨兵，甚至目睹了臭名昭著的人体细菌实验。日本帝国主义投降，姜致武回到韩国并投身于左翼运动，还在当地组织了密阳郡党游击队，在朝鲜战争期间支持朝鲜对抗韩国政府，然而同样由于巨大的实力差距，游击队很快溃不成军而解散，姜致武再次死里逃生，但是他的左翼梦想彻底破灭了。这样复杂矛盾的经历彻底搅碎姜致武的人生：心中有愧无法面对抗日战士的身份，曾成为日军走狗的日子无法坦白，参与游击队而始终被周围的人敌视，最终他带着一生荣辱郁郁而终。

主人公的父亲姜天动在哈尔滨即将解放的那年冬天出生，日军战败后，他同父母回到了祖祖辈辈居住的地方——韩国密阳，那时韩国的工业化发展正如火如荼，密阳地区正是当时韩国工业最发达的地区之一。姜天动自幼不学无术，但是却生得一副好身体，于是他成为了蔚山的压力机厂的工人。三年后的一次事故，压力喷射机把他的右手从手腕处齐齐截断，伤愈后没有因残疾而得到工厂的照顾却被无情开除，几乎是出于动物的生存本能，姜天动几乎是丧家犬一样活着，长期被他家暴的妻子一命呜呼，留下一个女儿。后来，姜天动强奸了一个女工，且无耻地将她娶为妻子，后来生下了主人公姜宰弼。结婚并没有让姜天动被兽欲支配的人生有任何起色，最终他沦为以屠狗为生的屠夫。

在这样环境下成长起来的主人公姜宰弼和姐姐姜明姬长成了两种完全不同的人。姜明姬为人善良，笃信宗教，并且在面对政府和资本家对工人的长期压榨时带领工友组织大罢工，为了抵抗警察对罢工的镇压，明姬从四楼跳下，导致腿骨骨折，最后落下了终生的残疾。而同样出身于社会底层悲惨的家庭环境的姜宰弼却因为长期生活在对父亲的恐惧中，成为了性格扭曲的人。由于无法跟人正常交流，他只能依靠强壮的体格和过人的狠劲，像野草一样顽强地活下去，最终沦为黑社会打手。姜宰弼出狱后本想洗心革面，然而一来没有一技之长，二来犯罪经历使他始终无法被社会接纳，而且黑社会组织也不断招揽这位性子狠辣的杀手，交给他一项报复杀人任务……

除了姜氏一门三代之外，姜宰弼也有一个儿子，从小被太奶奶和姑母带大，似乎已经脱离了被诅咒了一般的"姜氏的命运"而长成了一个正常的青少年。姜氏一门三代的故事时间线涵盖了整个二十世纪百年之久，这个家庭三代人的苦难史不仅仅是一个人、一个家族的故事，而是整个韩国的现代史的缩影，成为韩国社会发展历程一个断面的真实写照。

故事的最后，关于爷爷的传记并未真正完成，"我"也没有接受命运的驱使而重新走上黑社会的道路，关于历史的细节似乎并不需要书中的"我"向大家一五一十地交代清楚，而"我"的未来究竟如何，也打下了一个大大的问号。渺小的个人命运与宏大的国家历史之间到底有怎样千丝万缕的联系，则是《蝎子》试图用故事来厘清的终极问题。

全书译毕，慢慢放下手中的笔，作为译者的我心中激动却久久难以平息。人物故事的真实感人，描写手法的运用自如，足见小说作者艺术功力的高迈。真想再拿到一部作者的新作，再一次随着作家的讲述，品味发生在东亚三国普通人身上的近代史故事，再一次感受小说这一文学体裁娓娓道来却能使人潸然泪下的艺术魅力。

最后，《蝎子》中文版的顺利问世得力于上海译文出版社的鼎力支持和责编刘晨先生字斟句酌的文字功夫，而推荐序的作者徐图之先生作为小说第一位读者所撰写的精美导读文章，对理解小说的历史和现实背景以及作者的写作意图大有助益，在此一并致以深深的谢意！

李学堂
2023 年 5 月

전갈
copyright © 김원일, 2007
Simplified Chinese edition copyright：
2023 SHANGHAI TRANSLATION PUBLISHING HOUSE(STPH)
All rights reserved.

图字：09 - 2022 - 0864 号

图书在版编目(CIP)数据

蝎子 /(韩) 金源一著；李学堂译. —上海：上海译文出版社，2023.11
ISBN 978 - 7 - 5327 - 9339 - 6

Ⅰ.①蝎… Ⅱ.①金… ②李… Ⅲ.①长篇小说—韩国—现代 Ⅳ.① I312.645

中国国家版本馆 CIP 数据核字(2023)第 183007 号

蝎子
[韩] 金源一 著 李学堂 译
责任编辑/刘 晨 装帧设计/周伟伟

上海译文出版社有限公司出版、发行
网址：www.yiwen.com.cn
201101 上海市闵行区号景路 159 弄 B 座
上海盛通时代印刷有限公司印刷

开本 889×1194 1/32 印张 10.25 插页 5 字数 192,000
2023 年 11 月第 1 版 2023 年 11 月第 1 次印刷
印数：0,001—8,000 册

ISBN 978 - 7 - 5327 - 9339 - 6/I • 5828
定价：68.00 元

本书中文简体字专有出版权归本社独家所有，非经本社同意不得转载、摘编或复制
如有质量问题，请与承印厂质量科联系。T：021 - 37910000